dtv

Hendrikje Schmidt ist eine Pechvogelin. Ihr Vater ist unbekannt, ihre Mutter hat sie im Stich gelassen. Und jetzt sitzt sie auch noch im Gefängnis und erzählt der spröden Psychologin Frau Dr. Palmenberg ihre Geschichte. Denn eigentlich hatte Hendrikje ihr Leben mal ganz gut im Griff. Tagsüber arbeitet sie als Bedienung in einem Café, nachts malt sie Bilder. Die Aussichten auf eine Ausstellung stehen gut, da kommt es – natürlich an Weihnachten – ganz knüppeldick: Von einem Tag auf den anderen ist Hendrikje bis über beide Ohren verschuldet, allein und todunglücklich. Und weil ihr Selbstmordversuch kläglich misslingt, wollen ihre Freunde beim zweiten Mal helfen. Bloß, dass am Ende nicht Hendrikje, sondern zwei ihrer Freunde tot sind. – ›Hendrikje‹ ist ein origineller Roman in der Tradition des ›Simplicius Simplicissimus‹, der das ganze Elend, aber auch die moralische Stärke eines ebenso einfältigen wie aufrechten Menschen in die heutige Zeit überträgt. Man kann lachen und weinen mit dieser Hendrikje, und am Ende fragt man sich, ob man sie nicht schon längst kennt.

Ulrike Purschke, Jahrgang 1961, ging nach dem Abitur von Kassel nach Hamburg und war dort zwölf Jahre lang Schauspielerin, unter anderem am Deutschen Schauspielhaus. Danach studierte sie Literaturwissenschaften in Rom und Filmdramaturgie in Hamburg. Heute lebt sie in Berlin und schreibt Drehbücher.

Ulrike Purschke

Hendrikje, vorübergehend erschossen

Roman

Deutscher Taschenbuch Verlag

Ausführliche Informationen über
unsere Autoren und Bücher
finden Sie auf unserer Website
www.dtv.de

Ungekürzte Ausgabe
November 2007
5. Auflage März 2010

Umschlagkonzept: Balk & Brumshagen
Umschlaggestaltung: Stephanie Weischer unter Verwendung
einer Fotografie von gettyimages/John Arsenault
Satz: Greiner & Reichel, Köln
Druck und Bindung: Druckerei C. H. Beck, Nördlingen
Gedruckt auf säurefreiem, chlorfrei gebleichtem Papier
Printed in Germany · ISBN 978-3-423-21031-7

1

»Störe ich?«

»Nein, nein, kommen Sie rein.«

Hendrikje kommt rein, und vorsichtig, als wollte sie gar kein Geräusch machen, schließt sie die schwere Tür hinter sich, ganz leise.

»Ich verstehe Ihre Frage gar nicht. Das ist doch unsere verabredete Zeit.«

»Ja.«

Der Behandlungsraum für Psychotherapie also. Hendrikje sieht verlegen auf den grauen Industrieteppichboden und auf die grauen Waschbetonwände, vor denen auf einem Glasbord fünf weiße Orchideen prangen, echt edel.

»Setzen Sie sich.«

Hendrikje setzt sich in einen bequemen Sessel gegenüber von Frau Doktor Palmenberg, die in einer Art Fernsehliege thront, mit hochgelegten Füßen. Sofort beginnt Doktor Palmenberg, im großen Schreibblock, den sie auf dem Schoß liegen hat, die ersten Eindrücke von ihrer neuen Patientin zu notieren: *schüchtern-verhuscht/gefasst/klein/mager/blass/ zu große Männercordhose + schlabbriger Pulli/ungepflegte Kurzhaarfrisur Typ Straßenköter/sieht aus wie 15.*

Hendrikje ihrerseits betrachtet die Palmenberg, die mehr liegt als sitzt. Die Schuhe hat sie abgestreift und ist barfuß. Sie hat lackierte Zehennägel, was auf ein, so denkt sich

Hendrikje, ausgefülltes Sexualleben hinweist. Völlig lässig, Grandezza gratis. Dezenter schwarzer Hosenanzug, der weich fällt und sicher ein Vermögen gekostet hat, weil die Dame darin so unverkrampft bleibt. Ein Anzug, in dem du immer gut aussiehst, egal wie du dich hinfläzt.

Frau Doktor Palmenberg ermuntert Hendrikje. »Wir springen gleich rein. Ohne große Vorrede. Nur so viel: Alles ist hier erlaubt. Erzählen Sie mir, was immer Sie für wichtig halten. Alles. Kein Tabu. Ihr Name ist Hendrikje Schmidt, stimmt das?«

Hendrikje nickt.

»Warum sind Sie hier?«

»Ich habe einen Menschen getötet.«

Doktor Palmenberg schlägt ungerührt das Patientenblatt auf.

»Ja, das lese ich hier.«

»Streng genommen sogar zwei, das lässt sich so genau nicht sagen.«

»Zwei?«

»Ja. Es war Notwehr, das eine Mal. Das andere Mal, da, wo ich mir halt nicht so sicher bin, das war einfach irrsinnig dumm gelaufen. Ganz, ganz furchtbar blöd.«

»Und wie geht es Ihnen damit?«

»Furchtbar. Schrecklich. Ich weiß nicht, wie ich damit leben soll.«

»Gut. Lassen Sie uns beim Anfang bleiben. Sie sind wie alt?«

»34.«

»Was machen Sie beruflich?«

»Ich bin Malerin.«

»Malerin?!« Doktor Palmenberg klingt anerkennend.

»Ja. Und Kellnerin.«

»Ah-ha.« Doktor Palmenberg klingt abschätzend.

»Ja nee, ich bin wirklich Malerin, nicht nur so hobbymäßig. Als Kellnerin verdien' ich mir nur mein Geld. Die Leute kaufen zur Zeit nicht so viele Bilder, wir haben eine Rezession.«

Doktor Palmenberg nickt.

»Gut. Wie gefällt Ihnen Ihre Arbeit als Kellnerin?«

»Prima. Macht Spaß.«

Doktor Palmenberg guckt Hendrikje an, ruhig und forschend.

»Ich hasse es.«

Doktor Palmenberg nickt.

»Also, wenn man nur Gast im Café ist, kann man sich das nicht vorstellen. Aber die Welt von hinterm Tresen aus gesehen ist so was wie der Vorhof zur Hölle. Ich komme um 9 Uhr morgens ins Café und mache belegte Brote und lege sie in die Vitrine, ich hole die Torten aus dem Kühlhaus, fülle die Kaffeemaschinen auf und verteile frische Aschenbecher. Ich gebe den Blumen frisches Wasser. Um 10 mache ich auf und ab da brummt das Frühstücksgeschäft. Dann gibt's zum Beispiel Zeugnisse, dann hab ich plötzlich 'ne ganze Schulklasse im Laden. Das heißt: 18 Cappuccini müssen gleichzeitig fertig sein, aber mit so festem Schaum, dass der Löffel drin steht, dann sind die belegten Brote aufgegessen, ehe die Stammgäste kommen, und ich muss neue schmieren, hab dafür aber gar keine Zeit, weil eine Oma Mohnstrudel haben will, den ich in der Mikrowelle warm machen muss, aber in der taut gerade das Gratin für mittags auf. Ein Gast bringt seine Cola zurück, weil da angeblich die Kohlensäure drin fehlt, dann rauscht Goebbels rein, also das ist meine Chefin, und räumt in ihrem Führerhauptquartier erst mal auf und schreit mich an, weil keine belegten Brote mehr da sind und dass ich solche Kuchengabeln mit solchen Wasserflecken unmöglich den Gästen hinlegen kann, aber wann hätte ich die polieren sollen? Genau in dem Augenblick beschwert sich die Oma, wo denn ihr Mohnstrudel bleibt, und meine Chefin macht mich zur Schnecke, dabei will *sie*, dass das Gratin auftaut. Dann zerrt sie das Gratin aus der Mikrowelle raus und haut einen Mohnstrudel rein. Die Oma ruft noch: ›Ohne Sahne!‹, und meine Chefin hat das auch gehört, will aber trotzdem Sahne draufknallen, weil sie dann 30 Cent mehr nehmen kann. Ich kenn das schon, sie sagt dann der Oma, dass sie das nicht gehört hat, dass sie keine Sahne wollte, und dass aber doch die Sahne zum Mohnstrudel gehört wie die Elbe zu Hamburg, und dann lacht die Oma und Goebbels schmunzelt die Oma komplizenhaft an und sagt: ›Sie können sich das doch leisten!‹ Und die Oma fühlt sich geschmeichelt und zahlt die Sahne. Also. Goebbels will Sahne auf den nun endlich aus der Mikrowelle gekommenen Strudel machen und merkt, dass die Sahnemaschine leer ist. Weil ich vergessen habe, sie aufzufüllen. Riesentheater. Zeter und Mordio. In der Zwischenzeit hab ich drei Milchkaffee fertig gemacht und zwei Kännchen Tee, hab die Schulklasse abkassiert, wodurch es erforderlich wurde, mal eben schnell rüber zur Bank zu flitzen um Wechselgeld zu holen, denn die haben alle mit großen Scheinen bezahlt. Die Gäste, die in der Zwischenzeit neu dazugekommen sind, sind immer noch nicht bedient worden und werden langsam knatschig, und meine Chefin steht hinterm Tresen und raucht und sagt kopfschüttelnd: ›Mein Personal ist ein bissel überfordert …‹ Ich renne also an die neuen Tische und nehme die neuen Bestellungen auf, und meine Chefin poliert die Kuchengabeln mit einem feuchten Handtuch und sagt bei jeder einzelnen: ›Hier, Picasso! So muss das aussehen!‹ Und ich gucke und sage: ›In Ordnung! Denk ich in Zukunft dran‹, während ich schon die neuen Bestellungen mache: also wieder Mohnstrudel in die Mikrowelle und ein paar Cappuccini, und wenn Goebbels merkt, dass der Schaum nicht ›steif wie der Knochen von Banderas‹ ist – sagen Sie bitte: ist das nicht dégoutant? – dann gießt sie die fertigen Cappuccini in den Ausguss, macht neue und stellt mir die weggegossenen Cappuccini in Rechnung. Zieht sie mir einfach vom Trinkgeld ab. Während ich also Bauklötze staunend daneben stehe und gucke, wie sie den Schaum – also bitte, wenn's denn sein muss – so steif wie den Knochen von Banderas macht, renne ich mal eben an Tisch 8 bis 13, um den Saustall abzuräumen, den die Schulklasse hinterlassen hat, und trage das Geschirr zur Spülmaschine, die aber voll ist. Voll mit schmutzigem Geschirr, das die Kollegin vom Vortag hinterlassen hat. Dafür schreit Goebbels dann *mich* an, und ich verteidige die Kollegin vom Vortag, denn die Geschirrspülmaschine ist nur zu ungefähr sieben Achteln voll, und sie, Goebbels, predigt doch ewig, dass wir die Geschirrspülmaschine erst dann anschmeißen sollen, wenn sie zu neun Achteln voll ist, weil das Geschirrspülmittel für diese besonderen Gastronomiemaschinen, die eben besonders schnell arbeiten, so wahnsinnig teuer ist. Ich mache also die Maschine voll und stelle das schmutzige Geschirr von der Schulklasse oben drauf ab, und das führt dazu, dass wir plötzlich kein sauberes Geschirr mehr haben. Jetzt hat Goebbels festen Schaum, aber keine Tassen. Die neuen Gäste stehen auf und gehen. Ich bin ehrlich gesagt froh darüber, das gibt uns Gelegenheit, erst mal ein bisschen Grund in die Sache zu kriegen und neue belegte Brote zu schmieren, aber Goebbels meint, ich sollte jetzt mal den Kühlschrank auswaschen, den unteren, den verquasten, wo die Bierkästen stehen. Und da hab ich dann aber einmal *Nein* gesagt. Da hab ich ihr eiskalt ins Gesicht gesagt: ›Nee, jetzt schmiere ich belegte Brote, so 'ne günstige Gelegenheit kriege ich nie wieder.‹ Und da war sie still. Da hat sie nichts mehr gesagt. Und ich bin völlig seelenruhig zum

Kühlschrank, hab mir meinen Käse und meinen Schnittlauch und meinen Parmaschinken rausgeholt und hab neue Brote belegt, weil gleich würden ja die Stammgäste kommen.

Goebbels hat ganz schön blöd geguckt bei so 'ner Befehlsverweigerung, aber sie musste natürlich das letzte Wort haben und meinte, den Bierkühlschrank sollte ich dann eben nach Feierabend auswaschen, als Gegenleistung schenkt sie mir die weggeschütteten Cappuccini und dann ist sie raus, weil sie sich Augenbrauen tätowieren lassen musste.

Ich hatte meine Brote fertig, es war ein bisschen ruhiger jetzt, nur die Oma saß noch friedlich an ihrem Tisch, und ich dachte, ich könnte mir jetzt endlich die Zeitung schnappen. Das ist mein schönster Augenblick am ganzen Tag, wenn das Frühstücksgeschäft vorbei ist, die Geschirrspülmaschine summt und die Mittagsgäste noch nicht da sind, dann lese ich die Zeitung. Das heißt, eigentlich nur das Horoskop und die Kolumne von Sugar Brown.«

Doktor Palmenberg kennt offenbar die Kolumne und lacht auf: »Sugar Brown, ja!«

»Sagen Sie, ist dieser Mann nicht unheimlich geistreich und witzig?«

»Ja, und auch sehr klug.«

»Also das finde ich auch. Sugar Brown ist an solchen Tagen mein einziger Lichtblick. Ich will mir also gerade die Zeitung schnappen, als der erste Stammgast hereinkommt. Der doofe Bruno.«

»Haben Sie für ihn die Brote belegt?«

»Nee! Bruno hat noch nie was bei uns gegessen. Bruno kommt um halb zwölf und hält sich eine Stunde an einem Espresso fest.«

»Und Bruno schnappt Ihnen Ihre Zeitung weg, und Sie können nichts dagegen machen, weil es die Zeitung für die Gäste ist.«

»So ist es. Das ist einfach ein Scheiß-Timing mit Bruno. Er kommt immer genau um halb zwölf, und das ist der Zeitpunkt, wo ich mal eine Viertelstunde Zeit habe. Man kann die Uhr danach stellen: Ich lese die Schlagzeile, blättere weiter und überfliege die Seite 3, und noch ehe ich überhaupt zum Feuilleton komme, setzt Bruno sich an den Tresen und stiert auf mich und die Zeitung wie ein Biafra-Kind auf ein Schüsselchen Reis. Dann klappe ich die Zeitung zu und schiebe sie ihm wortlos hin. Er bestellt schon gar nicht mehr, ich weiß ja sowieso, was er will. Ich mache ihm seinen blöden Espresso und stelle ihm den wieder ohne ein überflüssiges Wort hin, und Bruno nuschelt sich so was wie ein ›Danke‹ in seinen Bart. Und dann braucht er geschlagene *fünfundvierzig* Minuten, bis er das Käseblättchen durch hat, also wenn er damit durch ist, dann ist der Laden voller Stammgäste, und bis die weg sind und bis ich alles aufgeräumt habe, da wird es Nachmittag drüber, und nur wenn das Nachmittagsgeschäft ruhig ist, habe ich überhaupt noch Gelegenheit, Sugar Browns Kolumne zu lesen.«

»Und wenn Sie diese Lektüre versäumen, ist Ihnen der Tag verdorben.«

»Machen Sie Witze? Ich versäume die Kolumne nie. Ich hab sie dann eben nach Feierabend gelesen. Aber das ist mir irgendwann zu blöd geworden und ich hab mir gedacht, also Sparsamkeit muss ja nicht in Geiz ausarten, und hab mir ein Abonnement geleistet. Jetzt kommt die Zeitung nachts, und wenn ich morgens aus dem Haus gehe, dann liegt sie auf der Matte, und dann stecke ich sie ein und nehme sie mit ins Café, aber ich lege sie natürlich nicht für die Gäste aus. Ich sorge dafür, dass um Punkt halb zwölf kein anderer die Gästezeitung hat, und lege sie Bruno gleich an den Platz, damit dieses Blicke-Theater gar nicht erst losgeht. Gott, war Bruno gebauchpinselt, als die Zeitung zum ersten Mal an seinem

Platz lag, als würde sie auf ihn warten. Er hat sich hingesetzt und geschmunzelt, und ich dachte: Wie blöd von mir, jetzt bildet der sich noch was drauf ein.«

»Was ist falsch an Bruno?«

»Alles. Er ist so uncharmant und so mundfaul. Ich meine, wir leben doch in menschlicher Gesellschaft, ist es denn zu viel verlangt, ›Guten Morgen‹ und ›Guten Tag‹ zu sagen? Oder mal zu fragen, wie's geht? Aber nein, unser Bruno schwebt über solchen Konventionen. Ich finde nicht, dass er sich das leisten kann. Also wenn er jetzt besonders toll aussehen würde, dann könnte ich begreifen, dass einer einfach arrogant ist, aber Bruno? Bruno ist direkt eine Beleidigung fürs Auge, ehrlich. Ich kann mich nur wiederholen, wir leben doch in menschlicher Gesellschaft, kann man sich nicht so zurechtmachen, dass es nicht wehtut, jemanden anzugucken? Aber nö, nicht mit Bruno, der schwebt da drüber, Bruno trägt gelbe Frotteesöckchen in offenen Sandalen, schlabberige Hosen, schlabberige Pullis …«

Doktor Palmenberg schaut stumm an Hendrikje herunter, deren Äußeres der Aufmachung von Bruno erstaunlich nahe kommt. Hendrikje merkt das und ist peinlich berührt. Sie räuspert sich.

»Ja, und er hat einen Bart wie ein Weihnachtsmann, ein Biotop, fürchte ich, und er trägt eine Brille mit den reinsten Glasbausteinen von Gläsern, hinter denen seine Augen nur noch als stecknadelkopfgroße Pünktchen auszumachen sind. Und dann raucht er dieses Stinkezeug, also irgendwelche billigen Zigarillos, die mir das ganze Café verpesten. Widerlich, wirklich.«

Doktor Palmenberg schweigt.

»Naja, an diesem Tag kam Holger ins Café, kurz nachdem Bruno aufgekreuzt war. Bruno saß bei mir am Tresen und las die Gästezeitung, und ich stand hinter dem Tresen und las meine eigene Zeitung, Sugar Browns Kolumne. Da kam Holger und weil ich gerade ein bisschen Zeit hatte, habe ich für jeden von uns einen Eisbecher gemacht, einen für Holger, und einen für mich. Dann habe ich beide Eisbecher auf den Tresen gestellt, und Holger hat angefangen, seinen zu essen. Ich habe meinen Eisbecher erst einmal stehen lassen, weil ich Holger die Kolumne vorgelesen habe.«

»Gut«, sagt Doktor Palmenberg, »unsere Zeit ist für heute gleich um, ich habe ein paar Fragen. Wer ist Holger?«

»Holger ist ein sehr guter Freund von mir. Wir sind zusammen aufs Gymnasium gegangen, er ist Übersetzer geworden, er liebt Literatur, er hat eine Neuübersetzung von Tolstois *Krieg und Frieden* gemacht, die ihm aber kein Verlag abkauft, er übersetzt jetzt erst mal die Beipackzettel von ausländischen Medikamenten.«

»Wenn Sie die Arbeit im Café mit dieser wohl eher unangenehmen Chefin so fürchterlich finden, Sie schildern das ja sehr plastisch, warum haben Sie nie an einen Wechsel gedacht?«

»Ja glauben Sie denn, dass es woanders besser ist? Ich habe schon in ganz anderen Etablissements gearbeitet, also ich kann Ihnen sagen, dagegen ist es bei Goebbels das Paradies.«

»Sie haben mir einen Tag geschildert, an dem ungewöhnlich viel zu tun war, weil es Zeugnisse gegeben hatte. Zeugnisse gibt es aber nur zwei Mal im Jahr. Kann ich davon ausgehen, dass der von Ihnen geschilderte Stress-Vormittag eher die Ausnahme darstellt?«

»Nein! Ja, glauben Sie mir denn nicht? Irgendwas ist doch immer! Sommerschlussverkauf, Winterschlussverkauf, Großreinemachen, böses Wetter, das die Leute ins Café treibt ... verunglückte Busse, Demonstrationen, Bombendrohungen, Touristen! Und wenn mal ein Morgen wirklich flau ist, dann hab ich weder Umsatz noch Trinkgeld! Das ist doch in Ihrem Beruf wahrscheinlich nicht viel anders, es ist doch eine Psychose so schlimm wie die andere?!«

»Nein, nicht unbedingt«, gibt Doktor Palmenberg zu bedenken, »es gibt einfache und schwierige Patienten.«

Hendrikje schweigt.

»Unsere Zeit ist um«, lächelt Doktor Palmenberg.

Hendrikje nickt, steht auf, zieht leise die Tür zu und geht schweigend hinaus in den hellgrauen Betonflur. Was für eine Unverschämtheit, solche Haare zu haben wie die Palmenberg, denkt sie. In kastanienbraunen, weichen Wellen fällt es über die Schultern mit einem Glanz ... ein Glanz wie eine gut im Futter stehende, frisch gestriegelte Stute. Lieber Gott, was bitte muss man essen, um einen solchen Glanz in die Haare zu kriegen, fragt sich Hendrikje. Was muss man essen?

2

Was hätten Sie lieber? Zahnschmerzen oder Liebeskummer? Sie denken bestimmt: Liebeskummer natürlich. Denn mit Liebeskummer kann man viele schöne Sachen machen und mit Zahnschmerzen nicht. Mit Liebeskummer kann man in den Urlaub fahren, Eis essen und dem Opa einen Brief schreiben, aber nicht mit Zahnschmerzen. Man kann ins Kino gehen mit Liebeskummer, eine neue Hose kaufen, eine Pizza bestellen, aber nicht mit Zahnschmerzen, denn mit Zahnschmerzen kann man gar nichts tun. Genau deshalb hab ich mich für Liebeskummer entschieden, als ich dran war und gefragt wurde, und ich kann Ihnen sagen, ich bereue meine Wahl. Nichts kann man in Wirklichkeit, lieber Leser, rein gar nichts kann man mit Liebeskummer tun. Ich zum Beispiel kann nichts mehr essen und nur noch Zigaretten rauchen, ich schlafe nachts nicht mehr und mache meine Arbeit schlecht, seit ich Liebeskummer habe, und es ist ein zu beklagender Misstand, dass man die Verursacher von Liebeskummer nicht wegen Körperverletzung verklagen kann. Schließlich ist der Zustand teuer: Die regelmäßige Einnahme magensäurebindender Mittel, die Alkoholvorräte, die täglich neu angeschafft werden wollen, die Verzweiflungskäufe von Anzügen, die nie getragen werden, der nutzlose Fleurop-Service. Nur das Telefonieren ist entschieden billiger geworden, weil alle meine Freunde es einfach nicht mehr hören können und sofort auflegen, wenn ich mich nur melde.

Wer uns und warum auf diesen Planeten gestellt hat, wollen die sich nicht einmal fragen. Natürlich, denn sie wissen es. Sie sind hier, um sich, wenn ihnen der Planet auf die Nerven fällt, gemeinsam mit der von ihnen angebeteten Person die Bettdecke über den Kopf zu ziehen, und sie tun es. Als wär's nichts. Und die Schöpfung grinst blöde auf sie herab, macht ihre Stimmen weich und ihren Gang leicht, während ich bleifüßig herumstolpere. Ich habe den Liebeskummer nicht erst seit gestern, ich weiß also, wovon ich schreibe. Ich habe ihn seit 25 Monaten, und er wird jeden Tag ein bisschen schlimmer. Zahnschmerzen wären längst weg und ich hätte eine Partyanekdote mehr. Ich wäre einfach zum Zahnarzt gegangen und hätte mir den Terroristen ziehen lassen. Aber was lasse ich mir bei Liebeskummer ziehen? Das Herz?! Je suis un homme mal baisé, *auf Partys werde ich nicht mal mehr eingeladen, ich bin gefürchtet, als hätte ich die Pest. Das ist es, was man hat, wenn man Liebeskummer hat: die Pest. Wenn also Sie, lieber Leser, gerade an Zahnschmer-*

zen leiden und jemanden zum Tauschen suchen – meine Adresse ist leicht in der Redaktion zu erfragen.

Ihr von allen guten Geistern verlassener

Sugar Brown

»Das war die Kolumne, die ich Holger an diesem Tag vorgelesen habe, als er bei mir am Tresen sein Eis aß«, sagt Hendrikje und faltet das ausgeschnittene Zeitungsblatt sorgfältig zusammen.

»Wir haben gelacht, Holger und ich, aber der doofe Bruno hatte alles mitangehört und raunte übel gelaunt über den Tresen: ›Der Typ schreibt den Scheiß nur für Geld!‹ Na hören Sie mal, da hab ich den aber zurechtgewiesen. Ich hab ihm ins Gesicht gelacht und gesagt: ›Michelangelo hat die Sixtinische Kapelle für Geld gemalt!‹ Da war er still, der doofe Bruno.

Er ist gegangen, und die Mittagsgäste kamen herein, ich musste also weiterarbeiten und hatte keine Zeit, das Eis zu essen, das ich mir hingestellt hatte. Es stand genau vor Holger, der sein eigenes Eis schon aufgegessen hatte, naja, und da schaut er mich fragend an, und ich lächle und nicke, und Holger freut sich und sagt: ›Ja, aber dann ist dein Eis weg!‹ und ich habe noch mal gelächelt und noch mal genickt und dann hat Holger sich erbarmt und auch noch meinen Becher gegessen.«

Hendrikje schweigt betreten und Doktor Palmenberg sieht sie unverhohlen gelangweilt an.

»Ja, hören Sie, das war eine verhängnisvoll schlechte Angewohnheit von Holger, bei Eis nicht aufhören zu können. Ich bleibe jetzt einfach mal in der Chronologie, wenn Sie erlauben«, sagt Hendrikje spitz. »Aber dieses Detail wird später noch sehr wichtig werden. Es war der Anfang der Katastrophe.«

Doktor Palmenbergs Züge entspannen sich wieder und nehmen einen nicht uninteressierten Ausdruck an.

Hendrikje fährt leidenschaftlich fort: »Ich meine, der Mann hat *Krieg und Frieden* neu übersetzt!«

»Gut«, sagt Frau Doktor Palmenberg und atmet schwer, »Holger hatte also zwei Eisbecher gegessen, seinen und Ihren.«

»Ja, genau.«

»Gab es an diesem Arbeitstag noch irgendwelche anderen besonderen Vorkommnisse?«

»Nein.«

»Wie sieht denn Ihr Feierabend aus? Was tun Sie für sich nach so einem Tag, wie entspannen Sie sich?«

»Ich bin schnell nach Hause und hab meiner Omi den Kasten Heilwasser gebracht.«

»Ihrer Omi?«

»Ja. Ich hab doch mit meiner Omi zusammengewohnt. Immer schon.«

»Wie ist es denn dazu gekommen? Das ist ja ein bisschen ungewöhnlich.«

»Ja. Meine Mutter hat irgendwann einen neuen Mann kennengelernt, einen Amerikaner. Er wollte sie mit nach Amerika nehmen und mit ihr eine Familie gründen – *seine* Familie, hat meine Omi gesagt. Die Bälger fremder Leute wollte er nicht noch großziehen. Irgendwie hat er meiner Mutter wohl ziemlich die Pistole auf die Brust gesetzt, jedenfalls ist sie mit ihm nach Florida gezogen und ich bin bei der Omi geblieben. Ich sollte nachkommen, wenn erst mal eigene Kinder da wären, wenn der Mann sich also beruhigt haben würde, aber wir haben dann den Kontakt verloren. Wir schrieben Weihnachtskarten und die kamen zurück, Empfänger unbekannt verzogen, und so ist meine Mutter mir einfach irgendwie verschütt gegangen.«

»Und Ihr Vater?«

Hendrikje lächelt. »Den kenne ich gar nicht. Aber ich glaube, dass er Holländer ist und ich deswegen Hendrikje heiße.«

»Glauben Sie?«

»Ja, ich glaube, dass meine Mutter mal irgend so was erwähnt hat, aber ich war noch klein, ich war eben fünf geworden, als sie nach Amerika ging.«

Doktor Palmenberg schüttelt sich eine Strähne ihres glänzenden Haares aus dem Gesicht und kritzelt eifrig in ihren Block.

»Also, ich bin heim und hab der Omi das Heilwasser gebracht und einen Teller Suppe gegessen, den mir die Omi gemacht hat. Es war ja schon Dezember und kalt, und da hat die Omi immer heiße Suppe parat gehabt. Es war auch schon dunkel, aber ich bin trotzdem noch ins Atelier gefahren, mit meinem schönen Rennrad. Mein schönes knallrotes Rennrad. Mein Atelier war in Altona, in einer stillgelegten Fabrik, also nur ein kleiner Verschlag, nichts Dolles, auch nicht das Wahnsinnslicht, aber irgendwie besser als nichts, schon brauchbar. Die meisten meiner Bilder standen dort, zu Hause hatte ich nur wenige, weil meine Omi sie nicht sehen mag. Sie sind ihr zu wild und zu nackt und zu sexy, das mag sie nicht. Das verstehe ich auch, sie kommt halt aus einer ganz anderen Generation. Also, auf dem Weg ins Atelier hab ich Paula getroffen. Das passiert oft. Paula ist so'n kleines Punkmädchen, sie hat immer so einen riesigen Hirtenhund dabei, und der Hund heißt auch Paula, obwohl er ein Rüde ist. Also Paula haut mich jedesmal an und fragt: ›Haste mal 'n paar Euro?‹, und je nachdem wie mein Trinkgeld ist, gebe ich ihr manchmal was. An dem Tag war das Trinkgeld gut, diese Schüler vom Vormittag waren echt nicht geizig gewesen, und da hab ich ihr zwei Euro gegeben. Und da hat Paula sich gefreut, hat sich bedankt und ist abgezischt. Ich war dann vielleicht zwei Stunden im Atelier.«

»Nach einem so anstrengenden Arbeitstag gehen Sie noch ins Atelier und malen? Bei Kunstlicht?«

»Nein. Ich setze mich hin, koche mir auf dem Gaskocher einen Kaffee und schaue meine Bilder an und genieße die Ruhe. Nichts hören, keinen Menschen sehen, ganz alleine sein. Das ist schön, dabei erhole ich mich. Dann sehe ich Fehler in meinen Bildern und weiß, was ich am nächsten Tag, den ich ganz im Atelier sein kann, korrigieren will. Ich bekomme neue Ideen, manchmal mache ich eine grobe Skizze. Dann bin ich wieder nach Hause gefahren auf meinem schönen roten Rennrad. Die Omi war vor dem Fernseher eingeschlafen, ich hab sie geweckt und sie ging schlafen, und ich bin dann auch schlafen gegangen. Ich war schon fest eingeschlafen, als Ernst mich wieder rausgeklingelt hat, und da hab ich mich gefreut, dass er noch vorbeikam.«

»Ernst?«

»Ja. Ernst. Mein Freund. Wobei man dazu sagen muss, dass Ernst Wert darauf legte, nicht mein Freund zu sein, also eher mein Nicht-Freund. Er hat immer gesagt, er wär nicht mein Freund, sondern mein Geliebter, und ich wär nicht seine Freundin, sondern seine Geliebte. Naja, ich hab zu ihm gesagt, dass ich das komisch finde, wo er doch seit einem Jahr an fünf Abenden in der Woche regelmäßig zu mir kommt und mit mir schläft und über Nacht bleibt, das ist ein bisschen viel für nur einen Geliebten. Da hat Ernst ganz klar gesagt, wenn ich damit nicht zurechtkomme, können wir es sofort lassen und ihn würde es sowieso völlig abturnen, dass ihn jedesmal, wenn er bei uns aufs Klo geht, das Gebiss von meiner Omi im Glas auf der Waschmaschine anlacht und dass er dann jedesmal fürchtet, nie wieder einen hochzukriegen, und also hab ich gesagt: ›Nee nee, ich komme sehr gut damit klar.‹«

»Ehe unsere Stunde zu Ende geht, habe ich einige Fragen.«

»Ja.«

»Was für ein Liebhaber war Ernst? War die Sexualität zwischen Ihnen so bemerkenswert, dass es die Demütigung wert war?«

»Demütigung?! Also, wenn man kein Familienmitglied ist, dann ist so ein Gebiss auf der Waschmaschine ... also ... nein ... er hat sich Mühe gegeben. Er kommt immer erst am späten Abend, er hat einen eigenen Copyshop, der um acht zu macht, und dann macht er noch bis um zehn die Tagesabrechnung, und dann besucht er mich. Wenn er kommt, schimpft er erst mal, weil er wirklich sehr, sehr nervtötende Tage hat, dann regt er sich über den Türken auf, der nebenan im Gemüseladen ein Kopiergerät zwischen den Zwiebeln aufgestellt hat und seine Preise unterbietet, und über eine Rechtslage, die so was nicht verbietet, und dann hole ich Wein und gebe ihm ein Glas und sage: Wenn der Planet dir auf die Nerven fällt, gibt es doch immer noch mich. Und gemeinsam können wir uns doch die Bettdecke über'n Kopf ziehen. Da hat Ernst mich ganz komisch angeguckt, ein bisschen so, als hätte ich sie nicht mehr alle, und dann hat er gesagt: ›Na, dann komm her, du Tier.‹ Und dann ... *uii* ... Er hat, wenn er mit mir geschlafen hat und wenn dann ein bestimmter Punkt erreicht war, immer innegehalten und wollte auf mich warten. Er hielt inne und sagte: ›Na los, komm, du zuerst! Lass dich fallen! Du zuerst!‹ Aber bei mir geht das nicht so schnell. ›Du zuerst! Lass dich fallen!‹ Und dann hab ich meistens den Kopf geschüttelt und musste passen und Ernst ließ sich fallen.«

»Haben Sie jemals einen Orgasmus bei Ernst gehabt?«

»Nein.«

»Haben Sie Ernst geliebt?«

»Ja.«

»Warum genau, denken Sie, wollte Ihre Großmutter Ihre Bilder nicht im Haus haben?«

»Ich habe einige Akte, einige Paare, Liebesszenen, nicht pornografisch, aber schon deutlich.«

»Aber Ihren Geliebten, Ihren Nicht-Freund Ernst wollte Ihre Großmutter im Haus haben?«

»Es hatte sich so eingespielt, dass die beiden sich so gut wie nie begegnet sind. Ernsts Arbeitszeiten kamen mir da sehr entgegen.«

»Was heißt das?«

»Naja, die Omi ist nie wirklich begeistert gewesen, wenn ich Herrenbesuch hatte, sozusagen.«

»Erzählen Sie mir das bitte ein bisschen genauer.«

»Naja, als ich zum Beispiel noch auf der Kunsthochschule studiert habe, da hatte ich einen richtigen Freund. Adrian aus der Filmklasse, naja, das wurde dann schnell schwierig.«

»?«

»Ja, Adrian wollte irgendwann mit mir zusammenziehen, und ich habe Nein gesagt, ich konnte doch die Omi nicht allein lassen, sie war damals schon Ende 80, und unsere gemeinsame Wohnung ist im dritten Stock, es war ja klar, dass ich die Omi in ihren letzten Jahren nicht allein lassen würde. Sie hat sich schließlich mein ganzes Leben lang um mich gekümmert.«

»Wären Sie gern mit Adrian zusammengezogen?«

»Die Frage stellte sich für mich gar nicht, es ging einfach nicht.«

»Und das hat Adrian nicht eingesehen?«

»Doch. Adrian hat das eingesehen.«

»Und?«

»Adrian hat mich oft besucht. Uns besucht.«

»Und Adrian und Ihre Großmutter, die haben sich nicht gut verstanden?«

Hendrikje schweigt lange. Überlegt. Denkt nach und beißt auf ihrer Unterlippe herum.

»Ach, es ging irgendwie nicht. Ich hab mich geschämt, weil ich da irgendwie nicht einfach so frei von der Leber weg entscheiden konnte. Ich wäre gerne mit Adrian zusammengezogen. Er war sehr lieb und immer lustig. Er kam an Markttagen mit Körben voll frischem Gemüse zu uns, mit Käse und Fleisch, er strahlte vor Freude über seine Beute, knallte alles der Omi auf den Küchentisch und sagte: ›Frau Schmidt, nun gucken Sie mal, was ich Ihnen hier mitgebracht habe!‹ Er dachte, er macht uns eine Freude, und er hat das ganze Gemüse bewusst der Omi auf den Tisch geknallt und nicht mir, um sie ganz bewusst mit einzubeziehen. Er dachte, die Omi kocht uns was und dann essen wir alles zusammen auf, er fand das irgendwie richtig gut, dass ich bei der Omi geblieben war und zu ihr stand, aber die Omi war beleidigt, sie sagte ihm ins Gesicht: ›Wir brauchen Ihre Almosen nicht!‹ und rauschte beleidigt aus der Küche raus, und der arme Adrian verstand die Welt nicht mehr. Wenn Adrian dann gegangen war und ich mit der Omi allein war, hat sie sich aufgeregt, sie ließe sich von so einem reichen Schnösel in ihrem Alter doch nicht mehr demütigen, er solle bloß nicht so angeben mit seinem Geld und seinen Möglichkeiten. Adrian hat wirklich reiche Eltern, die ihm sein Studium und reichlich Taschengeld bezahlt haben, er musste zum Beispiel nicht nebenher arbeiten und er hatte ein Auto und alles war bezahlt, aber er hat nie, nie angegeben oder sich wie ein Großkotz verhalten, aber er war nicht die Sache meiner Omi, ehrlich nicht. Er war ein rotes Tuch für sie, das mit dem Geld, das war ihr nicht geheuer. ›Der spielt nur mit dir‹, sagte sie immer, ›so'n reicher Kerl hat dich doch gar nicht nötig.‹ Wenn ich ihr versucht habe zu erklären, dass es Adrian und mir überhaupt nicht darum ging, dann hat sie das nicht geglaubt. Naja. Ich konnte nur extrem selten über Nacht mal weg und bei Adrian bleiben, und aus verständlichen Gründen wollte er immer seltener bei uns übernachten, und so war's dann irgendwann mit Adrian vorbei.«

»Ihre Großmutter hat ihn also rausgeekelt.«

»Waaas? Nein!« Hendrikje ist ganz Empörung und Unverständnis. »Sie hat ihn doch nicht rausgeekelt, sie machte sich Sorgen!«

»Ja natürlich, sie machte sich Sorgen, Sie an Adrian zu verlieren.«

»Nein, nein! So doof war meine Omi nicht! Sie glaubte ernsthaft, Adrian würde mit mir spielen!«

»Darum wollte Adrian ja auch so unehrenhaft mit Ihnen zusammenziehen.«

Hendrikje starrt die Palmenberg mit offenem Mund an. Aussichtslos, der Psychotussie was erklären zu wollen. Massive Unterstellungen gegen die Omi. Hendrikjes Blick schweift ab über den grauen Industrieteppichboden; schockierend das. Nach einer längeren Weile fängt sie an, mit Daumen und Zeigefinger ihre Unterlippe zu zwirbeln. Für eine noch längere Weile.

Leise räuspert sich die Palmenberg.

»Neben den Akten, also neben Darstellungen von Sexualität in der einen oder anderen Form in Ihren Bildern, gab es keine anderen Motive?«

»Doch. Porträts und sehr viele Stadtansichten. Eisenbahnbrücken, Türme, Häuserschluchten, Höfe.«

»Und was mochte Ihre Großmutter daran nicht?«

»Sie sagte, meine Eisenbahnbrücken erinnerten sie an den Krieg.«

3

»Ihre Eisenbahnbrücken erinnern mich an den Krieg«, waren dann auch genau die Worte, die der Galerist Rothwein benutzte, bei dem ich am nächsten Morgen einen Termin hatte. Ich bin mit einer Mappe Dias zu ihm in seine Galerie, ich hatte mehrere Jahre gebraucht, um diese Mappe voll zu kriegen und mich dann auch noch zu ausgerechnet Rothwein damit zu trauen. Aber Rothwein war, das war schöner als im Märchen und übertraf meine Erwartungen bei weitem, völlig begeistert. ›Ja‹, sagte er, ›Sie sehen den Krieg in allen Gestalten‹, und damit meinte er jetzt die Liebespaare, die sich umarmen. Und er schwärmte, wie ambivalent dicse Liebesakte seien, zart und brutal, hingebend und gleichzeitig tötend … und ich war froh, dass das endlich mal einer merkte, was ich da malte. Genau so waren meine Bilder gemeint, aber ich selbst war schon völlig betriebsblind und konnte gar nicht mehr einschätzen, ob das, was ich malen wollte, dann auch tatsächlich auf den Bildern zu sehen war. Das ist übrigens immer noch so.

Also Rothwein machte sofort einen Termin für eine Ausstellung klar, ohne die Originale, die im Atelier standen, auch nur gesehen zu haben. Es war Dezember, und im März sollte die Ausstellung sein. Eine Verkaufsausstellung, und Rothwein war sich sicher, dass die Bilder weggehen würden wie geschnitten Brot. Er sprach auch von einem befreundeten Galeristen in Zürich, mit dem er mich bekannt machen wollte, nur für den Fall, dass nach der Hamburger Ausstellung überhaupt noch ein einziges Bild übrig wäre.

›Wollen Sie denn nicht wenigstens einen Blick auf die Originale werfen?‹, hab ich ihn gefragt, und Rothwein sagte, das wär überhaupt nicht nötig, er wüsste, wie ein Bild aussieht, wenn er das Dia gesehen hat, aber wenn er's schafft, dann kommt er mal im Atelier vorbei, einfach so, um Guten Tag zu sagen. Also Rothwein holte wirklich seinen riesigen Büffellederkalender raus und gab mir drei Wochen im März.«

»Das muss für Sie doch eine große Anerkennung gewesen sein.«

»Das will ich meinen. Sie können sich nicht vorstellen, wie sehr ich mich gefreut habe. Ich weiß noch, dass ich mich halb tot freute und dachte: Hendrikje, du wirst dich nie wieder in deinem ganzen Leben so freuen wie heute! Das ist nicht mehr zu toppen! Ich bin auf meinem schönen roten Rennrad nach Hause gefahren und habe auf der Kennedybrücke einen Handstand gemacht.«

»Sie sind vom Fahrrad abgestiegen, um einen Handstand auf der Kennedybrücke zu machen?«, fragt Doktor Palmenberg amüsiert, und Hendrikje antwortet ernst: »Nein, ich habe auf dem Fahrrad einen Handstand gemacht, als ich gerade über die Kennedybrücke rollte, auf dem Lenker!«

Die Palmenberg schaut Hendrikje an und weiß nicht, ob sie so was glauben soll. »… Aha … … Und dann?«

»Dann bin ich in Ernsts Copyshop, der wie immer ziemlich voll war. Ernst half Sophie gerade, Farbkopien zu machen. Ich sah, wie sie beide ganz dicht am Kopiergerät standen und an den Farbeinstellungen rummachten, und ich weiß noch, dass ich dachte, die stehen aber nah beieinander und sie sehen mich gar nicht, und ich weiß, dass ich fand, dass Sophie ganz rot im Gesicht war und daß die beiden da lange standen. Mit Sophie hab ich studiert auf der Kunsthochschule, und das Drama mit Sophie ist, dass sie irgendwie überirdisch schön ist. Sie sieht aus wie aus Marzipan und Goldstaub, wie ein Weihnachtsengel, und sie ist Gebrauchsgrafikerin geworden und verdient viel Geld und riecht irrsinnig gut. Es waren auch noch andere Kunden im Laden, Ernst hatte wirklich jede Menge zu tun, und erst als er weg war von Sophie und hinter die Kasse ging, bin ich zu ihm hin und erzählte ihm, dass Rothwein mich ausstellen würde, naja, und Ernst war halt im Stress und sagte: ›Na bitte, geht doch.‹ Ich stand wohl an einem ungünstigen Platz bei der Kasse, denn er kam hinter der Kasse hervor und schob mich weg, ich stand ihm im Weg, und er ging zurück zu Sophie, weil der Farbkopierer irgendein Theater machte ... naja, er hatte zu tun.«

Doktor Palmenberg sieht Hendrikje schweigend an, und Hendrikje rutscht nervös in ihrem Sessel hin und her.

»Ich war ja mit dem Rad unterwegs, also bin ich schnell zu Lisa gefahren. Lisa war gerade dabei, sich einen Loft ausbauen zu lassen. Sie wohnte damals noch in Schleswig-Holstein in einem Landhaus, das sie von ihren Eltern geerbt hatte, aber sie arbeitet in Hamburg als Rechtsanwältin, und um nicht jeden Tag hin- und herfahren zu müssen, hatte sie sich einen Dachboden in Hamburg gekauft und ließ den nun ausbauen. Naja, ich bin zu dieser Dachbodenbaustelle gefahren und da stand Lisa, schon in ihrer Robe, weil es ihr Gerichtstag war, und bei ihr stand Dieter. Ich hatte mein schönes rotes Rennrad geschultert und mit in den Loft gebracht, weil ich nicht wollte, dass es unten geklaut wird, und dieser Dieter war gleich ganz hingerissen von dem Rad und ich erlaubte ihm, damit rumzufahren, also nur oben auf dem Dachboden.«

»Hendrikje, lassen Sie mich hier kurz unterbrechen,« sagt Doktor Palmenberg, »als ich Ihnen sagte, dass hier in unseren Sitzungen alles erlaubt sei und Sie alles erzählen sollten, was Ihnen wichtig erscheint, da meinte ich natürlich schon die wesentlichen Dinge, die zu der Tat geführt haben. Sie sitzen hier, weil Sie – also gut, salopp gesagt – eineinhalb Menschen zu Tode gebracht haben, lassen Sie uns doch bitte bald zum Punkt kommen.«

»Oh, aber das führt alles zum Punkt, ich beschränke mich ja bereits aufs Wesentliche, ich erzähle Ihnen hier nur die wichtigen Dinge!«

»Gut, dann fahren Sie fort«, seufzt Doktor Palmenberg.

»Ich erzählte Lisa überglücklich, dass Rothwein mich ausstellt, und sie freute sich mit mir. Sie wusste, dass das auch viel Geld für mich bedeuten konnte, und dass ich das Geld auch dringend nötig hatte, denn was ich an drei Tagen pro Woche im Café verdiente, das reichte natürlich nie aus, ich muss ja auch Farben kaufen und die Ateliermiete bezahlen und ich kann schließlich nicht noch auf Omis Rente mitleben. Lisa stellte mich Dieter als eine begnadete Künstlerin vor und gab richtig an mit mir. Sie führte mich durch den Loft, der wirklich schrecklich aussah. Es waren bereits schöne Panoramafenster eingebaut und Toiletten und ein Badezimmer, aber keine Küche, und im Estrich gab es noch tiefe Schlaglöcher, die Wände waren unverputzt, es sollten zusätzliche Trennwände eingezogen werden ... und dafür hatte Lisa Dieter engagiert.

Dieter war ein Mandant, den sie vor einer Gefängnisstrafe bewahrt hatte. Ihm waren 127 kleinere Aufknackereien von Zigarettenautomaten und Einbrüche in Kioske nachgewiesen worden, aber weil er nie in eine Wohnung eingebrochen war, hatte Lisa ihn auf Bewährung rausgekriegt. Sie hatte dem Richter versprochen, auf seine Resozialisierung in der

Arbeitswelt ein persönliches Auge zu werfen. Und das tat sie: Dieter sollte das Loft zu Ende bauen, und dafür durfte er sogar dort wohnen. Sie hatte ihm ein Feldbett organisiert und einen Tauchsieder, und Dieter sagte, das wär allemal besser als Knast.

Und nun, als Lisa hörte, dass ich bei Rothwein ausstellen würde, da hatte sie auch gleich einen Job für mich. Ich sollte ihre Wände in dieser Wischtechnik bemalen, wie man das jetzt so hat. Ich freute mich und sagte zu, Job ist Job. Dann musste Lisa schnell zum Gericht und sagte, ich sollte die Details schon mal mit Dieter besprechen, also dass er die Wände dann auch gleich mit dem richtigen Putz verputzt, der sich am besten für die Wischtechnik eignet und so.

Dann war sie weg und Dieter justierte die Gangschaltung an meinem schönen roten Rennrad neu, was ich schrecklich nett von ihm fand. Er sah ziemlich hübsch aus, er hatte schwarze lange Locken und stahlblaue Augen und einen muskulösen Körper. Also nicht, dass ich auf männliche Models stehe, aber Dieter war eine Augenweide. Er trug ein ärmelloses T-Shirt und deshalb konnte ich sein Segelschiff sehen. Er hat auf dem linken Oberarm ein Schiff mit acht Segeln tätowiert, und das fand ich wahnsinnig sexy. Ich war geradezu erschüttert und musste andauernd auf dieses tätowierte Segelschiff starren, das sogar einen tätowierten Namen hatte: *True Love* stand auf so einem geschwungenen Band auf dem Rumpf. Tolle Arbeit, ganz sauber und filigran. Und ehe ich gucken konnte, da gibt mir Dieter mein schönes rotes Rennrad frisch justiert zurück. Er hatte noch etwas Schmieröl an den Fingern, und plötzlich lächelten wir uns an. Ich merkte, wie ich rot wurde, mir wurde ganz heiß, und Dieter grinste und strich mir eine Haarsträhne aus dem Gesicht, weswegen ich jetzt ein bisschen Schmieröl an der Backe hatte. Da hab ich aber gemacht, dass ich wegkam, denn ich bin schließlich mit Ernst zusammen, und lasse nichts geschehen, was ich Ernst nicht erzählen kann. Hätte erzählen können, muss es wohl heißen.

Dann bin ich nach Hause zu meiner Omi und habe die Rothwein-Überraschung aus dem Sack gelassen, und die Omi hat sich wie Bolle gefreut. Sie hat gestrahlt, wie ich das schon lange nicht mehr gesehen habe, sie kriegte Farbe ins Gesicht und lachte und rief: ›Um Gottes willen! Ich kannte ja noch den Vater vom jetzigen Rothwein! Der Mann dreht sich ja im Grab 'rum, wenn der wüsste, was sein Sohn sich in die Galerie holt!‹

Und da haben wir gelacht und ein Piccolöchen aufgemacht.

Ernst kam am Abend und schimpfte, dass der Farbkopierer kaputt gegangen wär, und ich fragte ihn, ob er Lust hätte, mit mir und meiner Omi Weihnachten zu feiern. Aber Ernst sagte, auf so konservative Sachen wie Weihnachten mit der Omi hätte er keinen Bock, als Nächstes würde ich wohl Kinder von ihm haben und ihn heiraten wollen, und ich soll nicht vergessen, dass ich nur seine Geliebte bin und er mein Geliebter, aber ich könnte gern über Weihnachten mit ihm und ein paar Leuten in Österreich Ski fahren, Sophie würde auch mitkommen. Da hab ich gesagt: Das geht nicht, ich kann die Omi Weihnachten unmöglich allein lassen, und man weiß ja auch nie – es kann ja jedes Weihnachten das letzte sein, die Omi ist schon 92. Dann eben nicht, hat Ernst gesagt, komm, wir ziehen uns die Bettdecke über'n Kopf. Das haben wir dann auch gemacht, und Ernst legte los, und an der bestimmten Stelle hielt er inne und raunte mir wieder ins Ohr: ›Komm! Du zuerst! Lass dich fallen!‹ Aber ich musste passen und Ernst ließ sich fallen.

Dann kam Weihnachten, Ernst war in den Skiurlaub nach Österreich abgereist und ich hab viel Geld ausgegeben, weil ich ja dachte, ab März bin ich ein reiches Mädchen. Ich hab der Omi ein ziemlich teures Kostüm gekauft, eins für die Ausstellungseröffnung in der Galerie Rothwein. Am Heiligen Abend hat die Omi uns eine Gans gebraten, und als wir gegessen hatten, hat die Omi ihr Geschenk ausgepackt und das Kostüm gleich angezogen. Sie war begeistert. ›Todschick!‹, rief sie, als sie vor dem großen Spiegel im Flur stand. Und dann kramte sie aus einer der hintersten Schrankecken ihr vor den Russen gerettetes Schmuckkästchen hervor. Sie war '45 vor den Russen aus Polen geflohen und hatte all ihr Hab und Gut während der Flucht stückchenweise verloren, nur das Schmuckkästchen hatte sie gerettet. ›Vier Mal‹, so sagte sie immer, ›haben die mich kontrolliert: in Litzmannstadt, im Vogtland, kurz vor Kassel und bei Hannover. Aber in meinen kleinen Handkoffer hat der Russe nicht mal reingeguckt.‹ Als ob das jedesmal der Russe gewesen wäre. Ich glaub ja, dass die Omi den Engländer und den Amerikaner und den Franzosen immer nur für den Russen gehalten hat, aber das gehört jetzt wirklich nicht hierher. Sie hielt mir das Schmuckkästchen hin, und ich durfte mir was aussuchen. Es war voll kleiner Blümchenbroschen aus Messing, kaputten Kettchen und kleinen Ringen, und ich hab mir einen kleinen Ring ausgesucht. Dann seufzte die Omi, die Gans lag ihr schwer im Magen, und dann sagte sie noch: ›Ach Kind, hol mir doch mal meine Tabletten aus der Küche‹, und ich ging in die Küche und nahm die Tabletten, und als ich zurück ins Wohnzimmer kam, da saß die Omi tot in ihrem Sessel.«

»Oh. Was haben Sie da gemacht?«

»Ich habe einen Zeichenblock geholt und sie skizziert. Es war plötzlich seltsam still im Zimmer. Ich konnte die Nachbarn hören, die irgendwo ›Stille Nacht‹ sangen, und zwar sehr hoch und sehr schief, und ich gab mir Mühe, mit dem

Bleistift auf dem Papier nicht so viel Lärm zu machen. Ich hatte das Gefühl, die Omi kriegt alles noch mit. Irgendwann fiel mir ein, dass sie möglicherweise sauer ist, in diesem Zustand gezeichnet zu werden, und da bin ich aber auch sauer geworden. Ich fing an zu heulen und mich zu verteidigen: ›Das ist nur‹, habe ich gesagt, ›damit du in der Galerie Rothwein auch mit dabei bist, wenn wir eröffnen! Das wolltest du doch unbedingt, oder nicht?!‹ Mir war wirklich der halbe Spaß verdorben, ich wollte doch, dass die Omi das noch erlebt, dass ich bei Rothwein ausstelle, und nun machte sie mir diesen Strich durch die Rechnung. Zur Strafe hab ich sie von drei Seiten gemalt, von vorn, von rechts und von links. Und dann wusste ich nicht, wohin mit mir und der Omi. Ich wollte nicht sofort den Arzt und den Bestatter anrufen, denn erstens wollen die ja auch mal in Ruhe Weihnachten feiern und ich dachte, die Omi ist zwar tot, aber irgendwie noch dermaßen *da*, also sie soll erst mal ganz in Ruhe kalt werden, ehe sie aus ihrer Wohnung raus muss. Ich hab zu meiner Omi gesagt: ›Okay, ich lass dich jetzt mal ein bisschen allein, damit du hier mit allem fertig wirst, ich komme aber gleich wieder.‹

Ich hab den Zeichenblock eingepackt und bin auf meinem schönen roten Rennrad ins Atelier gefahren. Und in Altona hab ich dann Paula und Paula gesehen. Sie saßen auf der kalten Straße, und Paula heulte, aber richtig laut. Sie fragte nicht mal, ob ich 'n paar Euro hätte, und das fand ich dann doch so ungewöhnlich, dass ich angehalten und sie gefragt hab, was los wär. Und Paula jaulte auf und stammelte, dass ihr Freund mit ihr Schluss gemacht hätte und sie am Heiligen Abend auf die Straße gesetzt hätte. Das war stark.

Das war Körperverletzung. ›Hast du niemanden, wo du hin kannst?‹, hab ich Paula gefragt, und sie hat nur den Kopf geschüttelt. ›Was ist denn mit deinen Eltern?‹, hab ich Paula gefragt, aber da jaulte sie nur noch lauter auf und schüttelte den Kopf noch doller. Ich überlegte, ob ich Paula mit zu mir nach Hause nehmen sollte, ins Warme, wo von der Gans noch was übrig war. Aber dann dachte ich an meine Omi, die es ganz bestimmt indiskret finden würde, wenn ich in ihrem Zustand fremde Leute mit heimbrächte. Und ich selber war mir auch nicht so sicher, ob ich, kaum dass die Omi tot war, ein Wohnheim für Freaks aufmachen wollte. Also ja, vielleicht, in der Not, mein Gott, eine Nacht, aber nicht heute. Heute nicht.

Also hab ich Paula mit ins Atelier genommen. Dort gibt es immerhin Gelegenheit, sich einen Kaffee zu kochen, eine Isomatte und einen Schlafsack, weil ich manchmal im Sommer über Nacht im Atelier bleibe, und ein Gemeinschaftsklo gibt es auch. Paula bedankte sich überschwänglich und mir war's peinlich. Ich sagte: ›Schon in Ordnung‹, weil ich ein schlechtes Gewissen hatte – natürlich beiden gegenüber. Der Omi gegenüber, weil ich jetzt nicht bei ihr war und ihre Hand nicht noch eine Weile hielt, und Paula gegenüber, weil zu Hause der beachtliche Rest einer Weihnachtsgans stand, den Paula bestimmt gut hätte gebrauchen können. Paula und Paula, ihr Köter. Ich hab die beiden ins Atelier gebracht, ihnen gezeigt, wie man sich mit dem Gaskocher einen Kaffee kocht, und dann musste ich Paula den Schlüssel dalassen, damit sie sich über Nacht einschließen kann und damit keiner die Bilder klaut. Ich ließ ihr also den Schlüssel da und verabredete mich mit ihr für den nächsten Tag nachmittags um drei, denn ich wusste ja, dass ich vormittags mit Arzt und Bestatter zu tun haben würde. Darum war ich also am Heiligen Abend ins Atelier gefahren: Nicht um zu malen, wie ich gedacht hatte, sondern um einem verirrten Schaf und seinem Hirtenhund Unterschlupf zu geben, Halleluja.«

»Das war doch sehr nett von Ihnen.«

»Nein, es war halbherzig, weiter nichts. Das quält mich bis heute: dass es so halbherzig war. Ich hätte Paula mit nach Hause nehmen müssen. Ich dachte ja die ganze Zeit an den Rest des Gänsebratens und hatte ein schlechtes Gewissen, dass ich den Paula quasi vorenthielt. Außerdem wäre ich dann nicht allein gewesen mit der Leiche meiner Omi. Es war nämlich so, dass die Omi *weg* war, als ich nach Hause zurückkam. Also ihre Leiche saß immer noch im Sessel im Wohnzimmer, aber *sie* war weg. Die ganze Wohnung war auf einen Schlag wie entseelt. Das hatte ich mir nicht so vorgestellt. Ich spürte eine Grabeskälte in unserer für gewöhnlich überheizten Wohnung und von der Omi eine Art Oberbitterenttäuschung, dass ich nicht bei ihr geblieben war. Ich hörte in dieser riesigen Stille so etwas wie das laute Schlagen einer riesigen Tür und die Stimme meiner Omi, die wie eine beleidigte Diva ›*Ich reise ab!*‹ schrie. Die ganze Wohnung schien mir wie eine Gruft zu sein, wie die unterirdischen Gänge einer Pyramide. Ich hatte den Eindruck, mit meinem Eintreten hätte ich den Sandlaufmechanismus ausgelöst und wäre gerade dabei, lebendig begraben zu werden, während die Eingänge sich für die nächsten 5000 Jahre hinter mir schlossen.

›*Ich muss sofort zurück ins Atelier*‹, dachte ich noch, der Gedanke war klar und laut genug, aber dann stellte ich mir vor, wie ich von zwei verschiedenen schlechten Gewissen geplagt die ganze Nacht zwischen Atelier und Wohnung hin- und herfahren würde, und zeigte mir selbst einen Vogel und legte mich ins Bett. Ich habe auch tatsächlich geschlafen, tief und fest.

Am nächsten Morgen habe ich den Arzt angerufen. Der kam und stellte den Totenschein aus. Er schimpfte, dass ich so lange gewartet hätte, das dürfte man gar nicht, aber er wollte bei einer 92-jährigen mal nicht so sein. Dann kam der Bestatter.

Ich habe ihm gesagt, dass wir kein Geld haben, die Omi und ich, und dass es nicht teuer werden darf. Der Bestatter sagte, das billigste ist eine anonyme Beerdigung. Die Leiche wird verbrannt, keine Grabrede, kein Pfarrer, 2000 Euro. Alles andere, also Sarg, Blumenschmuck, Pfarrer und so fängt bei 4000 an. Naja, ich wollte jetzt echt nicht anfangen, geizig zu werden und ich dachte ja, ab März bin ich ein reiches Mädchen. Der Bestatter war mit Ratenzahlung einverstanden, und also habe ich der Omi ein ordentliches Begräbnis spendiert. Ich dachte noch: Ich kriege ganz easy einen Überziehungskredit, wenn die bei der Sparkasse hören, dass ich bei Rothwein ausstelle ... *easy-beasy*.

Dann war der Bestatter weg mit der Omi, die hat er gleich mitgenommen. Dann habe ich mir die Reste der Gans warm gemacht und die Gans aufgegessen, und dann bin ich mit dem Rad ins Atelier gefahren. Und wie ich auf den Hof komme, da ist der ganze linke Flügel des Gebäudes abgebrannt. Genau da, wo mein Atelier war. Es stakten nur noch so die verbrannten Grundmauern aus dem Boden ... und ich hörte die Stimme meiner Omi, sie war also doch noch nicht abgereist.«

»Was hat die Stimme Ihrer Omi denn gesagt?«

»*Dresden '45! Dresden '45!* Das hat sie immer gesagt, wenn sie was besonders furchtbar fand. ›Dresden '45!‹ wenn ihr offenes Bein sie gequält hat, ›Dresden '45!‹, als die Briefe an meine Mutter aus Amerika zurückkamen. Ich bin auf die Reste meines Ateliers zugegangen, und ich sah, dass ganz professionell gelöscht worden war, die Feuerwehr musste in der Nacht noch da gewesen sein. Vier Atelierräume gab es auf der linken Seite, und drei davon waren abgebrannt, meins war das in der Mitte. Ich wollte das zuerst gar nicht glauben, was ich da sah, ich dachte, ich hätte mich im Hof geirrt, oder in der Straße, oder in der Stadt. Aber nein, ich war ganz richtig hier. Ich konnte sogar noch die Reste von Bildern von mir erkennen, völlig verkohlte Reste, mit geschmolzener, zerlaufener Farbe. Also, die Arbeit von fünf Jahren war verbrannt, womit klar war, dass ich mir die Ausstellung im März bei Rothwein von der Backe wischen konnte. Und das war nur die Hälfte des Schreckens, die andere Hälfte war schlimmer und fühlte sich an wie ein Fußtritt ins Herz: War Paula etwa hier ... in den Flammen? Was war ihr passiert? Ich weiß noch, dass ich mich vor lauter Angst plötzlich erbrach, ich hielt mich an einem halb abgebrannten Mäuerchen fest und gab die ehemalige Gans vor mein ehemaliges Atelier.«

Doktor Palmenberg guckt Hendrikje fast ungläubig an. »Das ist wirklich ... stark. Das ist ... ja ... ein ... außergewöhnlicher Fall von ... Schicksal.«

»Das meinen Sie doch nicht im Ernst«, sagt Hendrikje knochentrocken.

»Sie fühlen sich von meinem Mitgefühl verhöhnt?«

»Nein! Nein, nur: Es ist kein Schicksal, begreifen Sie das nicht? Es ist ein klassischer Fall von *Machsal*, was denken Sie denn, warum ich hier bin und andere Hungerkünstler nicht?!« Hendrikje wird lauter. »Andere Leute haben auch Schicksal und landen deswegen noch lange nicht im Knast! Und Sie sollen mich nicht bemitleiden, sondern mir sagen, was ich falsch gemacht habe!«

»Ich denke, das wissen Sie doch selber sehr gut: Vorhin haben Sie sich Halbherzigkeit vorgeworfen ...!«, sagt Doktor Palmenberg, die Hendrikjes plötzliche Aggressivität wütend macht. »Endlich haben Sie sturmfreie Bude und da gönnen Sie Paula die Reste der Gans nicht!«

»Also das finde ich jetzt wirklich gemein von Ihnen, ich

glaube, Sie missverstehen mich mit Absicht! Die Gans nicht gegönnt! Ich habe auf meine Großmutter Rücksicht genommen!«

»Nun, wenn Sie sich selbst belügen wollen, dem steht nichts im Wege, nur zu, aber dann sitzen wir in hundert Jahren noch hier.«

»So lang ist meine Strafe nicht.«

»Nein, aber von unserem Therapieerfolg hier hängt die Möglichkeit einer vorzeitigen Entlassung für Sie ab!«

Hendrikje bebt vor Wut, weil sie sich unverstanden fühlt. Sie zwingt sich zu schweigen. Doktor Palmenberg fährt so ungerührt wie ruhig fort: »Was Sie wollen, ist, Vorwürfe von mir hören, Sie wollen, dass ich sage: ›Ja liebe Hendrikje, wenn Sie so halbherzig waren, Paula im Atelier unterzubringen, wo das arme, gerade verlassene Mädchen nicht einmal die Reste eines Gänsebratens zu essen hatte, dann müssen Sie sich nicht wundern, wenn Sie der liebe Gott persönlich bestraft, zumal es ja noch der Heilige Abend war.‹ Sie wollen den Nachweis von mir, dass Sie ein schlechter Mensch sind, denn nur ein schlechter Mensch, so glauben Sie, hat Ihr Schicksal verdient.«

Hendrikje schweigt eine Weile und zwingt sich, nicht zu heulen. »Sie widersprechen sich ja die ganze Zeit«, sagt sie trotzig, »eben haben Sie doch selbst gesagt, dass ich halbherzig war.«

»Hendrikje, was hätten Sie wohl davon, wenn ich Ihnen Folgendes sagte: Es war weder gut noch böse, Paula im Atelier schlafen zu lassen, es war einfach nur dämlich. Unüberlegt, unkonzentriert, unverantwortlich, überhaupt nicht nachgedacht, überhaupt nicht einen Moment lang überlegt, Paula Geld für die Jugendherberge zu schenken, wo Sie doch glaubten, ab März ein reiches Mädchen zu sein?!« Doktor Palmenberg sieht Hendrikje herausfordernd an.

»Wenn das die Wahrheit ist, dann sagen Sie das ruhig. Ich will die Wahrheit wissen«, sagt Hendrikje ruhig.

»Was denn für eine *Wahrheit*?«, zischt die Palmenberg gereizt.

»Die Wahrheit über mich. Warum mir das alles passiert und warum ich eineinhalb Menschen umgebracht habe.«

»Meine Aufgabe ist nur, Ihnen dabei zu helfen, dass Sie selbst herausfinden, was Sie für die ›Wahrheit‹ halten. Ich stelle hier lediglich die Fragen. Haben Sie übrigens herausgefunden, ob Paula etwas passiert war?«

»Oh ja«, sagt Hendrikje beleidigt. »Paula ist quietschlebendig und rennt da draußen irgendwo rum. In Freiheit.«

Und dann steht Hendrikje einfach auf und geht raus.

4

Nächste Sitzung. Die Palmenberg liegt hingegossen auf ihrer Fernsehliege, Nägel lackiert, diesmal in einem cremefarbenen Hosenanzug. Ihre braunen Wellen hat sie hochgesteckt. Hier und da fällt mal eine Strähne sanft auf die Schultern, und die ganze Frisur betont den schön geschwungenen Hinterkopf der Ärztin.

Eine Unverschämtheit. Als Hendrikje früher noch lange Haare hatte und sich Hochsteckfrisuren machte, sah sie aus wie 'ne Straßenbahnschaffnerin im Hallenbad. Sie ist also wenig amüsiert und schaut Doktor Palmenberg feindselig an, aber die lächelt wie immer: aufmunternd und gelassen.

»Nun«, fragt die Palmenberg, »wollen wir einfach weitermachen?«

Hendrikje nickt tonlos und schweigt.

»Erzählen Sie mir einfach, wie es weiterging. Am ersten Weihnachtsfeiertag haben Sie festgestellt, dass Ihr Atelier abgebrannt war. Was haben Sie getan?«

»Ich wollte wissen, was aus Paula geworden war, ob ihr etwas passiert war bei dem Brand oder ob sie vielleicht sogar für den Brand verantwortlich war. Ich hab mich auf mein schönes rotes Rennrad gesetzt und bin die Straßen abgefahren, in denen ich Paula normalerweise immer getroffen habe, aber nichts. Kein Mensch weit und breit, alles leer gefegt. Die Menschen saßen alle zu Hause und feierten

Weihnachten, und wo Paula steckte, das wusste der Himmel. Aber je mehr ich nach ihr suchte, umso mehr wuchs in mir die Gewissheit, dass dieses kleine Biest sich einfach nur gut vor mir versteckte und irgendwo ganz unversehrt im Warmen saß. Ernst war im Skiurlaub und die Omi in der Kühllade des Bestatters, und ich wusste nicht, wohin mit mir.

Ich hab versucht, meine Freundin Lisa in Schleswig-Holstein anzurufen, aber da meldete sich keiner. Da bin ich auf gut Glück zu ihrem Loft gefahren, obwohl ich eigentlich nicht glaubte, sie Weihnachten auf einer Baustelle anzutreffen. Aber … aber sie war doch da. Sie hat mich nicht gesehen, und ich hab mich dann auch gleich wieder weggeschlichen. Also, sie … Wissen Sie, das Loft hatte noch keine richtige Tür, die musste erst noch eingebaut werden, es gab nur so eine provisorische Holzlattentür, und durch die Ritzen konnte ich sehen, wie sie und Dieter, also, wie sie …«

»Wie Lisa und Dieter sich liebten.«

»Ja, nein, es war nicht so eindeutig. Lisa versuchte, Dieter zu verführen, und ich fand das … Also Lisa hatte sich in ein schwarzes Lederkostüm gezwängt, so was hatte ich an ihr noch nie gesehen, sie sah fast aus wie eine Domina, mit hohen Stiefeln und so, und so stand sie vor Dieter, der an der Wand lehnte, und sie streichelte ihn und redete auf ihn ein, ob er seine Freiheit nicht ein bisschen genießen wolle und *ihre* Freiheit nicht ein bisschen versüßen, und ich hörte, wie Dieter sagte: ›Ey, du bist jetzt meine Chefin‹, und Lisa raunte: ›Genau, du brauchst dich also gar nicht so anzustellen‹ und ›Er ist doch nicht aus Seife‹, und dann machte sie sich an Dieters Jeans zu schaffen, und ich hab gemacht, dass ich wegkam. Auf Zehenspitzen bin ich runter durchs Treppenhaus und wieder nach Hause.«

»Waren Sie enttäuscht, dass Dieter den Avancen Ihrer Freundin offenbar nachgegeben hat?«

»Ja! Ich meine, Dieter ist so hübsch und Lisa so hässlich.«

»Hässlich? Sie nennen Ihre Freundin hässlich?«

»Ja, hässlich. Also ich fand diese ganze Szene so eklig. Lisa, wie sie da in so einem professionellen Reeperbahn-Outfit Dieter anmachte und dabei diese Stimme hatte, so eine Stimme hat sie ja sonst nicht.« Und Hendrikje macht die raunende Lisa nach: *»Er ist ja nicht aus Seife.«* Wahrscheinlich hat sie Dieter deswegen aus dem Knast geholt, trotz seiner 127 Einbrüche, weil sie scharf auf ihn war.«

»Und Sie konnten nicht einfach über die libidinösen Bemühungen Ihrer Freundin schmunzeln?«

»Vielleicht können Sie sich vorstellen, dass ich an diesem Tag über relativ wenig Dinge auf der Welt habe schmunzeln können«, sagt Hendrikje scharf. »Ich bin stattdessen mit dem Fahrrad heimgefahren, und unterwegs fing es zu regnen an, und ich dachte: Au ja, ich werde mich zu Hause in die Badewanne legen und mich selber libidinös bemühen. Ich werde mir ein Schaumbad einlaufen lassen mit mehr Schaum, als es die Omi je erlaubt hätte und mich selber nach Strich und Faden lieben.«

»Und?«

»Das klappte irgendwie überhaupt nicht. Ich kriegte keinen hoch, wenn Sie so wollen. Ich habe es nicht einmal bis in die Badewanne geschafft. Ich habe durchgeregnet wie ich war auf dem Sofa gesessen und mir von Herzen gewünscht, es käme ein Einbrecher, der mich einfach erschießt. Und auch dieser Wunsch blieb natürlich unerfüllt. Ich bin ins Bett gegangen und habe mir vorgestellt, wie ich zu Rothwein in die Galerie gehen würde, um ihm zu erklären, dass es keine Ausstellung geben könnte, jedenfalls nicht im März, und dass ich diesen Unfall im Café niemandem erzählen könnte, weil alle mich auslachen würden, allen voran meine Chefin, die meine Malerei ja sowieso nicht ernst nimmt und höchstens meckert, dass ich nach Terpentin rieche und damit die Gäste verjage. Ich lag im Bett und konnte nicht schlafen und dachte: Jetzt werde ich verrückt. Ich bin den ganzen zweiten Weihnachtstag im Bett geblieben, als es am Abend klingelte. Und obwohl ich wusste, dass Ernst noch im Skiurlaub war und noch nicht zurück sein konnte, war ich plötzlich glücklich weil ich dachte: Das *muss* er einfach sein, er hat sich ein Bein gebrochen und ist früher zurück, oh, Gott sei Dank, er ist zurück, und ich bin zur Tür gerannt und hab der Polizei aufgemacht.

Es waren zwei Zivilbeamte und die überbrachten mir eine Anzeige wegen Brandstiftung, denn die Feuerwehr hatte den Brandherd in meiner Atelierparzelle ausgemacht. Ich hab gefragt, ob bei dem Brand Menschen zu Schaden gekommen wären, und als die »Nein« sagten, war ich eine Sekunde lang wahnsinnig erleichtert, für eine Sekunde fielen mir ganze Gebirge vom Herzen, nur damit ich gleich darauf vor Wut hätte aus der Haut fahren können. Jetzt erst konnte ich mich so richtig dem Verlust meiner Bilder in vollen Zügen widmen, ganz ungebremst und ausschließlich.

Ich musste mit auf die Wache und da habe ich der Polizei den ganzen Vorgang geschildert und auch, dass meine Bilder nicht versichert waren, ich hätte also wirklich keinen Grund gehabt, drei Monate vor meiner ersten großen Ausstellung mein Atelier mit meinen Arbeiten anzuzünden. Ich habe denen erklärt, dass ich Paula im Atelier habe übernachten lassen, und auch den Grund, warum ich sie nicht mit heim genommen habe, und da haben die gesagt, das kann jeder sagen: *›Ich war's nicht, jemand anders ist es gewesen‹*, und selbst wenn, also selbst wenn ich eine Landstreicherin in meinem Atelier hätte übernachten lassen, dann wäre das grob fahrlässig von mir gewesen, und ich wäre haftbar zu machen, denn ich wäre ja die Mieterin gewesen. Ich hab die beiden Polizisten gefragt, was ich denn hätte machen sollen, Paula draußen in der Kälte sitzen lassen? Und dann rutschte mir raus: ›Scheiße, hätte ich Paula doch nur mit heim genommen!‹ Und da haben die beiden gelacht und gesagt: ›Seien Sie doch froh, sonst hätten Sie jetzt 'ne abgebrannte Wohnung!‹

Gut, meine Bilder und mein Atelier waren von mir nicht versichert, wer denkt schon an so was. Aber der Eigentümer des Gebäudes hatte das Gebäude versichert. Aber weil die Feuerwehr eindeutig eine Brandstiftung festgestellt hatte, die man auch bedarfsweise uminterpretieren konnte als meine grobe Fahrlässigkeit, kam die Versicherung für den Schaden nicht auf. Das stellte sich gleich in den ersten Tagen nach Weihnachten heraus. Am 28. Dezember habe ich mit dem Pfarrer die Omi beerdigt, und am 29. bekam ich ein Einschreiben, dass ich für den Schaden in Höhe von 103 000 Euro aufzukommen hätte. Mit der Beerdigung hatte ich jetzt also insgesamt 107 000 Euro Schulden. Ich habe mir versucht auszurechnen, wie viele Zusatzschichten ich im Café arbeiten müsste, um diese Summe herbeizuschaffen, dass ich vielleicht – also wozu habe ich denn das schöne rote Rennrad – morgens vor der Arbeit noch Zeitungen austragen könnte, in denen ich heimlich Sugar Browns Kolumne lesen könnte, um mein Abonnement einzusparen, und dass ich nicht mal auf diese Weise den Betrag in einem absehbaren Zeitraum zusammenkriegen könnte und außerdem nie wieder die Zeit haben würde, auch nur ein einziges Bild zu malen.

Da habe ich einen Offenbarungseid geleistet. Dazu war es erforderlich, dass meine Chefin Auskunft gab, wie viel ich monatlich verdiene, und sie hat natürlich wahrheitsgemäß geantwortet, dass ich mit meinen drei Schichten pro Woche mit den Trinkgeldern auf etwa 950 Euro monatlich komme.

Ein Teil davon ist sofort gepfändet worden, aber bei diesem ganzen Behördenvorgang kam natürlich raus, dass ich jahrelang dieses Geld schwarz verdient hatte. Man riet mir zu einer Selbstanzeige beim Finanzamt, oder man müsse mich anzeigen, also hab ich das gemacht und kriegte dann recht bald einen Steuerbescheid über die letzten drei Jahre, aber das war natürlich nicht viel, das Schlimmste waren die darauf veranschlagten Hinterziehungszinsen, aber das alles machte, wie die Omi gesagt hätte, den Kohl nun auch nicht mehr fett.«

Doktor Palmenberg hat, während sie Hendrikje zuhörte, so lange nervös an ihrer Hochsteckfrisur herumgefummelt und -gezupft, bis die auseinander zu brechen drohte und sie es notwendig fand, die Haare ganz zu lösen und zu einem glatten, konzentrierten Knoten im Nacken energisch zusammenzustecken. Jetzt sieht sie nicht mehr ganz so ohnmachtsgebietend schön aus, weswegen Hendrikje sie erleichtert anschaut. »Tja, so war das.«

»Wie hat denn«, will die Palmenberg wissen, »Ihre Chefin reagiert? Sie mussten ihr ja wohl nun doch den Unfall berichten.«

»Ja. Ich bin hin zu ihr und habe gesagt: ›Jemand hat all meine Bilder verbrannt.‹ Und sie hat gelacht und gesagt: ›Waren die denn so schlecht?!‹, weil sie natürlich dachte, ich würde Witze machen. Naja, sie merkte ja dann rasch, dass es kein Witz war.«

»Aber als sie merkte, dass Sie keine Witze machen, was hat sie da gemacht?«

»Sie hat mich vor den Gästen ausgeschimpft, weil sie wegen meinem Offenbarungseid ihre Buchführung teilweise offen legen musste. Und während sie tobte, saß der doofe Bruno am Tresen, hörte alles, glotzte mich mitleidig an und brachte doch wieder kein Wort 'raus. Die Goebbels schimpfte munter weiter, weil jetzt die Gefahr bestand, dass der ganze Laden einer Steuerprüfung unterzogen wurde. Sie hat gesagt, dass ich nur Schwierigkeiten mache und dass sie mich am liebsten rausschmeißen würde, sie mich aber leider noch brauchen würde und ich ihr nicht so schnell davonkäme.«

»Das hört sich ja wirklich sympathisch an.«

Hendrikje lächelt. »Jaa, Goebbels ist 'ne Nette.«

Und die schöne Frau Doktor Palmenberg mit dem strengen, schlecht improvisierten Knoten im Nacken schaut auf: »Hendrikje, Sie haben gerade gelächelt.«

Unwillkürlich erschrickt Hendrikje und wird todernst: »Oh, das sollte ich nicht.«

»Warum nicht?«

»Weil ich eineinhalb Menschen ...«

»Ich hoffe nur, Goebbels war einer von ihnen«, sagt die Palmenberg und fordert streng: »Aber das bleibt unter uns.«

Hier horcht Hendrikje empfindlich auf. »Fangen Sie jetzt an, sich über mich lustig zu machen?«, fragt sie leise und bestimmt.

»Nein«, seufzt die Palmenberg müde. »Entschuldigung.«

»Also, ich bin ja kein Serienkiller«, insistiert Hendrikje.

»Nein, natürlich nicht, Hendrikje. Entschuldigen Sie bitte die Bemerkung. Wie ging's weiter?«

Hendrikje schaut sich die Palmenberg an, ob diese Entschuldigung denn auch wirklich ernst gemeint ist, und erst als sie ein paar tiefe, müde Kummerfalten um die sonst so makellosen Palmenbergschen Augen sieht, glaubt sie der Ärztin.

»Ich hatte nur noch eins im Kopf: Geld. Oder besser: Geld verdienen. Ich wusste, dass ich keine Zeit verlieren durfte, sondern sofort sofort sofort Geld verdienen musste. Lisa wollte, dass ich ihr Loft bemale, also dachte ich: Sofort hinfahren und gucken, wie weit dieser Dieter mit seinen Bauarbeiten ist, vielleicht kann ich ja schon anfangen. Ich bin also mit meinem schönen roten Rennrad zu Lisas Loft gefahren, es war schon dunkel draußen, und wirklich habe ich Dieter da angetroffen, diesmal ganz allein, er war am Verlegen von Küchenfliesen, es hingen zwei kleine Scheinwerfer von der Decke, damit er Licht hatte, und so war das Loft beleuchtet wie eine schummerige Theaterkulisse, und wie Dieter da so am Arbeiten war, also, das sah richtig klasse aus, wie ein Gemälde von Rembrandt, rein lichttechnisch gesehen. Als Dieter merkte, dass da plötzlich jemand stand, hat er sich richtig erschrocken, aber dann hat er gesehen, dass nur ich das war, und da hat er sich, glaub ich, gefreut. Er hielt sich die Hand vor die Augen, weil das Licht ihn blendete, und dann erkannte er mich und fing zu grinsen an und sagte: ›Ach, die Lady mit dem tollen Fahrrad …‹, und das war ein Kompliment für mich. Er hat sofort aufgehört zu arbeiten und hat den kleinen Heizlüfter angemacht, den Lisa ihm hingestellt hatte, und im Tauchsieder Wasser warm gemacht. Damit hat er dann in einer großen Tasse einen Suppenwürfel aufgebrüht. Und weil er nur eine Tasse hatte, haben wir uns die Suppe geteilt. Er hat gesagt, dass er die Wände erst als Allerletztes verputzt, erst, wenn alles andere fertig ist, es würde also noch ein Weilchen dauern, bis ich mit dem Wischen anfangen könnte. Ich hab genickt und gefroren und mich umgesehen und gesehen, dass es noch viel zu tun gab. Das konnte wirklich noch lange dauern, das konnte womöglich März werden, bis Dieter die Wände verputzt hatte. Es war ja noch gar nichts passiert, nicht die zusätzlichen Wände eingezogen, und einen richtigen Estrich gab es auch noch nicht … Als ich Dieter wieder angucke, da schaut er mir direkt ins Gesicht und sagt: ›Du siehst scheiße aus.‹ Ich hab ihm gesagt, dass ich grad ’ne Menge Ärger hätte, und er wollte wissen, was los wäre, aber ich wollte ihm die ganze lange Geschichte ersparen und mir irgendwie auch, denn es war grad so schön mit ihm und ich wollte uns nicht den Abend verderben.

›Ach, halt der übliche Scheiß ...‹, hab ich dann bloß gesagt, und Dieter nickte und sagte: ›Das kenn ich.‹ Und eh ich auch nur irgendwas denken konnte oder machen konnte, ehe ich ihn wieder angucken oder die Bouillontasse abstellen konnte oder irgendwas, da küsst er mich plötzlich. Ehe ich überhaupt bis 1 zählen konnte. Plötzlich war mein Kopf zwischen seinen Händen und seine Lippen auf meinen, und er hatte weiche, warme Lippen, und der Kuss war schön und hörte überhaupt nicht mehr auf. Mir wurde heiß, und Dieter fing an, den Reißverschluss meiner Anorakjacke herunterzuziehen, und da musste ich kichern, weswegen Dieter aufhörte mich zu küssen, aber das ging mir nun doch irgendwie zu schnell. Ich hab den Reißverschluss wieder hochgezogen und gesagt: ›Ich kann das nicht so schnell‹, und Dieter hat genickt und gefragt: ›Du hast 'nen Kerl?‹ Und ich hab gesagt: ›Ja. Ich hab ... also ... Ernst ...‹

›Und?‹, wollte Dieter jetzt wissen, ›hat Ernst was mit dem Ärger zu tun?‹

›Nee‹, hab ich gesagt, ›Ernst weiß noch gar nichts davon, der ist im Skiurlaub. Es ist halt‹, und nun erzählte ich es ihm eben doch, ›dass meine Omi gestorben ist. Und in derselben Nacht sind alle meine Bilder verbrannt, und die machen mich jetzt für den Brand verantwortlich und ich bin pleite für den Rest meines Lebens.‹ Und da merkte ich erst, dass ich schon mittendrin in der schönsten Flennerei war, also, ich heulte, was das Zeug hielt. Und Dieter hat mich einfach nur in den Arm genommen und mich festgehalten und mich heulen lassen und gedrückt und gesagt: ›Na dann heul erst mal 'n Stückchen.‹ Das hab ich dann gemacht. In Dieters

Armen. Und als ich fertig war, hat Dieter gesagt, ich sollte mal lieber bei ihm bleiben. Mit Sachen an und wie Bruder und Schwester könnten wir beide in dem Feldbett schlafen, das Lisa ihm hingestellt hatte, das würde schon gehen und für alles andere wär es ja eh zu kalt. Ehrlich gesagt war ich ziemlich dankbar für diesen Vorschlag. Die Aussicht, nicht alleine nach Hause gehen zu müssen, war schon sehr verlockend, und dann auch noch in den schwer schönen Rembrandt-Armen von Dieter zu schlafen, angelehnt an sein Segelschiff, von dem ich ja wusste, dass es die ganze Nacht unter den langen Ärmeln seines Sweatshirts dahinsegeln würde … hmmm.

Wir haben uns in unseren Anziehsachen in Dieters Schlafsack gezwängt wie die Ölsardinen und auf das superschmale Feldbett gelegt. Dieter lag an meinem Rücken, ich konnte ihn riechen und er roch gut. Wir sind gleich eingeschlafen und ich weiß noch, dass ich tief und fest und gut geschlafen habe in Dieters Armen. Wie in Abrahams Schoß.

Am nächsten Morgen bin ich davon aufgewacht, dass ich mich beobachtet fühlte. Ich hab mit Absicht die Augen zugelassen, weil ich dachte, wahrscheinlich ist Dieter aufgestanden und schaut mich an. Ich wollte ihm zuliebe so tun, als würde ich es nicht merken, aber dann hab ich doch gelächelt, damit er sieht, dass ich wach bin. Aber da hab ich plötzlich gespürt, dass der Dieter immer noch hinter mir lag. Da hab ich dann die Augen aufgemacht und mich umgesehen: Es war niemand bei uns im Loft, aber die Holzlattentür mit den vielen Ritzen wurde plötzlich ganz hell, als hätte jemand davorgestanden und würde jetzt weglaufen. Dann hörte ich Schritte im Treppenhaus, die immer leiser wurden.

Lisa – das konnte nur Lisa gewesen sein, fuhr es mir durch den Kopf und der Gedanke weckte mich schlagartig, weil sie das natürlich richtig scheiße finden würde, dass ich bei Dieter geschlafen hatte … Andererseits war ja nun wirklich gar nichts passiert mit Dieter, und Lisa hätte allen Grund gehabt, ruhig zu bleiben, es sah ja nach mehr aus, als es war.«

»Sie fürchteten sich vor Lisas Eifersucht?«, fragt die Palmenberg.

»Ja, schon. Sie ist ja meine Freundin gewesen, zu diesem Zeitpunkt immer noch, und es gehört sich ja nicht, seiner Freundin den Liebhaber auszuspannen, oder?«

»Es gehört sich nicht?«

»Nein, tut es nicht. Ich möchte auch nicht, dass meine Freundinnen mir meine Liebhaber ausspannen!«

»Aber es kommt vor, oder?«

»Woher wissen Sie das?«

»Was? Woher weiß ich was?«

»Na, das mit den Freundinnen und den Liebhabern?«

»Also es *ist* tatsächlich vorgekommen!?«

»Ja, allerdings! Das ist ja das Fiese! Ich kriegte sofort die Quittung für meine Nacht mit Dieter.«

Traurig grinst die Palmenberg über ihren Schreibblock hinweg auf das Beistelltischchen mit der Murano-Vase und den frischen Lilien darin und sagt leise: »Oh Gott, Hendrikje, Sie haben einen tätowierten Räuber im Bett, behalten Ihren Anorak an und nennen das eine ›Nacht mit Dieter‹?«

5

Was hätten Sie lieber? Das alte Jahr noch mal oder lieber doch ein neues? Oder das alte Jahr noch mal mit dem besseren Wissen der im alten Jahr gemachten Erfahrungen? Auja! denkt wahrscheinlich jeder, ich könnte am 11. September gleich zum Frühstück die Glotze anmachen und live dabei sein, wenn sie in die Twin Towers krachen! ... Aber nee, wären sie ja gar nicht, weil das Bodenpersonal in Boston gewusst hätte, was die Jungs vorhatten, und sie gar nicht erst hätte einsteigen lassen. So ist das nämlich. Anstatt dass alles besser passierte, passierte nichts.

Jeder Selbstbetrug fängt nicht etwa damit an, dass die Menschen an etwas glauben, sondern damit, dass sie nicht glauben.

›Lady, dieses Schiff kann nicht einmal Gott versenken‹, soll ein Matrose einer Dame gesagt haben, die sich plötzlich zierte, sich wie geplant auf der Titanic einzuschiffen. Das Theater im Hafen von Southampton kann sich jeder leicht vorstellen: der Ehemann sofort sauer, dass seine Alte Zicken macht. Die Tickets haben ein Vermögen gekostet, man

hat sich für die Reise neu eingekleidet und sich auf Wunsch von Madame (!) im feinsten Hotel New Yorks angemeldet, die Geschäftspartner warten, aber Madame ist plötzlich empfindsam und hat gar kein gutes Gefühl. Eine Scheidungskrise droht, das ist Madame sofort klar, wenn sie ihren Ehemann nur ansieht, und in Blitzgeschwindigkeit läuft in ihrem Kopf der Kurzfilm ab: Wie ich im London des Jahres 1912 als geschiedene Frau im Allgemeinen und unter besonderer Berücksichtigung der Opernsaison leben werde. *Da sind die Vorwürfe der Eltern zu bedenken, der Verlust des Sorgerechts für das Kind, das beengte Leben in einem kleinen Apartment ohne Personal, die knappe Apanage, die gesellschaftliche Demütigung, die narzisstische Kränkung durch eine jüngere Nachfolgerin und der Verlust des Logenabonnements … und schon stiefelt Madame mit dem schlechten Gefühl entschlossen an Bord. Der Rest ist Geschichte.*

In den Iden des März hatte Cäsar genau so ein Eheproblem. Sein Weib Calpurnia hatte schlecht geträumt und bat Cäsar innigst, nicht in den Senat zu gehen, wenigstens nicht heute. Da war natürlich Zoff angesagt, Frauen glauben offenbar immer, Männer gingen ins Büro um sie, die Frauen, zu ärgern. Also schmeißt Cäsar wütend seine Toga über die Schulter, nimmt seine Schriftrollen und geht – selbstverständlich! – in den Senat. Er kann verdammt noch mal nicht zu Hause bleiben, weil Calpurnia schlecht träumt! Er durch

Rom, hoch die Stufen zum Senat und dann aber das große Staunen: ›Auch du, mein Sohn?!!‹

Nein, lieber Leser, wir wissen nicht, was geschieht, wenn wir in ein Flugzeug steigen oder zur Arbeit gehen – und wir würden es nicht bleiben lassen, wenn man es uns vorher sagte. Das alte Jahr hätte schlicht nicht stattgefunden, wenn wir irgendetwas geahnt hätten von dem, was uns zustoßen würde. Wir hätten nicht einmal einen Faden durch eine Nadel gezogen, um einen Socken zu stopfen, denn der Socken hätte ja erst gar kein Loch bekommen. In der Stunde seines Todes: Hätte Cäsar da gewünscht, als einfacher Olivenbauer vor den Toren Roms gelebt, um das Unglück vermieden zu haben? Kann ich mir nicht vorstellen.

Um Missverständnisse zu vermeiden: Wenig Böseres ist denkbar, als das vollbesetzte World Trade Center einstürzen zu lassen, aber was, wenn es nie erbaut worden wäre …? Dann würden auf der Insel Manhattan heute noch Indianer wohnen, und das wäre ja tatsächlich … äh, nee. 'tschuldigung. Das war jetzt ein blödes Beispiel.

Was ich sagen wollte, war eigentlich: Katastrophen vermeiden hieße das Leben vermeiden, und das Leben ist nicht, wie es ein Nachkriegsgerücht besagt, nett.

Nun, lieber Leser, haben Sie Appetit bekommen auf ein neues Jahr? Sollen wir den Socken noch mal stopfen? Wenn ja, denken Sie daran, was mein leider nicht mehr leben-

der Opa sagte: Es reicht nicht, die Dinge zu tun, du musst sie auch gut tun.

Ihr, vom Chefredakteur unter Androhung des Rausschmisses zu ›etwas Positivem zum Neuen Jahr‹ gezwungener

Sugar Brown

»Das war Sugar Browns Neujahrskolumne«, erklärt Hendrikje der Palmenberg und fügt, während sie den ausgeschnittenen Zeitungsartikel wieder zusammenfaltet und in die Hosentasche steckt, hinzu: »Ich wollte zum ersten Mal dem doofen Bruno recht geben, der einmal über eine andere Sugar-Brown-Kolumne gesagt hat: ›Der Typ schreibt den Scheiß nur für Geld.‹«

»Aber warum denn?«, fragt die Palmenberg. »Das passt doch sehr zu Ihrer Situation.«

»So was kann nur einer schreiben, der keine Ahnung von persönlichen Katastrophen hat. Ich meine, klar, rein theoretisch hat er recht, den Socken noch mal stopfen, das ist natürlich ein edler Vorsatz, nur war ich Anfang des Jahres in der Situation, nicht mal mehr einen Faden zu haben. So was vergessen die Klugscheißer immer.«

Die Palmenberg seufzt und schaut Hendrikje mit leichter Resignation an. »Also gut, lassen wir Sugar Brown. Was geschah als Nächstes? Bleiben Sie bitte streng in der Chronologie.«

»Ja. In den ersten Januartagen war das mit dem Finanzamt und der Selbstanzeige, und ich habe einfach im Café weitergearbeitet. Ich weiß nicht, was mit den Gästen los war, ich glaube, dass die alle schreckliche Weihnachten verbracht hatten, alle Leute waren unfreundlich und aggressiv und durchgeknallt, aber das hab ich schon oft beobachtet nach dem Fest der Liebe.

An einem Tisch saß ein Geschäftsmann in einem eleganten Nadelstreifenanzug, halt so ein richtiger Bilderbuchhanseat, vielleicht sogar ein Senator, ganz distinguiert, und der saß da vor einem Glas Champagner, zog plötzlich seine Schuhe und seine Strümpfe aus und fing an, sich aus einem kleinen Fläschchen eine Tinktur zwischen die Zehen zu pinseln. Mitten im Café! Total ungerührt. Stellen Sie sich das vor. Ich hab nichts gesagt, ich war zu schockiert.

Dann bin ich an einen Tisch und da hält mich eine Oma an und fragt mich, wann die Züge nach Frankfurt fahren. Und das weiß ich zufällig, weil ich mein schönes rotes Rennrad oft am Metallrahmen des Fahrplans festschließe, wir sind ja genau gegenüber vom Bahnhof, und ich sage: ›Ja, jede Stunde 19 nach von Gleis 7.‹

Das hört irgend so ein Freak und bricht in schallendes Gelächter aus. ›*19 nach!*‹, wiehert er. ›*Das ist ja geil! Die Züge nach Frankfurt!*‹ Und er kreischt richtig hysterisch und kriegt sich gar nicht wieder ein: ›*19 nach! Die Züge nach Frankfurt! Ist das geil! Und die nach Hannover? He Fräulein, und die nach Hannover?!*‹ Ich war völlig brüskiert, dass dieser Freak so ein Theater machte, und sagte sehr kühl: ›*Das sind dieselben.*‹ Das weiß doch jeder, dass die Züge von Hamburg nach Frankfurt über Hannover fahren, das war doch rein provokativ, dass der das fragte, aber er kreischte weiter, richtig laut: ›*Dieselben! 19 nach über Hannover nach Frankfurt! Ist das geil-o-geil! Das glaubt mir kein Mensch!*‹ Ich hab den dann ignoriert, aber die Oma fühlte sich verarscht, und zwar von *mir*, weil ihr zwischenzeitlich natürlich klar geworden war, dass sie *eine Kellnerin* nach den Abfahrtszeiten am Bahnhof gefragt hatte. Jetzt traute sie mir nicht mehr über'n Weg und dachte wahrscheinlich, ich würde mit dem Freak unter einer Decke stecken, dabei lag mir nichts ferner als das. Sie ging kopfschüttelnd raus und murmelte anklagend: *›19 nach, man wird ja wohl noch fragen dürfen, Entschuldigung.‹*

Außerdem saß am Ecktisch noch die Babygruppe, also vier Mammas mit vier Babys, das heißt, dass später, wenn die weg sind, in jedem Aschenbecher, auf jedem Stuhl und in den Kerzen aufgeweichte Butterkekse liegen und unter jedem Stuhl 'ne volle Windel. Ich hasse das, aber das Ekligste war, dass ein Pärchen am Nebentisch dabei war, ein Baby zu machen, jedenfalls sah es so aus. Die Frau saß auf dem Schoß des Mannes, sie hatten ihre dicken Wintermäntel an und bewegten sich sehr, sehr seltsam. Ihre Gesichter verfärbten sich, also ehrlich, ich glaube, die haben gevögelt. Ich hab nichts gesagt, ich hatte einfach nicht das Gefühl, dass ich genügend Autorität gehabt hätte, jemanden auch nur davon abzuhalten, ans Vögeln zu *denken*, schließlich hatte ich eben noch nicht mal einer Oma die Abfahrtszeiten der Züge nach Frankfurt ungestraft mitteilen können.

Aber zu meiner großen Beruhigung sah ich, dass der Nadelstreifensenator sich seine Socken jetzt wieder anzog, nach Verarztung seines Fußpilzes.

Ich habe vier koffeinfreie Cappuccini an den Babytisch gebracht und kriegte Gesprächsfetzen dieser Muttis mit, also, diese Babys fingen an, mir leid zu tun. Dieser Freak saß am Nebentisch und kicherte die ganze Zeit glucksend in sich hinein, er hatte sich noch nicht wieder eingekriegt, und eine dieser Mammis keifte: *›Du bist das siebte Zeichen der Hautalterung!, hab ich zu ihm gesagt.‹* Ihre Freundin stöhnte: *›Ich musste die ganze Wäsche zu meiner Schwiegermutter schaffen!‹* Und die Dritte posaunte raus: *›Ich fühle mich jetzt den ganzen Tag trocken!‹* Die Erste schrie: *›Du bist das Schmutzereignis, das ich nicht vergesse!, hab ich ihn total angebrüllt.‹* Ich weiß nicht, ob sie ihren Mann oder ihr Baby meinte, und von dem Tisch, an dem das Pärchen sich einen

Stuhl teilte, schmatzte es herüber und ich dachte: Gleich werde ich wahnsinnig, und da kam der doofe Bruno rein und setzte sich an den Tresen, und ich war so fertig, dass ich anfing, mich über den doofen Bruno zu freuen. Ich bin aus Versehen sogar richtig nett zu Bruno gewesen, ich hab ihm seinen Espresso hingestellt und ›Fröhliches Neues Jahr‹ zu ihm gesagt, aber er nickte nur und nuschelte ›Dito‹, und das hat mir dann gleich wieder gereicht.

Ich habe angefangen, Ernst herbeizusehnen, ich dachte, scheiß doch der Hund drauf, dass er nur mein Geliebter ist und nicht mein Freund, hoffentlich kommt er bald aus dem Skiurlaub zurück, damit ich mir mit ihm die Bettdecke übern Kopf ziehen kann. Ich dachte, Mensch, ich fahre am Abend nach der Arbeit nicht nach Hause, sondern gleich zu Ernst, auf meinem schönen roten Rennrad, ich dachte, heute muss er doch aus dem Skiurlaub kommen, die 14 Tage sind doch heute rum. Ich war ganz besessen von der Idee. Ich habe Feierabend gemacht und das Café abgeschlossen, und wie ich zu dem Fahrplan der Bahn komme, an dessen Metallrahmen ich immer mein schönes rotes Rennrad anschließe, da hing da nur noch das durchgesägte Schloss und mein schönes rotes Rennrad war weg.«

»Ich halts nicht aus«, stöhnt die Palmenberg leise und stützt ihren Kopf erschöpft in die Hand, ihre Schreibhand, mit der sie schon lange nicht mehr mitschreibt.

»Genau dasselbe hab ich auch gedacht«, sagt Hendrikje, die Palmenbergs Bemerkung als Mitgefühl missversteht. »Also ganz abgesehen davon, dass es ein Koga-Miyata war, das mal 2000 Mark gekostet hatte ...«

Die Palmenberg schaut Hendrikje an und fatalisiert: »Vielleicht mit 'ner kleinen Campagnolo-Ausrüstung ...?«

Hendrikje bestätigt das: »Ja, genau, mit einer Titan-Campagnolo-Ausrüstung, Sie kennen sich ja aus!«

»Natürlich kenne ich mich aus«, seufzt die Palmenberg müde. »Und ich verstehe nicht, wie man ein Koga-Miyata am Bahnhof stehen lassen kann.«

Hendrikje horcht auf und verstummt. Darauf also will die Palmenberg hinaus: Dass alles immer ihre, Hendrikjes, Schuld sein soll, sogar der Diebstahl ihres Fahrrads. Sehr einfach, was die Lady da macht, sehr einfach.

Doktor Palmenberg erinnert sich an ihre Bestimmung und rappelt ihren Oberkörper mühsam wieder hoch. Sie macht ein diszipliniertes Gesicht. »Weiter.«

Hendrikje reckt langsam und stolz ihr Kinn in die Höhe und überlegt, ob die Palmenberg weiteren Atem wert ist. Und berichtet der leidgeprüften Psychologin in überlegenem Ton, was weiter geschah: »Ich bin dann zu Ernsts Wohnung *gelaufen.* Ich hab bei ihm geklingelt, aber es hat keiner aufgemacht, also hab ich mich auf die Stufen vor dem Haus gesetzt und gedacht: Ich kann ja ein bisschen warten, vielleicht kommt er ja noch. Es fing an zu schneien, und ich saß auf den Stufen und guckte zu, wie der Schnee in den Autoscheinwerfern vorbeijagte und auf der Straße liegen blieb, und merkte noch, wie alles leiser wurde. Das war der Schnee, der die Straße und die ganze Stadt ganz leise machte, und ich weiß noch, dass ich das schön fand und dachte: Siehste Hendrikje, du hast immerhin noch so viel Nerven, dass du das genießen kannst, das Leben geht also weiter.

Dann wurde es mir langsam kalt, und als ich schon überlegte, dass ich nun aber doch bald mal heimgehen müsste, da stand Ernst plötzlich vor mir. Mit seinen Skiern über den Schultern, braun gebrannt und seine Reisetasche in der Hand, und ich war wie erlöst.

›Was machst du denn hier?!‹, fragte er mich und sah nicht so aus, als würde er sich übermäßig freuen.

›Ich warte auf dich‹, hab ich ihm geantwortet, und er nickte nur, ohne was zu sagen. Er warf seine Reisetasche an mir vorbei, nahm die Skier von seiner Schulter, lehnte sie mit besonderer Vorsicht an die Hauswand und blieb dann einfach stehen, wo er stand, und guckte mich an, guckte mich – wie soll ich sagen? – irgendwie *tonlos* an. Ich kriegte langsam ein echt mulmiges Gefühl in der Magengegend, ich dachte: Irgendwas stimmt hier aber nicht.

›Das darf doch nicht wahr sein‹, sagte Ernst genervt. ›Du sitzt hier wie ein herrenloses Hündchen in der Kälte und wartest, dass ich aus dem Urlaub zurückkomme.‹

Ich weiß auch nicht, was mich da geritten hat, aber irgendwie hatte ich schlagartig keine Lust mehr, Ernst zu erzählen, was in der Zwischenzeit alles passiert war. Ich fand das jedenfalls nicht sehr freundlich von ihm, mich so zu begrüßen, und wie ich noch so überlegte, dass er vielleicht eine anstrengende Heimreise gehabt haben könnte, fiel mir ein, dass doch Sophie mit im Skiurlaub gewesen war, und ich erinnerte mich an das Bild der beiden, wie sie gemeinsam vor dem Farbkopierer gestanden hatten, und plötzlich war mir alles klar und ich hab zu Ernst gesagt: ›Du bist in Sophie verliebt.‹

›Ja‹, sagte er ohne Umschweife, ›bin ich.‹

Und nun saß ich da und nickte tonlos, und Ernst sagte: ›Hendrikje, das hast du doch gewusst, dass das mit uns beiden nicht ewig gehen würde. Und wir hatten eine klare Abmachung. Es ist nie von Liebe die Rede gewesen.‹

›Nee nee‹, das musste ich ihm bestätigen, das hatte ich ja die ganze Zeit gewusst und hingenommen.

›Also.‹

Sophies Bild stieg vor meinem inneren Auge auf, ihre makellose, überirdisch schöne Fresse und die unglaubliche Ruhe, die sie so engelhaft umschwebte, dass all meine Eisenbahnbrücken und kriegerischen Liebesakte daneben wie kranke Psychosen aussehen mussten. Kranke Psychosen, die ihr Ende gefunden hatten in der Weihnachtsnacht, in der Ernst und Sophie sich vermutlich zum ersten Mal geküsst oder so hatten.

Ich dachte, vielleicht irrt Rothwein, wenn er sagt: ›Sie sehen den Krieg in allen Gestalten‹, vielleicht sehe ich nur das Hässliche in allen Gestalten, und Sophie hatte es weggeblasen. Solche Gedanken waren es, die mich Ernst fragen ließen: ›Wieso Sophie?‹ Aber Ernst dachte natürlich, ich frage diese lächerliche superblöde Frage aus den Frauenmagazinen: ›Was hat sie, was ich nicht habe?‹

›Du willst wissen, was sie hat, was du nicht hast?‹, fragte Ernst, und ich sagte: ›Ja.‹

Da hat er mich lange angeguckt und dann den Kopf geschüttelt: ›Nee, Hendrikje, das willst du nicht. Das willst du nicht wirklich wissen.‹

Und dann nahm er die Skier von der Wand, schulterte sie, ging an mir vorbei die Stufen hoch zu seiner Reisetasche, fingerte den Schlüssel aus seiner Anoraktasche und schloss sich die Tür auf. Er drehte sich noch mal zu mir um und sagte: ›Hendrikje, ich bin dein Kumpel. Wenn irgendwas ist, sag Bescheid, ich bin für dich da. Aber jetzt lass mich pennen gehen.‹

Und verschwand.

Bis zu diesem Augenblick war ich glücklich gewesen. Es war Glück, Ernst anzugucken und seine Stimme zu hören. Erst jetzt, als er weg war, als sich die Haustür leise hinter ihm geschlossen hatte, da wurde mir klar, dass ich ihn so schnell nicht wiedersehen würde, dass er nicht mehr mit mir schlafen würde, dass niemand mit mir schlafen würde und nicht mit mir reden. Und es kroch mir eine Kälte in die Glieder, eine sibirische, sibirische Kälte und ich dachte, wenn ich nicht aufsteh und heimgeh, frier ich hier fest, und dann konnte ich kaum aufstehen, weil meine Gelenke ganz steif geworden waren, aber ich bin dann doch aufgestanden und durch den Schnee nach Hause gelaufen.«

»Schön. Sehr schön.« Sagt die Palmenberg. »Das ist gut. Kann ich davon ausgehen, dass das Kapitel Ernst damit abgeschlossen ist?«

»Nein! Wie stellen Sie sich das vor?!« Hendrikje ist voller Empörung. »Tür zu und fertig?«

»Gut«, seufzt die Palmenberg und schaut auf die Uhr, »was dann?«

»Ich bin durch den Schnee nach Hause gelaufen und da saß ich dann in der Küche 'rum. Ernst hatte sich in die sagenhaft schöne Sophie verliebt, und ich wusste, dass es zwecklos gewesen wäre, um ihn zu kämpfen. Die Omi war tot, niemand würde mir jemals wieder eine heiße Suppe hinstellen, meine Bilder waren verbrannt, ich hatte mördermäßige Schulden und mein schönes rotes Rennrad war geklaut. Und wie mir das so durch den Kopf ging, fiel mein Blick auf das Brett mit den Seemannsknoten, das meine Omi seit ich denken kann in der Küche hängen hat, und das kam mir vor wie ein Wink des Schicksals, ich dachte: Genau. Es ist genug jetzt. Es reicht.«

»Was heißt das: Es ist genug jetzt, es reicht?«, will die Palmenberg wissen.

»Na, das heißt, ich dachte, ich bringe mich jetzt erst mal um.«

»Sie wollten sich das Leben nehmen?«

»Ja, genau.«

»Gut, bitte fahren Sie fort.«

»Ich hab mir ein paar Sachen zusammengepackt, meine Zigaretten und ein leeres Marmeladenglas mit Wasser, ich hab das Telefonkabel aus der Wand gerissen und das Brett mit den Seemannsknoten von der Wand genommen. Ich hab mir das Bügelbrett geschnappt und bin einen Stock höher auf den Dachboden gegangen. Auf der einen Seite sind die einzelnen, abgeteilten Käfige für die Mieter, und auf der anderen Seite ist der Trockenboden für die Wäsche, den hat aber außer meiner Omi und mir schon lange niemand mehr benutzt. Da hab ich das Bügelbrett aufgestellt, unter einem Dachbalken, den ich für geeignet hielt. Dann hab ich mir von dem Brett mit den Seemannsknoten einen Stek ausgesucht, das ist ein Knoten, der seine Festigkeit erst durch Zugkraft erhält, der schien mir am besten geeignet zu sein. Den hab ich dann erst mal gebastelt und dann das andere Ende des Telefonkabels schön am Dachbalken festgeknotet. Dann hab ich mich auf den Fußboden gesetzt und meine letzte Zigarette geraucht und immer schön aufgepasst, dass ich die Asche in das leere Marmeladenglas mit dem Wasser schnippe, damit es nicht gleich schon wieder brennt. Als ich die Zigarette zu Ende geraucht hatte, hab ich das Marmeladenglas mit der Kippe gut verschraubt und dann bin ich aufgestanden und hab die Dachluken aufgemacht, weil ich dachte: Hendrikje, du weißt nicht, wie lange es dauert, bis sie dich finden, und dann will ich nicht dran schuld sein, wenn das ganze Haus stinkt. Dann bin ich auf das Bügelbrett geklettert, genau unter meinen Telefonkabelstek und hab mir die Schlinge um den Hals gelegt. Ich stand ganz still und überlegte mir, wie ich jetzt am besten das Bügelbrett unter mir wegtrete, damit es keine Komplikationen gibt, als das Licht im Treppenhaus anging. Das war deutlich zu sehen, der Lichtschein fiel durch die Dachbodentür, und ich dachte, okay, das muss ich jetzt erst noch abwarten, da kommt einer nach Hause und nicht, dass ich auf mich aufmerksam mache.

Ich hörte schnelle Schritte im Treppenhaus, die Person kam nach oben, also nicht bis zum Dachboden, aber doch bis in den dritten Stock, in mein Stockwerk.

Einen kurzen Augenblick überlegte ich, ob das vielleicht Ernst sein könnte, der alles bereut und zu mir zurückkommt, ich lauschte und hörte dann aber nur ein dumpfes, kleines, plumpes Plumpsen und wie die Person wieder weglief, und da fiel es mir ein! Das war die Zeitung! Mein Abo! Die Zeitung kommt immer nachts gegen zwei Uhr, das war die Zeitung mit einer druckfrischen Kolumne von Sugar Brown! Die wollte ich mir natürlich nicht entgehen lassen! Ich dachte, das kann ich ja eben schnell noch machen, die Kolumne lesen, und ohne zu überlegen hab ich irgendeine hastige Bewegung gemacht. Ich hatte wohl im Augenblick vergessen, dass ich die Schlinge schon um den Hals hatte, jedenfalls verlagerte sich mein Gewicht auf dem Bügelbrett irgendwie ungünstig, das Bügelbrett krachte zusammen, und ich fiel hin, ich fiel auf den Fußboden, trotz der Schlinge. Es machte einen Mordslärm, es schepperte und krachte, und ich bin mit dem Gesicht nach vorne gefallen, mit der Schläfe an einen der Füße des Bügelbretts und überhaupt tat das alles sehr weh.

Seltsamerweise hat man während eines solchen Falls wahnsinnig viel Zeit, sich Gedanken zu machen. Als ich fiel, dachte ich natürlich, dass mich der Sturz unbedingt und mit tausendprozentiger Sicherheit umbringen müsste, wegen der Schlinge um meinen Hals. Und da dachte ich: Scheiße, unten auf meiner Matte liegt Sugar Browns Kolumne, und ich sterbe hier oben. Scheiße Scheiße Scheiße. Und als ich dann am Boden lag und mir alles wehtat und ich mich langsam berappelte, da hab ich mir dann erst mal den Stek angeschaut, aber der hatte sich nicht durch Zugkraft gefestigt, sondern sich durch Zugkraft gelöst.«

»Aha.«

»Ja, aha. Scheißbiest.«

»Und?«, fragt die Palmenberg gedehnt, »war denn Sugar

Browns Kolumne wenigstens eine Bereicherung in Ihrem übrig gebliebenen Leben?«

»Verarschung. Es war Verarschung.«

»?«

»Er schrieb, es wäre ihm heute nichts eingefallen, und druckte ein Rezept für Hühnersuppe ab.«

»Ein Rezept für Hühnersuppe?«

»Hmhmm«, konstatiert Hendrikje beleidigt, »und dass man zwar Karotten reintun soll, aber die Karotten bloß nicht klein schneiden, das würde die Suppe trübe machen.«

»Die Suppe trüben …«, nickt die Palmenberg versonnen.

»Ja. Verarsche eben.«

»Ich weiß nicht, was daran Verarsche sein soll. Einem Kolumnisten fällt einen Tag nichts ein, und er beglückt die Menschheit mit Hühnersuppe. Zu den Ereignissen in meinem Leben, bei denen ich mich am wenigsten verarscht gefühlt habe, gehört definitiv der Genuss von Hühnersuppe.«

»Da sind Sie aber leicht zu beglücken«, sagt Hendrikje, sauer, dass die Palmenberg so wenig Anteil nimmt an der Schilderung ihres Selbstmords, steht auf und geht ohne ein weiteres Wort hinaus. Und Frau Doktor Palmenberg schaut erlöst auf das kleine Armbandührchen, das sich antik und golden um ihr schmales Handgelenk schmiegt.

6

»Am nächsten Tag hatte ich Geburtstag, ich wurde 34, Quersumme 7, und ich dachte noch: Das kann ja heiter werden.«

»Das war der Tag nach Ihrem Sturz vom Bügelbrett?«, fragt die Palmenberg in der nächsten Sitzung.

»Das war der Tag nach meinem Selbstmordversuch, genau. Ich hatte ein schwarzblaues Auge von dem Sturz auf den Fuß des Bügelbretts, und ein paar Schrammen im Gesicht, also, ich sah ganz schön verprügelt aus. Als ich ins Café kam und Goebbels mich so sah, hat sie mich gleich wieder heimgeschickt: So könnte sie mich nicht auf die Gäste loslassen. Und als ich gerade das Café verlassen wollte, da kam Holger mir entgegen, der wollte mich besuchen, weil er wusste, dass es mein Geburtstag war. Er hat sich erschrocken, weil ich halt so aussah, wie ich aussah, und ging mit mir in ein anderes Café, und da hab ich ihm alles erzählt, was so passiert war, und dass ich in der Nacht versucht hatte, mich umzubringen. Holger jedenfalls war ziemlich mitgenommen, als er das hörte, und sagte: ›Ja, aber das ist ja fürchterlich!‹ Und ich nickte und sagte: ›Ja, Holger, das ist es.‹ Dann fragte Holger mich: ›Ja, aber warum hast du mich denn nicht angerufen?‹ Er war über Weihnachten und Silvester zu Hause bei seinen Eltern in der Lüneburger Heide gewesen und hatte angefangen ›*Väter und Söhne*‹ neu zu übersetzen, wieder ohne Auftrag, einfach so, und da wäre es für ihn ein

Leichtes gewesen, sagte er, mal schnell nach Hamburg zu kommen, wenn er gewusst hätte, wie schlecht es mir ging. Na ja, irgendwie hatte ich daran gar nicht gedacht. Jedenfalls entschuldigte er sich, gleich wieder loszumüssen, denn er hatte einen Termin bei einem Verlag, der sich plötzlich nun doch für seine Neuübersetzung von ›*Krieg und Frieden*‹ interessierte, aber er versprach, am Abend wieder zu kommen. Das tat er auch, und er hatte die anderen alle zusammengetrommelt, also Lisa und Ernst, aber der musste natürlich Sophie mitbringen. Ich war sowieso gerade am Kochen, und also hab ich alle reingelassen und dachte noch, das ist jetzt aber schon nett von Ernst, dass er zu meinem Geburtstag kommt, dann stimmt das also, als er gesagt hat, er wär mein Kumpel, und dass er Sophie mitbringt, na ja, das würde er früher oder später eh tun, also dann, warum nicht früher. Und Lisa war auch mitgekommen, vielleicht hatte ihr ja Dieter erzählt, dass nichts gelaufen war zwischen uns. Jedenfalls hatte Holger allen bereits erzählt, was passiert war. Trotzdem fragte mich Sophie ganz erschrocken, wer mich denn so zugerichtet hätte, mein schwarzblaues Auge und so. Und ich hab gesagt: ›Na, ich hab doch versucht, mich umzubringen.‹ Lisa legte ihr Pelzcape ab und seufzte: ›In deiner Situation ist das gar keine schlechte Idee.‹ Und sie wirkte überhaupt sehr erschöpft. Aber Sophie, zart besaitet wie immer, machte einen auf entsetzt und fragte mit aller erdenklichen Erschütterung in der Stimme: ›Wieso *das* denn?‹ Und ich sagte: ›Na, das hat euch doch Holger schon erzählt, weil halt alles schief geht!‹ Und Ernst pflichtete mir bei und sagte zu Sophie: ›Wie du siehst, hat nicht mal das geklappt!‹ Und da nickte Sophie sehr einsichtig.

Warum es nicht geklappt hätte, wollte Ernst jetzt wissen, und ich hab gesagt: ›Na, weil der Stek, den ich gebaut hatte und der sich durch Zugkraft zuziehen sollte, sich durch

Zugkraft gelöst hat.‹ Ernst nickte nur, und ausgerechnet Sophie fing nun an, mir gute Ratschläge zu geben. Sie sagte, ich soll mein Schicksal nicht verdammen, sondern als *Chance* begreifen, und ich dachte: Jetzt knallt sie durch. Und ich sollte mein Karma nicht mit schlechten Gedanken beflecken, sondern mir eine gute Fee vorstellen, die mir drei Wünsche freistellt, und dann soll ich die Wünsche klar und deutlich formulieren. Ich dachte, Sophie hat keine Ahnung, aber bitte, drei Wünsche kann sie haben.

›Heilige Scheiße, Sophie‹, hab ich zu ihr gesagt, ›ich will einfach nur genug Zeit haben, meine Bilder zu malen, irgendwo, wo die Miete bezahlt ist und wo *mir* mal jemand das Essen serviert und wo ein Freund auf mich wartet.‹ Lisa schüttelte abschätzig den Kopf und sagte: ›Du hast aber auch hohe Ansprüche.‹ Da hat tatsächlich Ernst eingegriffen und gesagt: ›Jetzt komm, Lisa, sie hat's echt nicht leicht. Oma tot, Bilder verbrannt, Offenbarungseid, Freund weg – sorry – Fahrrad geklaut und so ... das würde mich auch irritieren.‹

Freund weg! Er sagte tatsächlich: *Freund weg,* nicht etwa: ›Geliebter weg‹ oder ›Nicht-Freund weg‹! Und dann sagte er, dass er sich das mit dem Stek überhaupt nicht vorstellen kann, dass der sich durch Zugkraft gelöst haben soll, was das denn für'n Stek gewesen wär. Und dann verlangte er einen Bindfaden, weil er das mal ausprobieren wollte, und ich holte aus Omas Küchenschublade einen ihrer aufgehobenen Bindfäden, und Ernst saß da und krokelte und friemelte an dem Bindfaden herum, bis er so was wie einen Stek gebaut hatte. Und als er ihn ausprobierte, löste sich auch der. Ernst schmiss den Bindfaden auf den Tisch, und ich rauchte und schaute mir den Faden an und sagte: ›Wenn die Indianer fertig sind mit ihrem Leben, dann gehen sie ins Gebirge, machen so 'ne Art Sterbemeditation und nach drei Tagen sind sie tot.‹

Lisa verzog ungläubig das Gesicht und sagte angewidert: ›Da würd ich mir aber lieber gleich die Pulsadern aufschneiden!‹, und Ernst erwiderte ihr ganz besorgt: ›Aber du weißt, dass man das in der Badewanne machen muss!‹

›Ja, aber ich würd' mich niemals umbringen …‹, meinte Holger, und Ernst sagte: ›Ich würd' mir 'nen goldenen Schuss setzen, ein Abgang in Würde ist besser als ein würdeloses Leben.‹ Sophie schaute ihn daraufhin ganz besorgt an, aber Ernst küsste sie zur Beruhigung gleich auf den Mund. ›Ich meine nur‹, sagte er, ›man muss loslassen können. Und manchmal muss man alles loslassen.‹

Nur Holger fand das ganze Gespräch irgendwie nicht so witzig und sah ein bissel bleich aus. Er guckte von einem zum anderen und sagte: ›Ja, aber man kann doch nicht …‹, und da bin ich ihm ins Wort gefallen und hab gesagt: ›Doch Holger, man kann.‹

›Und wie man kann!‹, warf Lisa ein und dann erzählte sie von ihrem Ethik-Professor, den sie früher mal an der Uni gehabt hatte. Der hatte alle seine Freunde zu einem geradezu prunkvollen Abendessen eingeladen, hatte einen Geiger engagiert, der wunderschöne Zigeunerweisen spielte und ging irgendwann ganz unauffällig aus dem Zimmer. Keiner der Freunde bemerkte irgendwas, erst nach längerer Zeit fragte einer, wo denn eigentlich der Gastgeber geblieben wäre. Sie gingen durchs Haus und fanden ihn in seinem Arbeitszimmer – erhängt.

›Ja, aber das war bestimmt ein Russe‹, sagte Holger, und Lisa bestätigte: ›Ja, stimmt genau, das war ein Russe.‹

›Ja, die Russen, die machen so was‹, sagte Holger, ›aber wir …‹

›Du predigst doch immer‹, sagte ich zu Holger, ›dass wir sonst was von den Russen lernen können.‹

Und Holger sagte: ›Ja, aber doch nur für's Leben …!‹

Und ich dachte nur: welches Leben?

Ich sah Ernst an und sah, wie verschwiemelt und aufgedunsen er aussah, und daneben die bildschöne Sophie, und ich fragte mich, wieso Sophie sich von Ernst vögeln lässt, der doch der schlechteste Liebhaber war, den man kriegen kann. Ich dachte an meine Arbeit im Café und an Goebbels, und das sollte ja in Zukunft mein einziger Lebensinhalt sein: da so viel arbeiten, wie's ging, Goebbels überreden, mir Zusatzschichten zu geben, damit ich meine Schulden bezahlen könnte, und Sugar Browns Kolumnen, die, wenn ich Pech hätte, in Zukunft aus Kochrezepten bestehen würden.

Lisas Ethikprofessor, dachte ich, hatte Stil bewiesen. ›Ein rauschendes Fest geben, mit allen Freunden‹, sinnierte ich, und ich weiß, dass ich dabei lächelte, ›das wär's überhaupt. Im Kreis aller Freunde, nicht so allein wie ich letzte Nacht auf dem Dachboden, und Musik und gute Getränke. Das ist schön und erhaben, so zu gehen ...‹

Keiner sagte was. Alle guckten mich an. Ich glaube, das war die Stelle, wo sie merkten, dass ich es ernst gemeint hatte in der vergangenen Nacht, Stek hin oder her. Mir wurde plötzlich ganz leicht ums Herz, ich sah Ernst an und fand ihn plötzlich beklagenswert hässlich, daneben Sophie, deren Naivität mich aufrichtig erschütterte, Lisa, die müde und faltig aussah und der ich wünschte, dass sie wilde Nächte mit Dieter haben würde, damit sie nicht so wahnsinnig griesgrämig rumlaufen müsste, und Holger, der immer nur lieb und fleißig war, fleißig und lieb, und den niemand für voll nahm und von dem ich plötzlich befürchtete, er müsse eines Tages mindestens Amok laufen und Schulkinder als Geiseln nehmen, damit ihn mal ein Mensch ausreden lässt und er einen einzigen Satz sagt, der nicht mit »ja, aber ...« anfängt. Das waren nun meine Freunde, dachte ich. Und: Ich bin allein, ob die hier sitzen oder nicht. Wenn jetzt wenigstens die Omi reinkäme und alle rausschmeißen würde. Aber die Omi kam nicht rein und schmiss niemanden raus und es tat mir weh, dass sie in einem eiskalten Grab lag, sie, die doch immer nur gefroren hatte.

Plötzlich hörte ich mich sagen: ›So möchte ich auch sterben, so wie der Professor. Im Kreis von Freunden, können wir nicht so was machen?‹

Kaum hatte ich gemerkt, dass ich selbst die Sprecherin dieses Textes gewesen war, da erwartete ich auch schon eine lange Stille, aber nix. Lisa rief voller Empörung: ›Jahaa! Am Ende noch bei mir draußen in Schleswig?!‹ Sie meinte ihr Landhaus, in dem sie ja noch wohnte, bis das Loft fertig war.

›Gute Idee‹, sagte ich.

Holger sagte: ›Ja, aber man kann doch sein Leben nicht so einfach wegschmeißen!‹

Und Sophie brach plötzlich in Tränen aus und weinte: ›Oh Gott, mein Vater wartet seit zwei Jahren auf eine neue Niere!‹, aber Ernst tröstete sie und gab ihr sein Taschentuch und sagte: ›Also verbietet sich schon mal der Sprung vom Philosophenturm.‹

Holger sagte: ›Ja, aber ein Selbstmord ist eine private Sache, das muss man schon alleine machen!‹, und Ernst sagte zu ihm, während er auf mein blaues Auge zeigte: ›Du siehst doch, was dann passiert.‹ Und Lisa schnaufte: ›Ich finde es unglaublich von dir, so was von uns zu verlangen!‹ Dabei hatte ich gar nichts verlangt, sondern nur mal ’ne Idee geäußert.

›Spielen wir den Gedanken doch einfach mal durch‹, sagte Ernst. ›Wie soll’n das gehen? Steks bauen können wir jedenfalls alle nicht.‹ Und Lisa fiel ein: ›Beihilfe zum Selbstmord ist nicht strafbar, aber da kommt es natürlich sehr auf den Richter an, was der unter Beihilfe versteht und so. *Ma-*

chen muss man es schon selbst. Und das muss beweisbar sein. Ich hab keine Lust, dass ich dann hinterher dasteh' und mich verantworten muss, keine Lust, ehrlich nicht.‹

›Also, Hendrikje‹, fuhr Ernst unbeirrt fort, ›wie stellst du dir das vor?‹ Und ich antwortete: ›Ich weiß nicht, wie ich das hinkriegen soll, ich hab's doch schon mal versemmelt.‹ ›Aber dein Leben versemmelst du auch‹, sagte Ernst und das stimmte ja nun.

›So was würden wir dann schon schriftlich brauchen‹, fiel Lisa ein, ›du müsstest einen richtigen Abschiedsbrief hinterlassen, aus dem hervorgeht, dass du freiwillig aus dem Leben scheidest. Und dass du diesen Entschluss bei klarem Verstand gefasst hast.‹

›Ja, aber sie *ist* nicht bei klarem Verstand!‹, rief Holger, und ich ranzte ihn an, was denn das nun für eine Unverschämtheit wäre. Und Holger sagte: ›Weil niemand in einer solchen Situation bei klarem Verstand sein kann!‹

Und da sagte Lisa: ›Im Gegenteil, gerade das Unglück ist es, was den Verstand schärft.‹

Je länger sie redeten, umso mehr wollte ich sterben. Ernst sinnierte vor sich hin und sagte dann, er wüsste schon einen Weg, wie er mir in der Sache helfen könnte, aber der sei für ihn selbst sehr gefährlich, damit könnte er, wenn es schief ginge, sich selber sehr belasten. Ich wollte wissen, was das wäre, und er sagte, es wäre eine sehr einfache, absolut schmerzfreie Möglichkeit, mir da zu helfen, aber sehr riskant für ihn. Sophie rief: ›Ich will das gar nicht wissen!‹, aber die beiden anderen wollten und forderten Ernst mehrmals auf, zu sagen, woran er denn da dächte, aber der schüttelte nur den Kopf und sagte: ›Nee, ich würde auch euch nur belasten.‹

›Du kannst es mir ja alleine sagen‹, schlug ich vor, und Ernst schüttelte den Kopf: ›Dir sowieso nicht, denn sonst ist der Witz weg. Du sollst es ja gar nicht merken, wenn's passiert, es soll dich überraschen und dann so schnell gehen, dass du's gar nicht merkst. 'ne sehr humane Methode.‹

Ich fand, dass sich das immer besser anhörte, und wurde natürlich immer neugieriger. Ich fragte Ernst: ›Sag mal, ist das dein Ernst, du kennst so 'ne tolle Methode?‹

Ernst nickte sehr ernst und meinte: ›Wenn ich dir auf diese Weise helfe, dann ist das Risiko dermaßen hoch für mich, dass, wenn irgendwas schief geht *danach* – denn an der Sache selber kann überhaupt nichts schief gehen –, *ich* das nicht überlebe. Also nicht in Freiheit, sondern nur im Knast.‹

›Na, sag ich doch die ganze Zeit‹, stöhnte Lisa. ›Ein juristisch einwandfreier Abschiedsbrief ist ganz wichtig!‹ Und Ernst nickte: ›Hmhmm.‹

Ich sagte: ›Oh Mensch, Ernst, wenn das so 'ne sichere Sache ist …‹ Aber er schüttelte den Kopf und meinte: ›Nee, das Risiko ist mir echt zu groß. Wirklich wahr, Hendrikje, ich würd dir gerne helfen, aber so … und ohne jede Absicherung … außerdem ist Sophie vielleicht schwanger.‹

Sophie heulte sofort los, und Ernst gab ihr wieder ein Taschentuch. Dann beruhigte sie sich und lächelte und sagte, dass sie zwar noch keinen Ultraschall bei noch keinem Arzt gemacht hätte, aber der B-Test aus der Apotheke, der wär schon mal positiv, und irgendwie würde sie es auch spüren, sie hätte es in jeder Pore.

Jetzt verstand ich auch, warum Ernst sich so zierte, das versteht ja jeder. Ich wusste zwar immer noch nicht, was er sich unter ›Absicherung‹ vorstellte, aber ich dachte plötzlich, vielleicht fällt es ihm leichter, wenn er was Schönes dafür bekommt, wenn er mir hilft, eine Art Bezahlung, einen Gegenwert für das hohe Risiko. Und ich fragte ihn, ob er nicht, wenn dann alles gut gegangen wäre und vorbei wäre, also, dann würde ich ja meine Wohnung nicht mehr brauchen, und ob er die dann nicht haben wollte. Denn schließlich ist das ja mit Wohnungen in Hamburg …«

»Augenblick mal bitte«, unterbricht die Palmenberg. »Ernst wurde Vater?«

»Ja, also …, eh, ja.«

»Aber zu Ihnen hatte er gesagt, Weihnachten bei der Oma feiern wäre … Was hatte er da gesagt?«

»Er hatte gesagt, dass er auf so konservatives Zeug wie Weihnachten bei der Omi keinen Bock hätte und als Nächstes würde ich ihn wohl heiraten und Kinder von ihm haben wollen.«

»Ja, richtig. Und das hat Sie nicht geärgert, dass Sophie jetzt von ihm und offenbar ohne Widerrede ein Kind bekam? Und Sie bieten ihm sogar noch Ihre Wohnung an? Damit er da friedlich seine Kinder großzieht, die er mit Ihnen nicht gewollt hätte?«

Hendrikje stutzt und glotzt die Palmenberg verständnislos an. Die Palmenberg hakt nach: »Bitte beantworten Sie diese Frage!«

»Ich …« Hendrikjes Kopf ist ganz leer. »Sie wissen doch, wie das in Hamburg mit Wohnungen ist. Man kriegt ja keine, und wenn doch, dann kann man sie nicht bezahlen. Also ich kenne Leute, die sind aus Hamburg nur deswegen weggezogen, weil sie sich die Wohnung nicht mehr leisten konnten. Das ist hier wie in München. Und meine Wohnung hatte 5 Zimmer und zwei Balkone, und weil die Omi da über 40 Jahre gewohnt hatte, war die Miete sehr billig, also die Wohnung war wohl auch runtergewohnt, aber wenn die schön renoviert würde, dann könnte man da sehr billig wohnen, wenn man dem Vermieter nicht gerade aufs Auge drückt, dass man ein neuer Mieter ist, aber so was lässt sich ja tricksen.«

»Das beantwortet meine Frage nicht«, sagt die Palmenberg. »Ich wollte wissen, warum Sie ausgerechnet Ernst Ihre Wohnung überlassen wollten.«

»Na, damit er mir hilft«, sagt Hendrikje. »Es war mir ernst mit dem Sterben. Ich hatte nichts, also ich meine: wirklich gar nichts, worauf ich mich hätte freuen können, aber dafür so viel Scheiße aufzuräumen, dass ich dachte, ein Menschenleben reicht dafür sowieso nicht aus. Es war nicht mehr zu schaffen, außer vielleicht, wenn ich 150 Jahre alt werde. Und selbst dann hätte ich immer noch keinen Freund gehabt, und das wünschte ich mir sehr, einen Freund. Aber wer würde wohl mein Freund sein wollen, wo ich doch so viel Scheiße an der Backe hatte? Nur Probleme. Und nicht zu vergessen, dass ich immer nach Terpentin rieche, wer soll das mögen?«

Die Palmenberg reibt sich die Stirn und guckt auf ihren Block. »Also, dann haben Sie die Wohnung als eine Art Tauschmittel einsetzen wollen?«

»Ja, das kann man so sagen. Ein Tauschmittel für das Ticket, das Ernst mir besorgen konnte, wenn er nur wollte. Und er wollte plötzlich. Er fand das einen sehr vernünftigen Vorschlag. Er sagte, die Wohnung wäre schon richtig klasse, aber das Risiko … Da machte ich einen Witz, um ihm auf die Sprünge zu helfen, und sagte, wenn er die Wohnung haben will, dann *muss* er mir geradezu helfen, sonst wird sie ja nicht frei. Da lachte er und Lisa lachte auch und Sophie lächelte unter Tränen, nur Holger sagte: ›Ja, aber das geht jetzt doch entschieden zu weit.‹«

»War das alles, was Holger dazu gesagt hat?«, will die Palmenberg wissen.

»Ja, das war alles, was hätte er sonst noch sagen sollen?«

»Er hätte unter Protest den Raum verlassen können.«

»Nein, er blieb bei uns.«

»Er hat nicht gesagt: ›Komm, Hendrikje, wir hauen hier

ab, ich bringe dich in die Lüneburger Heide zu meinen Eltern, bis du wieder bei klarem Verstand bist?‹«

»Nein, natürlich nicht. Das wäre doch auch ein bisschen zu viel verlangt gewesen, jetzt auch noch Holgers Eltern auf den Wecker zu fallen. Und es hätte doch auch an der Situation nichts geändert.«

Die Palmenberg seufzt. »Gut. Weiter.«

»Ernst war einverstanden. Er sagte: ›Dann schulden wir jetzt Hendrikje ein schönes, schönes Abschiedsfest.‹ Und als Lisa ihn dafür schräg anguckte, sagte er zu ihr, um sie zu beruhigen: ›Selbstverständlich mit einem juristisch einwandfreien Abschiedsbrief, und wenn du, Lisa, uns dein Haus in Schleswig-Holstein zur Verfügung stellst, wär's nobel von dir.‹

Lisa schnaufte verächtlich, warf sich in ihrem Stuhl zurück, schüttelte den Kopf und sah mich an: ›Also ich finde das unglaublich, so was von mir zu verlangen!‹

Und Ernst sprang sogar für mich in die Bresche und sagte: ›Lisa, niemand hat etwas von dir *verlangt*, Hendrikje hat uns nur in einer schwierigen Angelegenheit um Hilfe gebeten. Sie ist schließlich unsere Freundin.‹

›Ja, aber sie hat nicht einmal eine unheilbare Krankheit …!‹, sagte Holger.

›Aber sie ist alt genug‹, sagte Ernst.

›Ja, aber es ist sowieso Blödsinn, was ihr da erzählt, und auch nicht zu Ende gedacht!‹, sagte Holger. ›Was machen wir denn, wenn Hendrikje dann tot ist? Dann haben wir eine echte Leiche, und was soll damit geschehen? Wo soll die versteckt werden?‹ Er schaute alle Anwesenden bauernschlau an und erhielt sofort von Lisa die Antwort: ›Holgerchen, du bist es hier, der nicht zu Ende denkt. Warum, glaubst du wohl, rede ich hier seit 'ner Stunde von einem juristisch einwandfreien Abschiedsbrief? In dem klar steht, dass Hendrikje sich aus freien Stücken das Leben nimmt? Weil, wenn wir so ein Dokument haben, wir mit der Entsorgung der Leiche überhaupt nichts zu tun haben, sondern nach geglücktem Exitus einfach zum Telefonhörer greifen und schwer erschüttert die Polizei anrufen!‹

›Naja, aber dann‹, sagte Ernst und schaute Lisa an, ›dann kann man es wirklich überall machen –‹

Und Lisa schaute Ernst an und schaute auch wieder weg, zog an ihrer Zigarette und blies den Rauch durch die Nase und nickte dann ganz leicht und versonnen vor sich hin.

Hendrikje findet, dass es ein ganz und gar leerer Blick ist, mit dem die Palmenberg nun aufschaut. *Leer*, so wie Ernsts Blick einmal *tonlos* war. Aber die Palmenberg hat noch eine Frage, das kann Hendrikje richtig sehen, wie der dahingegossene, leicht schläfrige Körper der Palmenberg sich strafft, wie ein anderes Licht in ihren Augen leuchtet und wie sie beginnt, sanft den Kopf hin- und herzuwiegen.

»Das also war Ihr 34. Geburtstag mit der Quersumme 7?«

»Ja genau.«

»Am Anfang Ihrer Erzählung sagten Sie, dass Sie gerade am Kochen waren, als Ihre Freunde Sie überraschten.«

»Ja.«

»Was gab's denn?«

»Ist das wichtig?«

»Das will ich von Ihnen wissen.«

Hendrikje könnte jetzt gut kotzen. Da erzählt sie der Palmenberg vom entscheidendsten und folgenschwersten Abend ihres bisherigen Lebens, und die will das Menü wissen.

»Also das finde ich jetzt echt komisch, das … ehm, das irritiert mich jetzt aber schon. Also Entschuldigung. Ich erzähle Ihnen eine Stunde lang vom bisher entscheidendsten

Abend meines bisherigen Lebens, und Sie wollen das Menü wissen ...?«

»Sehr gern, ja.«

Hendrikje schweigt. Also alles, was recht ist. Hendrikje schweigt und sieht auf ihre Schuhspitzen, derbe, etwas zu große Männerschuhe, Typ kanadische Waldbrandaustreter, und dann gibt sie sich einen Ruck und steht ganz behende auf. Und geht zur Tür und dreht sich in der Tür noch einmal um und sagt sehr beleidigt zur Palmenberg:

»Hühnersuppe.«

Und die Palmenberg grinst.

7

»Ich hatte richtig gute Laune. Ich war … *heiter*. Geradezu euphorisch, ganz beschwingt und alles ging leicht. Wir hatten verabredet, am kommenden Wochenende in Lisas Landhaus mein Abschiedsfest zu feiern, ich hatte also noch eine Woche zu leben, dachte ich. Und deshalb war alles so einfach. Es hat mir richtig Spaß gemacht, im Café zu arbeiten, die Gäste waren nett, und es hagelte Trinkgeld. Der doofe Bruno saß wie immer stoisch und schweigend am Tresen, aber nicht mal das hat mir die Laune verdorben. Im Gegenteil, ich habe herausgefunden, wie ich mir aus dem doofen Bruno eine Quelle des Spaßes basteln kann. Ich habe ihn andauernd schikaniert, das war schön.«

»Es war *schön*, Bruno zu schikanieren?«

»Ja. Also Entschuldigung, ich bin ja keine Heilige. Wenn man einen so ärgerlichen Stammgast hat, der über Jahre sein Maul nicht aufkriegt, na, da muss man sich halt was einfallen lassen, wenn man sich nicht noch ein paar Jahre ärgern will!«

»Sie hatten aber doch nur noch eine Woche.«

»Ja. Dachte ich. Also dann erst recht. Ach Gott, was heißt schikanieren, ich habe ihn ein bisschen hochgenommen. Meine Güte. Er saß stumm am Tresen und hielt sich an seinem Espresso fest und sagte kein einziges Wort, nicht *Guten Tag* und nicht *Hallo* und *Wie geht's*, und da habe ich ihn ganz freundlich gefragt, ob er schon mal im Zoo war. Und Bruno schaut auf, glotzt mich an wie ein Ufo, lächelt plötzlich ein ganz ganz winziges bisschen und freut sich, weil er wohl dachte, ich will ihn in ein Gespräch verwickeln, und er sagt ganz begeistert: ›Ja!‹, und nickt. Und da hab ich ihn gefragt: ›Und? Bist du ausgebrochen, weil man dich schlecht gefüttert hat?‹ Fand er natürlich überhaupt nicht witzig.«

Die Palmenberg lacht.

»Sie lachen, aber Sie glauben gar nicht, wie mir noch das Lachen vergangen ist mit Bruno.«

»Hat er sich gerächt?«

»Keineswegs.«

»Erzählen Sie!«

»Ich möchte lieber in der Chronologie bleiben, das kommt dann schon noch.«

Die Palmenberg seufzt hoheitsvoll und sagt: »Na gut, also bitte, dann bleiben Sie in der Chronologie.«

»Ich habe also im Café gearbeitet und hatte richtig gute Laune. In einer Woche, so dachte ich, würde ich mein Kreuz getragen haben. Das wäre dann Vergangenheit. Also, das hat mich richtig beflügelt. Irgendwann hab ich in den Spiegel geschaut, damals hatte ich noch schulterlange Haare, und die hatte ich hochgesteckt, aber plötzlich fand ich, dass das scheiße aussah. Dass mich das alt machte, richtig alt. Und ich dachte, Mensch, Wynona Ryder hat kurze Haare und sieht klasse aus, Heike Makatsch und Sharon Stone haben kurze Haare und sehen klasse aus, da kann ich doch auch kurze Haare haben. Da bin ich nach der Arbeit direkt zum Friseur gegangen und habe mir eine Kurzhaarfrisur verpassen lassen, und siehe da, es sah klasse aus.

›Todschick!‹, rief der Friseur, als er fertig war, und er hatte Recht. Das war ein Friseur in der Innenstadt, und wie ich rauskomm', da laufen Lisa und Sophie an mir vorbei, die haben mich erst gar nicht erkannt. Ich hab sie aber erkannt und angesprochen, und die sagten auch, dass die Frisur super wäre. Sie mussten dann aber schnell weiter, weil sie am Einkaufen waren für unser Fest am Wochenende.«

»Ach, was haben die denn eingekauft?«

»Oh, sie zeigten mir ihre Taschen und Schachteln, in denen Schuhe waren, schwarze Schuhe, sie hatten sich Trauerkleidung gekauft, ein paar *Kleine Schwarze* und passende schwarze Pumps, also, die nahmen die Sache schon sehr ernst. Sie wollten noch vor Ladenschluss einen schwarzen Body für Lisa finden und für Sophie schwarze Stützstrümpfe, also hatten sie nicht viel Zeit und beeilten sich, weiterzukommen. Ich bin dann nach Hause gegangen und habe mir endlich ein Bad einlaufen lassen, das wollte ich ja schon seit Wochen tun, einmal richtig schön heiß baden. Das hab ich dann auch gemacht, ich lag in der heißen Badewanne mit mehr Schaum, als es die Omi jemals erlaubt hätte, und ich genoss es. Dann hat es plötzlich geklingelt, richtig Sturm. Ich hatte keine Ahnung, wer das denn nun sein könnte, aber das Klingeln hörte sich so dringlich an, dass ich aus der Wanne stieg, mir meinen Bademantel anzog und aufgemacht habe.

Es war Ernst mit zwei Handwerkern. Die Handwerker trugen Schachteln mit Kacheln in den Flur und stellten sie dort ab, und ich schaute rein in die Schachteln: echt schön. Schöne italienische Kacheln, aus der Toskana, ganz toll. Als die Männer die eine ganze lange Wand des Flurs zugestellt hatten mit ihren Kachelkartons, da führte Ernst sie durch die Wohnung und zeigte ihnen alles. Wo in der Küche die Küchenzeile und die Dunstabzugshaube hin sollte, er führte sie auf den Balkon und ruckelte am Geländer herum, das lose war. Und nun ruckelte er es noch loser, es brach an einer Stelle aus dem Stein, und so demonstrierte er den Handwerkern, wie rostig und morsch und lebensgefährlich das Ding war, denn er wurde ja Vater. Dann ging er ins Bad, in der Badewanne stand noch mein Badewasser und das Badewasser war auch noch warm, und Ernst ließ den Stöpsel raus, damit die Arbeiter hören konnten, wie der Ausguss schnorchelt, denn er hatte bei uns natürlich schon geduscht und wusste das.

Naja, das Badewasser lief ab und der Ausguss schnorchelte und die Handwerker machten lange Gesichter und sagten: ›Das wird teuer.‹ Das war Ernst egal, er sagte, egal was es kostet, Hauptsache, er kann später in Ruhe baden. Die Arbeiter gingen, und Ernst blieb noch einen kleinen Augenblick bei mir. Er wollte mir noch was unter vier Augen sagen. Und er nahm meine beiden Hände in seine beiden Hände, schaute mir fest in die Augen und sagte: ›Siehste, Hendrikje, da bin ich ganz unvermutet zu deinem letzten Mann geworden, zu deinem letzten Geliebten. Du musst nicht denken, dass mir das nichts bedeutet ... Der Letzte, der dich von innen gestreichelt hat ... Ich behalte das in meiner Erinnerung.‹

Ich war ehrlich gesagt ziemlich verblüfft von dieser Gefühlsaufwallung, und deswegen konnte ich gar nichts sagen. Er drückte meine Hände, ließ sie los und ging, und ich stand im Flur neben den italienischen Kacheln wie vom Donner gerührt. Ernst wollte wahrscheinlich etwas Nettes damit gesagt haben, aber ich merkte dann, dass ich doch sehr empört war. Das war doch eigentlich eine Unverschämtheit: der Letzte, der mich von innen gestreichelt hat! Woher wollte er das eigentlich wissen? Vielleicht hatte ich inzwischen ja schon mit drei anderen ... Also nicht, dass ich hätte, aber es hätte ja sein können. Und: von innen gestreichelt, was soll das denn heißen? Ich konnte mich jedenfalls nicht erinnern, dass Ernst mich auch nur ein einziges Mal gestreichelt hätte, und schon gar nicht *von innen*, also ich fand das geradezu frech. Richtig frech!«

»Sie fühlten sich von Ernst verhöhnt?«, fragt die Palmenberg maliziös.

»Allerdings. Ja, genau das: verhöhnt. Ich stand wohl einige Zeit lang im Flur rum und wusste überhaupt nicht, wohin mit meiner Wut, und plötzlich dachte ich: Ich hab noch ein paar Tage zu leben, noch ist Polen nicht verloren, und ich werde mit Sicherheit dafür sorgen, dass Ernst nicht der Letzte bleibt, der mich von innen gestreichelt hat, das wollen wir doch erst mal sehen. Ich bin in mein Schlafzimmer, und da habe ich einen großen alten Schrank, und ich wusste, dass irgendwo da drin von ganz früher ein weinrotes Minikleid aus Pannesamt sein musste. Ich hab die ganzen alten Monopoly- und Mensch-Ärgere-Dich-Nicht-Spiele rausgeschmissen aus dem Schrank, ein Kistchen mit Fotos von meiner Mutter und eine Mappe mit Zeugnissen und Impfpässen umgewühlt und schließlich hatte ich es, ich hatte es in einer Plastiktüte aufgehoben. Unter meinem Bett hab ich auch passende Schuhe dazu gefunden, ein paar weiße hochhackige Sandalen, die ich mal für ein Modell gekauft hatte, das ich gemalt habe. Ich hab die Schuhe angezogen und das Kleid, und ich fand, dass ich mit den Sachen und mit der neuen Frisur richtig sexy aussah. Und dann brauchte ich nicht mehr lange zu überlegen, ich dachte nur: so Hendrikje, jetzt aber rauf auf die Piste und 'nen Kerl gefunden! Und so bin ich los. Zack, ab in die *Grüne Palme*, was eine Bar ist, bei mir in der Nähe. Und ich hatte Glück, ein Mordsglück: Ich machte die Tür auf in der *Grünen Palme*, der ganze Tresen saß voller Kerle, die sich alle gleichzeitig zu mir umdrehten. Also, das machen die zwar immer, wenn die Tür aufgeht, aber ich sah in den Gesichtern, dass ich ihnen gefiel in meinem roten Kleid. Nicht so dito. Neun von den zehn waren Milchgesichter, grüne Jungs, und ich dachte, wenn die wegen dem bisschen weinroten Pannesamt gleich in Ohnmacht fallen, dann hab ich gleich keine Lust mehr, aber da, ganz hinten am Tresen, da sah ich einen, der sich nicht umdrehte. Er hatte schwarze Locken, das konnte ich sehen, und auf seinem Oberarm, der aus dem ärmellosen T-Shirt rausguckte, war: das Segelschiff! Und wie ich das Segelschiff erkenne und mein Herz zu hüpfen anfängt, da dreht er sich um: richtig, Dieter! Dieter schaut mich an und grinst, und da bin ich ganz langsam den ganzen langen Tresen lang an den neun Milchgesichtern vorbeigeschlendert zu Dieter. Und der, also als ob er meine Gedanken gelesen hätte, der streckt, als ich dann endlich bei ihm war, einfach den Arm aus, zieht mich an sich und küsst mich.«

»*Wow.*«

»Oh ja, das war: *wow.* Und die neun Jungs am Tresen haben gleichzeitig ihre Gläser angehoben, ausgetrunken, abgestellt, der Barfrau hingeschoben und neue Biere bestellt. Und Dieter und ich haben Martinis getrunken.

Wir sind nicht lange in der *Grünen Palme* geblieben, wir waren plötzlich ziemlich verliebt und wollten allein sein. Dieter ist mit zu mir gekommen und da fielen wir relativ schnell ins Bett und übereinander her.«

»Hmhmm«, summt die Palmenberg, »und wie war das?«

»Wie das war?«

»Ja, war es schön oder eher nicht so schön? Konnten Sie es genießen oder nicht?«

»Ja, aber ... also ich bin doch nicht hier, um Ihnen meine Bettgeschichten zu erzählen.«

»Nein, natürlich nicht. Aber Sie haben mir bereits geschildert, wie es mit Ernst gewesen ist, und mich würde nun interessieren«, lächelt die Palmenberg süffisant, »ob es mit Dieter und seinem Segelschiff anders war.«

Dieter und sein Segelschiff – die Palmenberg nimmt sich ja ganz schön was raus, denkt Hendrikje und erinnert sich an *Gott Hendrikje, Sie haben einen tätowierten Räuber im Bett, behalten Ihren Anorak an und nennen das ›eine Nacht mit Dieter‹?* Sie schaut die Palmenberg kühl an.

»Oh ja, das war anders«, gibt Hendrikje zu und richtet sich etwas auf, »ich kann Ihnen sagen ... das war ... also ... wunderbar.«

Ein erwartungsvolles »Ahaa ...?!« dehnt sich aus der Palmenberg.

Ahaa ... Sie will es wirklich wissen. Na dann.

»Der hat ja auch so schön geküsst, der Dieter. Also nicht so eklig mir gleich die Zunge in den Hals gesteckt, als ob zwei Karpfenmäuler sich aneinander festsaugen, nee, so ganz vorsichtig, so zart, so erst ganz lange immer nur *fast* berührt, und das machte mich noch viel gieriger auf einen Kuss, und als er mich dann endlich richtig küsste, da war's dann ... Oh gottogott ... er gab mir lauter winzig kleine Stöße mit der Zunge in meinen Mund, und das war tatsächlich nur eine Ankündigung dessen, was noch kommen sollte. Er küsste mich, als wollte er die ganze Nacht lang nichts anderes tun, aber dann küsste er sich langsam an mir herunter, und dabei strich er mit seinen Fingerspitzen an meinen Seiten entlang. Dann umfasste er meine Brüste mit seinen Händen, presste sie zusammen, spielte mit seinen Daumen und mit seiner Zungenspitze an meinen Brustwarzen, leckte sie ab und machte sie hart. Dann küsste er sich noch weiter nach unten und seine Hände vergruben sich in meinen Schenkeln und zwischen meinen Schenkeln, und dann fand er ... also ... er fand meine Möse. Und ohne sie mit den Händen zu berühren, erforschte er mich. Nur mit seinen Lippen und mit der Zunge, und ich hab geglaubt, ich schwebe im Himmel oder so, und der Himmel sah rosa aus und roch nach Schweiß, so was hatte ich noch überhaupt nie erlebt.

Dieter hatte seine Hände in meinen Hintern gekrallt, presste meinen Schoß in sein Gesicht und badete darin. Er schleckte und schmatzte wie ein Bär am Honigtopf, gierig und dabei so sanft. Und aus mir kamen Geräusche, die ich noch nie vorher von mir gehört hatte. Ich vergrub meine Hände in seinen schwarzen Locken und wünschte mir, er hätte noch eine Zunge, damit er mich gleichzeitig noch auf den Mund küssen könnte, und das brachte mich auf eine Idee. Ich bin ganz vorsichtig und langsam, damit Dieter bloß von keiner meiner Bewegungen unterbrochen würde, wie ein Uhrzeiger zu ihm heruntergerutscht. Dieter merkte wohl, was ich vorhatte, und bewegte sich mit, so dass ich irgendwann bei ihm war, also … ich meine … dass ich ihn sehen konnte, also … seinen Schwanz. Und der war genauso schön wie sein Gesicht und hatte auch schwarze Locken und ich fasste ihn an, und er pochte richtig in meiner Hand, und da habe ich ihn geküsst und mit meiner Zunge gestreichelt. Ich habe ihn zuerst ganz nass gemacht mit meiner Zunge, obwohl er oben schon von allein ein bisschen feucht war. Ich bin in Kreisen mit der Zunge um seine Schwanzspitze herum und dann habe ich ihn mir ganz langsam, ganz ganz langsam in den Mund gleiten lassen. Dieter unterdrückte ein Stöhnen, damit er weiter mit seinem Gesicht zwischen meinen Schenkeln sein konnte, und ich liebte es. Er füllte meinen Mund ganz aus und schmeckte wunderbar nach Salz. Ich saugte an ihm, und da musste Dieter nach einer Weile kurz unterbrechen. Er kroch zu mir, so, dass er jetzt neben mir lag, und wir küssten uns eine ganze Zeit lang nur ganz normal. Wieder gab Dieter mir diese kleinen Stöße mit der Zunge, und ich glühte am ganzen Körper und wollte seinen wunderschönen, riesengroßen Schwanz jetzt aber endlich in mir spüren. Ich tastete mit der Hand nach unten zu ihm und da war er wieder in all seiner Pracht. Dieter seufzte laut und tief und ließ sich auf den Rücken fallen, und da bin ich auf ihn raufgeklettert und habe mich auf ihn gesetzt. Ich habe ihn in die Hand genommen und mir ganz langsam hineingleiten lassen. Dann habe ich mich auf ihm bewegt, langsam und vorsichtig, und es ging mir bis in die Haarwurzeln, so wunderschön war das. Heiße Wellen gingen mir bis in die Zehen, ich musste keuchen und stöhnen, das ging nicht anders, aber es war gar nicht schlimm, denn Dieter keuchte und stöhnte auch, und er ist ja sehr kräftig. Und obwohl er auf dem Rücken lag und ich auf ihm saß, konnte er mir trotzdem noch tiefere, immer wildere Stöße aus seinem Becken geben. Ich wurde immer schneller und wilder, und da, glaube ich, brüllten wir schon vor lauter wundervoller Lust, und wir lächelten uns an und dann wurden wir noch kurz für einen Augenblick wieder ganz langsam und dann sind wir tatsächlich gemeinsam gekommen.«

Hendrikje atmet hörbar aus, kniept sorgfältig ein paar Haarsträhnen hinter ihre Ohren und wagt nun, der Palmenberg fest in die Augen zu sehen. Die hat einen ganz kleinen Mund bekommen und große Augen. Sie macht den Mund auf, um etwas zu sagen, hat aber eine trockene Kehle und muss sich mehrfach räuspern, ehe sie sagen kann: »Sie haben – krächz –, auch sonst, also auch in unseren anderen Stunden – krächz –, eine Tendenz, alle Ereignisse sehr … auszuschmücken …«

»Oh nein, ich hab das nicht ausgeschmückt, das war wirklich so.«

»Ja – krächz –, Hendrikje«, sagt die Palmenberg und schaut sich suchend auf und unter dem Beistelltischchen um, »entschuldigen Sie mich bitte einen Augenblick, ich brauche ein Wasser, ich bin gleich zurück.«

Die Palmenberg legt ihren Schreibblock ab, steht auf, geht hinaus und schließt sorgfältig die Tür hinter sich.

Hendrikje lehnt sich in ihrem Patientensessel zurück und ist stolz auf sich: Das geschieht der Palmenberg jetzt recht. Jetzt hat sie's ihr heimgezahlt: all die kleinen tückischen Fangfragen, die Klugscheißerei und die manchmal in ihren Augenwinkeln aufleuchtende Verachtung, die sie nicht mal zu verbergen sucht. Jetzt ist sie fertig, die Palmenberg. Und Hendrikje hat nicht mal gelogen.

Die Palmenberg kommt zurück ins Zimmer, sehr gefasst und mit einer Flasche Mineralwasser und einem Glas in der Hand. Sie lässt sich wieder auf der Fernsehliege nieder, gießt sich ein und trinkt. Und Hendrikje setzt das aufmerksame Gesicht eines Klassenstrebers auf.

»Ja, Hendrikje, was ich sagen will ist, nicht alle Details sind für unsere Arbeit hier so wichtig.«

»Ja, aber in solchen Sachen, also wenn es um Sex oder so geht, steckt der Teufel im Detail. Und irgendwie – ich weiß nicht, wie ich das sagen soll, ist es auch wichtig, dass es wirklich der *Teufel* ist, der im Detail steckt.«

»Was soll das denn heißen?«

»Das soll heißen, dass es nicht dasselbe gewesen wäre, wenn irgendein anderer Mann das mit mir gemacht hätte, was Dieter mit mir gemacht hat. Was ich sagen will ist: Es war natürlich völlig anders als mit Ernst, aber selbst wenn Ernst all diese Sachen gemacht hätte, es wäre nicht dasselbe gewesen.«

»Natürlich nicht«, gibt die Palmenberg zu. »Fahren Sie fort, und wenn es geht, fassen Sie sich kurz, bitte.«

Ach, sie sagt *bitte*, schau mal einer an.

»Gern«, lächelt Hendrikje.

»Dieter und ich haben uns unter der Bettdecke aneinander gekuschelt und Dieter legte noch seinen Arm um mich und sagte: ›Du hast so schön gesungen …‹, und ich schaute mir das Segelschiff an und sagte: ›Es ist schön‹, und Dieter sagte: ›Es gehört dir.‹ Da hat er mir tatsächlich sein Segelschiff geschenkt. Ich war selig und wir sind Arm in Arm eingeschlafen.

Am nächsten Morgen sind wir wach geworden, beinahe gleichzeitig, und das Erste, was passierte, war, dass wir uns angelächelt haben. Dieter stand auf und sagte, er wollte Brötchen holen, und ich war begeistert. Ein Mann, der morgens aufsteht, um Brötchen zu holen! Ich brachte ihn zur Tür, um mir gleich meine Zeitung von der Fußmatte zu schnappen, aber die Zeitung war nicht gekommen. Na ja, klar, draußen war alles verschneit und vereist, und dann passiert das schon mal, dass der Zeitungsbote nicht durchkommt. Also bat ich Dieter, auch die Zeitung mitzubringen, und Dieter fragte: ›Welche denn?‹, und ich sagte: ›Einfach *Die Zeitung*.‹ Denn so heißt die Zeitung, in der Sugar Brown seine Kolumnen schreibt, einfach *Die Zeitung*. Dieter bat mich, ihm das bitte aufzuschreiben auf einem Zettel, er würde es sonst vielleicht vergessen und die falsche anschleppen.

Ich hab mich zwar darüber gewundert, aber dann fand ich das auch gleich wieder süß von ihm und war begeistert, wie gewissenhaft er war und dass er mich nicht mit einer falschen mitgebrachten Zeitung ärgern wollte. Also bin ich, nackt wie ich war, zurück in mein Zimmer gehoppelt und hab da ein Eckchen Papier aus einem Skizzenblock rausgerissen und Dieter aufgeschrieben: ›Die Zeitung‹. Ich bin schnell zurückgeschlupft ins Bett, weil es kalt war, und Dieter zog sich im Flur seine Jacke an und guckte sich aus rein professioneller Neugier Ernsts Kacheln an, die die Handwerker dort abgestellt hatten. Dieter nahm eine davon in die Hand, schüttelte den Kopf und sagte: ›Du, damit wirst du keine Freude haben, das sind die billigen, die halten nix aus.‹ Ich musste kichern, weil ich mich freute, dass Ernst Kacheln in seiner Küche haben würde, die nichts aushalten würden, und sagte zu Dieter: ›Egal, sind nicht meine,‹ und er legte die Kachel zurück und sagte: ›Besser so.‹ Dann kam er noch mal zu mir, küsste mich noch mal und sagte: ›Ich bin in zehn Minuten zurück, und dann will ich Kaffee haben.‹ Und ich lächelte ihn an und sagte: ›Geht klar!‹ Ich gab ihm den Zettel und küsste ihn, und er sagte: ›Den Kaffee will ich aber im Bett trinken!‹ Da küsste ich ihn noch mal und sagte: ›Geht auch klar!‹

Es verging der ganze Vormittag, aber Dieter kam nicht zurück. Naja, das war natürlich schade und ich war traurig, und am Abend hab ich noch mal in der *Grünen Palme* nachgesehen, aber auch da fehlte der zehnte Mann am Tresen. Ich fing an, mir ein paar Sorgen zu machen, und ich hab auch ein Stückchen geheult, weil doch gerade eben erst noch alles so schön mit Dieter war und nun war er weg. Ich hab mich dann damit beruhigt, dass ich mir tausend gute Gründe vorgesagt habe, aus denen Dieter vielleicht verhindert war. Vielleicht hatte er einfach nur auf die Uhr geguckt und festgestellt, dass wir fast bis mittags geschlafen hatten, und musste in Lisas Loft, schon um noch ein paar Stunden bei Tageslicht arbeiten zu können. Oder er hatte ein bisschen Schiss vor seiner eigenen Euphorie bekommen und wollte sich erst mal abkühlen. Ich dachte, komm, Hendrikje, halt den Ball flach, der taucht schon wieder auf.

Die Woche verging, ohne dass ich Dieter wiedergesehen hätte, und dann kam der Freitag, mein letzter Arbeitstag. Wieder hatte ich eine Bombenlaune, es machte mir so viel Spaß zu kellnern wie noch nie. Wieder gab es Unmengen von Trinkgeld, der doofe Bruno saß am Tresen, trank Espresso und schwieg, und nach dem Schlagabtausch mit dem Zoo traute er sich nun nicht mal mehr, mich auch nur anzugucken, und ich dachte: schade eigentlich um den armen Kerl.

Als abends um sechs Goebbels kam, um mich abzulösen, hab ich gekündigt. ›Ich komme nicht wieder‹, hab ich gesagt, und Goebbels glotzte mich an und sagte ziemlich erschrocken: ›Du machst Witze.‹ Und ich sagte: ›Nee, mach ich nicht.‹

Sie hat mir sofort und ohne Umstände wie jeden Freitag meinen ganzen Wochenverdienst ausgezahlt, und ich habe ihn ganz ruhig eingesteckt und die CDs, die mir gehörten, vom Regal eingesammelt. Dann wollte sie wissen, warum ich denn aufhöre und ob ich einen besseren Job gefunden hätte. Oh, es war mir ein Pastorenschießen, da stand Goebbels nun und fand das natürlich richtig doof, dass ich weg wollte. Damit wurden drei Schichten pro Woche frei, und ich wusste, dass sie die so schnell gar nicht neu besetzen konnte. Sie würde selber ranmüssen.

Ich sagte ihr, dass ich keinen besseren Job hätte, aber dass ich einfach keine Lust mehr auf sie und ihren Laden hätte. ›Ich habe einfach keine Lust mehr auf diesen Laden, und, Maria‹ – Maria war ihr Vorname –, ›auf dich eigentlich auch nicht.‹ Sie hielt tatsächlich die Luft an. ›Du weißt, dass dein Spitzname *Goebbels* ist, bei allen hier, nicht wahr, das hast du doch mitgekriegt?‹, fragte ich, und sie starrte mich an, als wär sie versteinert.

Ich merkte, dass der doofe Bruno alles mit anhörte, er saß ja direkt bei uns am Tresen und schaute uns ganz unverhohlen zu.

›Sag mal, du hast ja wohl nicht mehr alle Tassen im Schrank!‹, brach es plötzlich aus Maria Goebbels raus, und ich wurde immer ruhiger und sagte: ›Genau das meine ich, diesen Ton jetzt. Hör dir mal zu. Du kommst morgens hier rein und kommandierst rum wie auf'm Kasernenhof, und mittags noch mal und am Abend wieder. Ganz abgesehen davon, dass mir das stinkt, hast du dir mal überlegt, wie die Gäste das finden? Die kriegen das nämlich jeden Tag mit und manche haben sich schon bitter bei mir beklagt über dich. So ist das nämlich, und nicht umgekehrt. Und hast du es eigentlich nötig, jede alte Oma, die Kuchen ohne Sahne bestellt, zu bescheißen und ihr Sahne draufzuknallen? Damit du 30 Cent mehr verdienst? Dabei sagen das die alten Leute nicht einfach so, sondern die haben schlimme Cholesterinwerte und verkalkte Arterien, und du mit deiner Sahne bringst sie für 30 Cent um!‹

›Raus!‹, fauchte die Goebbels. ›Sofort raus!‹

›Ich bin schon weg‹, sagte ich, packte aber in Seelenruhe weiter meine Sachen zusammen, ohne jede Eile.

Um ihre Worte mit Taten zu untermauern, riss Goebbels die Geschirrspülmaschine auf, ein Schwall heißer Dampf kam heraus und hüllte sie kurzfristig ein, während sie lärmend begann, das Geschirr auszuräumen. Sie pfefferte die Teller und Cappuccinotassen links und rechts von mir auf den Tresen, dass ich mir vorkam wie das Girl im Zirkus, das mit fliegenden Messern umtackert wird.

Der doofe Bruno saß daneben und grinste. Ich glaube, es gefiel ihm, dass Goebbels sich mal richtig ärgern musste.

Schließlich hatte ich meine Sachen gepackt, und Goebbels baute sich gebieterisch vor mir auf, mit einem Stapel großer Salatteller in den Händen, und schaute mich fuchsteufelswild an. Dabei zog sie ihre erst vor wenigen Wochen tätowierten Augenbrauen, die sie völlig entstellten, gewitterhaft zusammen. ›Gibt's noch was?!‹, fragte sie wütend.

Und ich fragte: ›Was wirst du tun? Wirst du den Typen verklagen?‹

Sie wusste nicht, wen ich meinte, war kurz irritiert und fragte: ›Verklagen? Wen jetzt? Welchen Typen verklagen?‹

›Na den, der dir diese Balken über die Augen tätowiert hat.‹

Der doofe Bruno lachte leise. Goebbels knallte die Teller auf den Tresen und wurde ein kleines bisschen handgreiflich. Also sie schubste mich hinter'm Tresen weg und sagte: ›Los, mach, dass du rauskommst.‹

Der doofe Bruno kicherte immer noch. Er fand das wohl alles hochkomisch, und als ich draußen auf der Straße stand, dachte ich plötzlich: ›Nee, Bruno, so kommst du mir nicht davon.‹

Ich bin – und ich könnte kotzen, wenn ich daran denke – tatsächlich zurück ins Café gegangen. Ich habe mich einigermaßen aufgebaut vor Bruno und habe ihm gesagt, dass er sich ja nicht zu früh freuen soll und dass ich *auch* froh bin, *ihn* nicht mehr jeden Tag sehen zu müssen mit seinen gelben Frotteesöckchen in seinen Gesundheitssandalen. Und dass sein Rauschebart eine optische Zumutung ist und sein ewiges distinguiertes Getue, also sein ewiges Klappehalten, eine Gemeinheit. ›Ich werd dich nicht vermissen!‹, hab ich ihm ins Gesicht gesagt. Ich weiß noch, dass er bleich wurde und dann bin ich rausgerauscht.«

Hendrikje schüttelt den Kopf und kneift schamvoll die Augen zu.

Das wundert die Palmenberg. »Nun ja, Hendrikje, das war zwar nicht die feine englische Art, aber Sie haben sich wenigstens mal Luft gemacht, das wurde doch Zeit. Ich kann das nur positiv bewerten und Ihnen dazu gratulieren.«

Aber Hendrikje schüttelt immer noch den Kopf und hat immer noch in Entsetzensgeste die Hand vor'm Mund und verliert jetzt tonlos ein paar Tränen.

Die Palmenberg erschrickt: Hier steckt offenbar ein sehr ernster, ganz wichtiger Kern. Knackpunkt. Schlüssel. Bruno?

»Sagen Sie, Hendrikje, es ist aber nicht Bruno einer von den anderthalb Menschen, die Sie …?«

Hendrikje zieht den Rotz in der Nase hoch und schaut die Palmenberg an.

»Nee, nich Bruno.«

»Gut.«

»Wenn Sie erlauben, bleibe ich strikt in der Chronologie.«

8

Am Samstagmorgen bin ich einkaufen gegangen, denn am Abend war ja mein Abschiedsfest in Schleswig-Holstein.

Ich hab den ganzen Wochenverdienst auf den Kopf gehauen. Ich hab eine große Lammkeule gekauft und drei Flaschen Champagner, Lychees und Zitroneneis und das teuerste und dickste und weichste Klopapier, das es gab. Ich war schon am frühen Mittag wieder zu Hause, ich hatte also noch viel Zeit bis zum Abend, und ich dachte, ich schau mal in Lisas Loft vorbei, Dieter ist sicher am Arbeiten. Ich hab also einen kleinen Spaziergang gemacht zu Lisas Loft, aber die Holzlattentür war mit einer Kette und einem großen Vorhängeschloss von außen versperrt. Es hatte sich also niemand von innen eingeschlossen. Ich guckte sicherheitshalber noch durch die Latten, aber da war tatsächlich keine Menschenseele.

Also bin ich wieder heim. Ich bin durch die Wohnung gelaufen, und da fiel mir das von meiner Omi vor den Russen gerettete Schmuckkästchen ein. Ich bin in Omis Schlafzimmer gegangen und da stand es auf dem Nachttisch, und ich setzte mich auf Omis Bett und machte das Schmuckkästchen auf. Da waren die kaputten Silberkettchen, die Bernsteinbrosche, die ein vierblättriges Kleeblatt darstellte, und die goldene Kette mit dem verschnörkelten Barockanhänger mit den Süßwasserperlen. Und eben Omis Uhr.

Plötzlich fiel mir ein, dass ich nicht daran gedacht hatte, was aus diesen schönen Andenken werden sollte, und es gefiel mir ganz und gar nicht, dass Sophie oder Lisa sich die Teile unter den Nagel reißen würden. Also hab ich das Schmuckkästchen aus Omis Zimmer in mein Schlafzimmer gebracht und unter dem Monopoly- und dem Mensch-Ärgere-Dich-Nicht-Spiel und den Impfpässen in meinem großen Schrank versteckt. Aber ich wusste, dass mir dazu noch was einfallen musste, heute noch, am besten gleich, und das müsste ich genauso testamentarisch festlegen wie den juristisch einwandfreien Abschiedsbrief, den ich auch fast vergessen hatte. Also. Ich habe im Wohnzimmer schönes Büttenpapier von der Omi in einer Mappe gefunden und mich hingesetzt und habe richtig mit Füller den Brief geschrieben. Dass ich halt aus freiem Willen aus dem Leben trete und dass ich bei absolut klarem Verstand bin. Und dass, wenn man eines Tages das von meiner Großmutter vor den Russen gerettete Schmuckkästchen finden würde, der Schmuck darin verkauft und der Reinerlös an die Restaurationswerkstatt für Gemälde der Leningrader Eremitage gehen sollte. Ich wusste zwar, dass das meiner Großmutter nicht recht sein würde, dass der Inhalt des Schmuckkästchens nun am Ende doch noch den Russen in die Hände fallen würde, aber ich fand es gut so und dachte: ›Omi, diesmal setzte ich mich über deine Meinung hinweg. Das ist nicht so schlimm, als wenn Lisa oder Sophie damit rumlaufen.‹

Dann habe ich in dem Brief meine Freunde schriftlich um Entschuldigung gebeten, dass ich mich in ihrer Gesellschaft umbringe und dass ich sie mit der ganzen Sache behellige und dass sie mir verzeihen mögen, aber alleine hätte ich zu viel Angst gehabt. Das wollte Lisa so, damit für die Polizei und die Behörden auch ja kein Verdacht aufkommt.

Dann war der Brief fertig. Ich habe ihn, darauf hatte mich

Lisa extra aufmerksam gemacht, mit vollem Namen unterschrieben und genau datiert. Ich steckte ihn zu der Lammkeule und dem Champagner und zog wieder mein schönes weinrotes Minikleid an und die weißen Sandalen. Da klingelte es auch schon und Ernst und Sophie holten mich ab. Ernst in seinem großen Auto, die beiden saßen vorn und ich kletterte nach hinten, und so fuhren wir los zu Lisas Landhaus in Schleswig-Holstein.

Sophie war die Situation unangenehm, jedenfalls fing sie sehr verlegen an, sich bei mir zu entschuldigen, aber nicht für die Tatsache, dass ich ihrem Vater je nach Verlauf möglicherweise eine Niere spenden würde (ich hatte jedenfalls keine Anordnung getroffen für nach meinem Tod, die konnten theoretisch mit mir machen, was sie wollten), sondern dafür, dass sie mir Ernst ausgespannt hatte. Sie druckste rum, sie habe mir ehrlich nicht wehtun wollen, wo wir uns doch schon so lange kennen, aber sie hätte sich halt unsterblich in Ernst verliebt und nichts dagegen machen können. Und sie wollte auf gar keinen Fall meine Freundschaft verlieren. Ich habe ihr geantwortet, dass sie die Klappe halten soll und dass ich ihr ja verzeihe. Und sie sagte, oh ja, das soll ich bitte tun, gerade jetzt, wo ich doch schon mit einem Bein im Grab und so.

Ernst, der merkte, dass es nun aber reichte, war so taktvoll, das Thema zu wechseln. Er erzählte stundenlang von dem Rotwein, den er zu spendieren gedachte, wo der herkam und wie teuer der war und warum er so teuer war. Sehr lehrreich und schön, wenn man weiß, womit man sich besäuft.

Wir sind angekommen in Lisas Landhaus, und Holger war auch schon da, er war mit einem eigenen Auto gekommen. Er begrüßte mich sehr lieb, das weiß ich noch. Draußen im Hof. Er lächelte und sagte: ›Na, du, Mensch!‹, und rubbelte an meinem Arm herum und wurde ein bisschen verlegen.

Ernst, Sophie und ich haben den Kofferraum ausgepackt mit den Lebensmitteln und den Getränken, und Holger stand dabei und guckte zu, und dann fiel sein Blick auf ein wahnsinnig verrostetes Fahrrad, das an der Hauswand lehnte und zwei platte Reifen hatte. Er rief ins Haus zu Lisa: ›Sag mal, soll das kaputte Fahrrad denn den ganzen Winter hier draußen stehen?!‹ Und Lisa antwortete aus der Küche, ja, es wär egal, das wär so kaputt und rostig und die Bremsen würden auch nicht mehr gehen, das solle bis zum nächsten Sperrmüll da stehen bleiben.

Wir haben die Lebensmittel zu Lisa in die Küche getragen, die schon in Kochschürze dastand und Brot buk. Sie strahlte mich an, hocherfreut, und lachte und kam auf mich zu und rubbelte mir den Arm und sagte: ›Na, Mensch, du!‹

Dann habe ich mich an den Lammbraten gemacht. Sophie stand neben mir und notierte auf Ernsts ausdrücklichen Wunsch das Rezept, damit es der Nachwelt erhalten bleibt. Dann war das Lamm im Ofen, und wir deckten im Esszimmer den Tisch und machten die erste Flasche Champagner auf. Der war schon lecker, und ich hatte recht schnell einen Schwips, weil ich noch gar nichts gegessen hatte seit dem Frühstück. Ich schaute mir Lisa an und fragte mich, ob sie wohl etwas damit zu tun hatte, dass Dieter nicht mehr bei mir aufgekreuzt war, ob sie ihm vielleicht verboten hatte, mich weiterhin zu sehen, wenn er seinen Job nicht verlieren wollte.«

»Warum haben Sie sie nicht gefragt? Sie hatten doch nichts mehr zu verlieren.«

»Ich nicht, aber Dieter. Ich dachte, schon wenn ich *frage*, kann ich Dieter damit vielleicht schaden. Lisa ist ja nicht nur Dieters Arbeitgeberin, sondern auch seine Rechtsanwältin. Also hab ich die Klappe gehalten. Sophie und Lisa waren fertig mit dem Tischdecken und gingen ins obere Stockwerk, um sich umzuziehen. So saß ich eine kleine Weile mit Holger und Ernst am Tisch, und Holger erzählte von so mancher Heimtücke der russischen Sprache und dass es ihm diesmal schwerer fallen würde, *Väter und Söhne* neu zu übersetzen als damals *Krieg und Frieden*, dass aber der Verlag, mit dem er neuerdings in Verhandlungen stand, jetzt tatsächlich ernsthaftes Interesse an seiner Übersetzung zeigte. Ernst gratulierte ihm und beschwerte sich, dass das Kopiergeschäft am Absaufen wär und er gezwungen, die Preise immer mehr zu senken. Die Leute würden ihren Professoren die Magisterarbeiten jetzt *mailen*, und die Profs würden sie sich dann in der Uni am Computer ausdrucken. Solche Zustände an deutschen Universitäten!

Dann kamen Lisa und Sophie zurück, sie hatten sich umgezogen und sahen irrsinnig elegant aus, ganz in Schwarz. Sie hatten eng anliegende Etuikleider an, sehr edel, wie First Ladies, und Lisa trug dazu noch einen breiten, silbergetriebenen Armreif und Sophie ein Kettchen um den Hals, in das alle paar Zentimeter ein kleiner Diamant eingearbeitet war, und ich fragte mich, ob das wohl ein Geschenk von Ernst war, denn ich hatte es noch nie zuvor an ihr gesehen. Na, und ich trug weiße Sandalen und mein rotes Pannesamtkleidchen, das Einzige, was an mir schwarz war, waren meine Strümpfe, und ich war ein bisschen beschämt darüber, dass die beiden in gewisser Weise besser vorbereitet waren als ich.

Na, egal, das Essen war fertig. Wir aßen die Lammkeule und dazu Lisas selbst gebackenes Brot und tranken Ernsts Rotwein. Es war eine nette und gelöste Stimmung, und ich war gespannt, was Ernst sich für mich ausgedacht hatte. Er hatte ja versprochen, dass ich gar nichts merken würde.

Als das Essen fertig war, haben wir getanzt. Lisa legte Schallplatten auf, und ich tanzte mit Holger und Ernst mit Sophie, und als Lisa auch mal mit Holger wollte, da setzte ich mich an den Tisch und trank Rotwein und wurde immer lustiger und dann hab ich allein getanzt. Lisa merkte, dass ich immer ausgelassener wurde, ich kicherte beim Tanzen, weil ich an Dieter dachte, und da rief Lisa uns alle zur Ordnung und wollte, dass wir uns an den Tisch setzen.

Die Musik verstummte, wir setzten uns hin, und nun wollte Lisa, dass ich meinen Abschiedsbrief vorlese. Ich ging in die Küche, fischte ihn aus der Einkaufstasche und ging damit zurück ins Esszimmer. Ich habe den Brief laut vorgelesen. Dass ich halt bei klarem Verstand und aus freiem Willen aus dem Leben trete, dass meine Freunde mir verzeihen mögen, dass ich – ohne vorher was zu sagen – sie mit meinem Selbstmord konfrontiere und dass der Erlös von Omis Schmuck nach Leningrad gehen sollte.

Lisa fand den Brief juristisch unbedenklich, und Ernst holte einen *Hamburger Untermietvertrag* heraus, den er besorgt hatte. Wir haben den zwei Jahre zurückdatiert und so ausgefüllt, dass es aussah, als ob Ernst schon seit zwei Jahren bei mir und der Omi zur Untermiete gewohnt hätte, damit mein Vermieter ihn nicht so schnell rausschmeißen kann. Dann habe ich ihm alle drei Schlüsselpaare meiner Wohnung ausgehändigt, und Ernst hat sie eingesteckt. Dann sagte Lisa, das Beste wäre, ich würde den Abschiedsbrief am Körper tragen, und so steckte ich ihn mir in den BH.

Dann ging Ernst in die Küche, um den Nachtisch zu machen: Champagnersorbet von Zitroneneis. Seltsamerweise stieg meine gute Laune immer mehr, das Fest war nämlich bisher unheimlich nett und schön gewesen, und ich hatte nicht mehr so richtige Lust, heute zu sterben. Ich wollte noch tanzen, und ich tanzte mit Holger zu dem Lied *Oh baby, save your last dance for me.*

Ich sang mit, und Holger grinste, und wir hatten richtig Spaß. Ich habe allen noch mal Rotwein eingeschenkt und mein Glas gleich auf einen Zug ausgetrunken, so wohl war mir. Holger legte noch andere Schallplatten auf und tanzte und freute sich mit mir. Dann kam Ernst aus der Küche zurück. Er trug ein Tablett mit fünf Champagnersorbetschalen, weil wir ja fünf Personen waren. Er verteilte die Sorbets an unsere Plätze und rief uns, wir sollten alle kommen und uns setzen, der Nachtisch wäre fertig und würde sonst wegschmelzen. Aber ich wollte gar keinen Nachtisch, und das hab ich auch gesagt. Ich bin nur schnell zum Tisch, um mir noch mal Rotwein einzugießen und hab mit Holger weitergetanzt, und da wurde Ernst sehr streng und sagte: ›Hendrikje, es reicht jetzt! Alle hier am Tisch wollen jetzt den Nachtisch essen!‹

Alle setzten sich, und auch Holger, der mit mir auf unserer kleinen improvisierten Tanzfläche stand, ging zum Tisch, denn er isst ja so gerne Eis. Ich bin auf der kleinen Tanzfläche stehen geblieben und habe die Musik ganz leise gedreht und habe gesagt: ›Leute, ich muss euch leider enttäuschen, aber ich will nicht mehr sterben. Mir geht es *so gut*, es ist alles *so schön*, und ihr seid alle *so nett* zu mir – das Leben ist schön!‹

Holger nickte und war schon dabei, sein Sorbet zu essen und rief fröhlich: ›Mein Gott, jetzt hat sie's!‹

Lisa und Sophie dagegen saßen stumm und konzentriert am Tisch, sahen sich mit Leidensmienen an und löffelten mit abgespreizten kleinen Fingern ihre Sorbets.

Ich glaube, Holger war der Einzige, den meine Umentscheidung freute. Ernst stand hinter meinem Stuhl, über dem meine Jacke hing, und sagte: ›Komm, Hendrikje, jetzt werd nicht kindisch. Lass uns erst mal essen jetzt.‹

›Ich will aber tanzen!‹, rief ich und ich drehte die Musik wieder laut und fing an, mich dazu zu bewegen. Aber da kam Ernst und stellte die Musik ganz aus.

›He!‹, hab ich zu ihm gesagt, ›soll'n das!?‹

Ernst nahm mich vorsichtig am Arm, aber ich machte mich los und er sagte: ›Das schmilzt doch nur, das Zeug.‹

›Das ist mir egal‹, sagte ich, und: ›Du hast hier sowieso nix zu bestimmen! Auch nicht, wer mein letzter Lover ist und so'n Zeug!‹

Ich fing plötzlich an, mich tierisch aufzuregen über Ernst. Ich weiß auch nicht wieso, das war der Alkohol. Also musste ich weitermachen und ich hab zu ihm gesagt: ›Ich hab jedenfalls vor drei Tagen mit einem gevögelt, ach was red ich, *Liebe gemacht* hab ich mit dem, Ernst, da tun sich Welten auf, die kannst du nicht mal buchstabieren!‹ Ich bin zum Plattenspieler und hab den wieder laut gedreht, aber Ernst ging hin und hat ihn ausgestellt.

Totenstille im Raum. Ich sehe, dass Lisa und Sophie mit genervt-gleichmütigen Mienen ihr Sorbet essen und dass Holger am Tisch sitzt und feixt. Ihm gefiel das. Er hatte sein Sorbet schon aufgegessen, schaute mich an, grinste und zeigte wieder wie damals im Café fragend auf *mein* Sorbet, das unberührt an meinem Platz stand und vor sich hin schmolz. Auf diese stumme Weise hatte er auch damals im Café gefragt, ob er mein Eis essen dürfte, mit dieser komischen Grimasse, die besagen sollte: *Ich weiß, dass ich ein Vielfraß bin, aber wenn du es nicht haben willst, wäre es doch schade, wenn das Zeug umkommt.*

Ich hab Holger angelächelt und ihm zugenickt und ihm damit mein Sorbet geschenkt, und dann hab ich mich wieder zu Ernst umgedreht und gesagt: ›Du bist nämlich alles andere als mein letzter Lover, du bist der vorletzte und der allerletzte, aber der letzte, der bist du eben nicht!‹

Lisa sagte sehr lässig und scheinbar gelangweilt: ›Dieter.‹

Ernst wollte mich schon wieder am Arm packen, aber ich hab ihn weggeschubst, und er ließ das zu und machte keinen neuen Anlauf, und dann hab ich zu Lisa gesagt: ›Nee, nicht Dieter‹, denn ich wollte ihm auf keinen Fall Unannehmlichkeiten bereiten, ›sondern einer der beiden Handwerker, die Ernst neulich angeschleppt hat, der, der die Kacheln getragen hat, der Blonde, der ist später noch mal wiedergekommen, weil er seinen Schlüsselbund bei mir verloren hatte.‹ Ich drehte mich ein bisschen um, damit Ernst auch kein Wort verpasste und sagte: ›Dachte er jedenfalls, später war klar, dass das nur ein Vorwand war. Er hat das auch zugegeben, er hat gesagt, ich hätte süß ausgesehen, mit meinen nassen Füßen unter dem Bademantel, das hätte ihn angemacht. Und er war sehr charmant und er war eine Gra.na.te. im Bett, darauf kannst du wetten. *Nicht Dieter*.‹

Ernst war sprachlos, und ich dachte: Scheiße, gleich fragt er mich, wie denn der Handwerker geheißen hat, und das weiß ich nicht. Aber da gab es einen dumpfen Knall und Holger war mit seinem Stuhl umgefallen. Der Stuhl lag auf dem Rücken am Boden und auf ihm Holger, ganz unverändert, genau so, wie er am Tisch gesessen hatte, bloß tot. Ja, er war tot, das war eindeutig.«

Die Palmenberg fasst sich entsetzt ans Dekolleté: »Holger …?«

»Ja. Holger. Mein guter Freund Holger.«

»Ach du lieber Gott.«

»Ja.«

»Der Einzige, der mit der ganzen Aktion nicht einverstanden war …«

»Ja, genau.«

»Das heißt also, dass Ernst Ihr Sorbet vergiftet hatte, das Sorbet, das dann Holger in die Finger bekam …«

»Ja, genau. Ernst hatte sein Versprechen gehalten, Holger hat nichts gemerkt, es ging zu schnell. Und ich hätte auch nichts gemerkt.«

»Wo hatte Ernst so ein tödliches Gift her? Das ja wohl auch völlig geschmacksneutral war?«

»Also, das stellte sich erst später bei meiner Verhandlung heraus. Ernsts Copyshop ist am Sternschanzenpark, und der Sternschanzenpark ist voll mit Süchtigen und Dealern. Gegenüber vom Copyshop ist eine Apotheke, in der kriegen die Süchtigen auf Rezept täglich ihr Metadon. Wie sich herausstellte, ist es unter den Süchtigen ziemlich üblich, dieses Metadon wieder zu verkaufen, und zwar an nicht-süchtige Leute, die damit einen vermeintlich ungefährlichen Trip schmeißen wollen. Von dem Geld kaufen sich die Süchtigen wieder echtes Heroin. Wer aber als nichtsüchtiger Mensch das Metadon auch nur ein bisschen überdosiert, erlebt keinen ungefährlichen, sozusagen ›gesunden‹ Trip, sondern bringt sich um.«

»Das heißt, man kann sich mit Metadon *töten*!?«, fragt die Palmenberg ungläubig.

»Allerdings. In Holgers Blut fand man später eine Dosis, die gereicht hätte, einen Süchtigen drei Tage lang zu substituieren.«

»Und das wusste Ernst, dass man mit Metadon töten kann …?«

»Ja, das muss er gewusst haben. Ich weiß nicht, woher, ob er das mal in der Zeitung gelesen hat oder ob die Süchtigen ihm das erzählt haben, wenn sie mal zum Fotokopieren in seinen Laden kamen. Keine Ahnung.«

»Was sollten denn Drogensüchtige zu fotokopieren haben?«, fragt die Palmenberg. »Zeugnisse?«

»Keine Ahnung.«

Die Palmenberg nickt und überlegt sehr, sehr lange.

»Oh Gott, das ist ja gespenstisch … Dann sind ja an diesem Abend nicht Sie gestorben, sondern Ihr alter ego …«

»Mein *alter ego*?«

»Ja. Holger. Lieb und fleißig, fleißig und lieb. Und nicht in der Lage, einmal laut genug ›Nein‹ zu sagen.«

»Also, Moment mal, alles was recht ist«, empört sich Hendrikje, »das trifft auf mich nicht zu. Ich habe Ihnen doch gerade erzählt, dass ich an diesem Abend nichts anderes gemacht habe, als ›Nein‹ gesagt!«

»Ja, im Angesicht des sehr nahen Todes. Das ist einfach.«

»Und weil ich ›Nein‹ gesagt habe, hat es Holger erwischt! Holger könnte noch leben!«

»Ja, wenn Sie Ihr Sorbet gegessen hätten!«

»Sehen Sie!«, ruft Hendrikje. »Sie sehen das auch so! Ich habe mich nicht an eine Verabredung gehalten, und darum musste Holger sterben! Der Richter hat zwar später gesagt, Holgers Tod geht volle Kanne auf Ernsts Konto: Er hat das Metadon in das Sorbet getan und tatsächlich keinem was gesagt. Die anderen waren nicht eingeweiht, sie vertrauten ganz und gar auf Ernst und sein Versprechen, mich schmerzlos ins Jenseits zu befördern, aber stellen Sie sich das mal vor: Mit ein bisschen Pech hätte es genauso Sophie treffen können ... Und wenn ich nicht diese fixe Idee gehabt hätte, sterben zu wollen, und dann plötzlich die fixe Idee, *nicht* mehr sterben zu wollen, dann würde Holger noch leben!«

»Also, Sie glauben, Holger umgebracht zu haben«, stellt die Palmenberg fest.

»Allerdings.«

»Ich sag Ihnen was, Hendrikje: Holger hat sich selbst getötet. Er war bereit, Sie an Ihrem vermeintlichen Sterbeabend zu begleiten, obwohl er als Einziger die Idee richtig scheiße fand. *Ja, aber Hendrikje hat nicht mal eine unheilbare Krankheit,* hat er gesagt.«

»Ja, das stimmt.«

»Und trotzdem saß er dabei und schlug sich den Bauch mit Lammbraten und Champagnersorbet voll und machte sich nur Sorgen um Lisas rostiges Fahrrad im Hof. Dämmert Ihnen da nichts?«

»Nee.«

»Ich sag Ihnen was, Hendrikje, aber das bleibt unter uns oder ich verliere meinen Job: Wer sich so benimmt, der gehört auch gestorben.«

Fassungslos schaut Hendrikje die Palmenberg an. Es schießen ihr schmerzhaft dicke Tränen in die Augen. Sie sagt: »Nein!« und fängt laut und geschüttelt an zu heulen.

»Nein! Nein!«, schreit sie der Palmenberg ins Gesicht, springt auf und geht zur Tür. Sie reißt die Tür auf und schreit von hier aus noch mal: »Nein! Nein! Nein!«

Sie knallt die schwere Stahltür laut scheppernd zu und läuft den Gang aus grauem Waschbeton entlang und tritt gegen die Wände, tränennass und heult immer nur: »Nein!« und immer nur wieder: »Nein!«

9

Hendrikje humpelt in die nächste Stunde, denn sie hat sich den Fuß verstaucht, als sie nach der letzten Stunde gegen die Wände getreten hat. Sie lässt sich umständlich in ihren Sessel fallen und schmeißt der Palmenberg einen Blick zu, der klarstellt, dass sie dazu nicht befragt werden will.

»Ich spring gleich rein. Holger lag tot am Boden. Er hatte keinen Puls mehr, und als Lisa ihm ihren Chanel-Puderdosen-Spiegel unter die Nase hielt, beschlug der nicht.

Es war lange still, und dann stand Ernst vom Boden auf, wo wir alle um Holger herum gekniet hatten, und sagte zu mir: ›Da siehst du, was du angerichtet hast.‹ Sophie heulte und tauchte in Ernsts Armen unter, und Lisa warf mir einen Blick zu, von dem ich heute noch nicht weiß, warum *der* mich nicht getötet hat.

Lisa überlegte, was nun zu tun sei. Holger hatte schließlich keinen Abschiedsbrief hinterlassen. Andererseits würde ihn niemand so schnell vermissen, außer seinen Eltern vielleicht in der Lüneburger Heide. Darum untersuchte Lisa erst mal Holgers Handy, das sie in seiner Jackentasche fand, und erforschte die Liste seiner gespeicherten Nummern. Sie fand den Eintrag ›Mama‹ und rief die Nummer auf, und das war Gott sei Dank eine Handynummer, so dass man der Mutter eine SMS schicken konnte. Und das tat Lisa sofort. Sie schrieb – so als wäre sie Holger – er sei überraschend zu einem Übersetzer-Kongress in Moskau eingeladen worden und würde mindestens 10 Tage fort sein.

So hätten wir, meinte Lisa, ein bisschen Luft, um uns was einfallen und Holger zur Not in Russland verschütt gehen zu lassen. Lisa schickte die SMS ab, und nun stellte sich die Frage, wohin mit Holger, wenn wir schon 10 Tage Zeit hatten, uns was einfallen zu lassen.

Tja, also, das hört sich jetzt nicht gut an, aber Ernst und Lisa plädierten irgendwann dafür, ihn in Lisas Gefrierkühltruhe im Keller zu legen – vorübergehend. Wir sind in den Flur, da hat Lisa einen Teppich zur Seite gerollt und die Bodenklappe darunter aufgeklappt. Von hier ging eine Stiege sehr, sehr steil in den Keller hinunter. Wir sind zuerst alle in den Keller geklettert, um die wirklich riesige Kühltruhe auszuräumen. Die war voll mit Gänsen, Flugenten und Gefrierspinat, das musste alles raus, alles auf einmal und Lisa ärgerte sich mächtig darüber, dass das alles nun auftauen und verderben würde.

Dann war die Truhe leer und wir sind wieder alle nach oben, um Holger zu holen. Wir hatten ihn, ehe wir ihn oben allein ließen, wieder richtig mit seinem Stuhl hingesetzt, wir wollten ihn ja nicht einfach so am Boden herumliegen lassen, und so saß er da stoisch am Tisch und harrte seines Schicksals. Ernst hat es geschafft, ihn zu schultern, und ist mit ihm langsam und vorsichtig diese steile Kellerstiege hinuntergeklettert, während Lisa an der Bodenklappe kniete und Holger immer ein bisschen drückte und schob, damit er nicht stecken blieb. Ernst war unten, Lisa ging hinterher. Dann kam Sophie und dann ich. Es war relativ eng da unten und die Kellerdecke war so niedrig, dass ich immer noch halb auf der Stiege stand, als Ernst und Lisa den Holger in die Gefriertruhe legten.

Dann haben sie den Deckel geschlossen und Holger lag

definitiv auf Eis. Lisa schaute zitternd auf die Spinatschachteln und Flugenten, die am Fußboden lagen, und Ernst schnaufte aus, wischte sich den Schweiß von der Stirn, nahm Sophie in den Arm und schaute dann zu mir hoch. Auch das war ein Blick, von dem ich glaubte, er könne mich direkt zu Holger ins Eis befördern, und Ernst drohte: *›So, Hendrikje. Und nun zu dir.‹*

Da kriegte ich Angst. Ich erinnere mich sehr genau, dass mir schlagartig die Knie zitterten. Ich sah, wie Ernst Sophie behutsam aus seinen Armen entließ und bedrohlich direkt auf mich zukam. Da bin ich wie der Blitz die Stiege hochgerannt. Ich weiß noch, dass ich bei jeder einzelnen Sprosse fürchtete, mit meinen hohen Absätzen hängen zu bleiben, aber wie durch ein Wunder kam ich ohne auszurutschen oben an. Ich bin raus aus der Bodenluke, habe die schwere Tür vom Boden gerissen und die Luke geschlossen, eine Millisekunde, ehe Ernst sie erreichte, ich weiß noch, dass es beim Schließen der Luke dotzte, das war Ernsts Kopf, so nah war er schon hinter mir. Ich konnte die Luke nur schließen und mit dem Eisenriegel verriegeln, weil ich mich draufstellte.

Ich hab also die Luke verriegelt, den Teppich drübergelegt und bin rausgerannt, ohne meine Jacke mitzunehmen, so panisch war ich und so heiß war mir auch. Ich sah mich im Hof um, da standen die Autos, aber ich habe nie Autofahren gelernt, und ich wollte jetzt auch nicht viel Zeit damit vertrödeln, in Ernsts und Holgers Taschen nach deren Autoschlüsseln zu suchen, um es auszuprobieren. Aber da war ja noch das Fahrrad. Es war rostig und hatte zwei platte Reifen und keine Luftpumpe, und wie ich zu Beginn des Abends gehört hatte, funktionierten die Bremsen nicht, aber das war mir jetzt egal. Ich hab es mir geschnappt und bin losgeeiert mit dem Rad, runter vom Hof und auf die Landstraße.

Ich bin auf diesem Fahrrad ohne Licht in schwarzer Nacht

von Schleswig-Holstein zurück nach Hamburg geeiert, es waren wohl gute fünfzig Kilometer, und es war kalt, ach was sage ich, es war mehr als kalt. Es war nasskalt und eisig, und ich hatte nicht einmal eine Jacke an und mit diesem platten Rad konnte ich nicht mal schnell genug fahren, als dass mir warm davon geworden wäre.

Es war immer noch dunkel, als ich den Stadtrand von Hamburg erreichte, und da hab ich das Rad an der ersten S-Bahn-Station stehen lassen und bin mit der Bahn in die Stadt reingefahren. Ich war blau gefroren, ich konnte mich kaum bewegen, die Leute in der Bahn haben mich mit angewiderten Gesichtern angeguckt, weil ich wohl wie ein Junkie aussah, aber mir war's egal. Ich dachte: nur schnell heim und in meine Wohnung, da kann ich ein heißes Bad nehmen.

Erst als ich vor der verschlossenen Haustür stand, fiel mir ein, dass ich ja gar nicht reinkonnte, weil ich Ernst die Schlüssel gegeben hatte, und dass es sowieso nicht ratsam wäre, in meine Wohnung zu gehen, denn wenn die sich in Schleswig-Holstein befreit haben würden, würden sie mich hier zuerst suchen. Ich dachte: Ich muss ins Café, ab neun Uhr ist da jemand, entweder Goebbels oder eine Kollegin, und die müssen mir helfen.

Es ging jetzt auf acht Uhr zu, und weil es kalt war, bitterkalt, dachte ich, ich fahre zum Bahnhof, da ist es warm, da warte ich, bis das Café aufmacht. Also bin ich zum Bahnhof und lief in der Wandelhalle herum, ich konnte aber in keins der Cafés gehen, weil ich wusste, dass ich wie ein Junkie aussah, blau gefroren und zerschrammt, und wenn man da nichts bestellt, fliegt man eh' gleich raus, und mein restliches Geld war in meiner Jacke, die über dem Stuhl in Lisas Esszimmer in Schleswig-Holstein hing.

Ich drückte mich also in der Wandelhalle 'rum und war plötzlich so erschöpft, dass ich mich an ein Schaufenster anlehnte und merkte, ich schlafe gleich ein. Es war das Schaufenster eines Blumenladens und sofort kam die Blumenfrau raus und scheuchte mich weg, was wohl ein wenig Aufmerksamkeit der Passanten auf sich zog, und so kam es, dass ein Typ, von dem ich gerade noch sah, dass er an einem Kiosk einen Stapel Tageszeitungen kaufte, das mitkriegte und auf mich zukam. Ich konnte schon fast nicht mehr gucken, ich glaube, ich stand kurz vor einer Bewusstlosigkeit, als der Typ auf mich zukam. Ich weiß noch, dass ich dachte: Das ist ja der Weihnachtsmann, denn er hatte einen Mörderbart im Gesicht und eine Felljacke an, so 'ne Alt-68er-Felljacke. Die hat er dann ausgezogen und mir um die Schultern gelegt, und da hab ich ihn plötzlich erkannt, es war nämlich« – Hendrikje stöhnt und wirft sich gequält in ihrem Sessel hin und her – »Bruno. Und dann war ich weg.«

»Was heißt das, Sie waren weg?«

»Ich weiß es nicht. Ab da kann ich mich erst mal an nichts mehr erinnern. Ich weiß nur noch, dass ich träumte, ich müsste im Café die Spülmaschine ausräumen: Ich stapelte die heißen Cappuccino-Untertassen übereinander, immer mehr und immer mehr. Es klapperte laut und schrill, und die Spülmaschine wird einfach nicht leerer. Immer mehr Cappuccino-Untertassen stehen in der Maschine, die ich immer schneller ausräumen muss, und ich verbrenne mich an dem heißen Porzellan. Ich türme Berge von Untertassen auf den Tresen, immer schneller, und der Lärm, den das macht, ist unerträglich.

Irgendwann wachte ich auf. Ich lag in einem Bett, das nicht meins war, in einem fremden, sehr dunklen Zimmer. Da war ein Schrank, eine Kommode, ein Stuhl, und auf dem Schrank, auf der Kommode, auf dem Stuhl und auf dem Fußboden lagen Bücher in hohen Stapeln. Meine Anziehsachen konnte ich nirgendwo sehen, und als ich nachschaute, hatte ich einen warmen Flanell-Schlafanzug an und unter dem meine eigene Unterwäsche, und in meinem BH steckte immer noch mein Abschiedsbrief.

Ich dachte, ich hätte ihn beim Abendessen in Lisas Landhaus in den linken Busen gesteckt und fand ihn erst nicht, als ich danach tastete, aber dann war er doch da, er war im rechten Busen. Also verloren hatte ich ihn auf meiner Radtour durch den Norden offenbar nicht, und da war ich froh, dass dieses peinliche Schreiben jedenfalls in niemands Hände geraten war.

Dann hörte ich aus dem Nebenzimmer leises Geklapper, das war wohl das Geräusch gewesen, das mich zu meinem Cappuccino-Untertassen-Traum inspiriert hatte. Ich bin aufgestanden, das ging ganz gut, und habe die Schiebetür aufgemacht, und da saß ein Mann mit dem Rücken zu mir vor einem Schreibtisch am Fenster und schrieb tatsächlich auf einer uralten Schreibmaschine, und links und rechts von ihm an den Wänden waren Regale bis zur Decke hoch und die waren voller Bücher. Der Mann drehte sich zu mir um, und richtig, es war Bruno. Der Mann, der mich am Hauptbahnhof aufgelesen hatte, ich hatte mich nicht getäuscht.«

»Der doofe Bruno …«

»Meine Güte, ja! Jetzt reiben Sie es mir doch bitte nicht so unter die Nase. Ich habe Ihnen ja schon gesagt, dass mir das Lachen mit Bruno schon noch vergehen werden würde. Nicht so dito. Er grinste mich an. Und fragte mich, ob ich lieber heißen Kakao oder Bouillon wollte. Ich habe gesagt: ›Bouillon, bitte.‹ Und Bruno stand auf, holte von irgendwoher einen warmen Bademantel und Hausschuhe, das zog ich alles an, und dann sagte Bruno: ›Mitkommen!‹ Ich folgte ihm in die Küche, und er machte mir eine heiße Bouillon. Richtig gut war die, die war das, was meine Omi eine *Schöne Klare Brühe* genannt hätte.

Bruno sagte, dass ich sehr hohes Fieber gehabt und drei Tage geschlafen hätte und dass in der Zwischenzeit ein Arzt hier gewesen wär, der mir eine Antibiotika-Spritze gegeben hätte, obwohl das ein Risiko gewesen wär, weil niemand wusste, ob ich darauf nicht vielleicht allergisch reagieren würde und ich hätte partout keine Antwort geben wollen. Er gab mir noch eine volle Packung mit Tabletten, die der Arzt für den Fall meines Erwachens dagelassen hatte, denn ich hatte wohl eine Lungenentzündung.

Gott, wollte ich sterben vor Scham. Der doofe Bruno hatte mir das Leben gerettet, obwohl ich ihn erst vor wenigen Tagen so beleidigt hatte. Er hatte mich in sein Bett gesteckt und selber auf dem Sofa geschlafen, obwohl ich ihm gesagt hatte, dass sein distinguiertes Getue eine Unverschämtheit wär. Er hatte einen Arzt kommen lassen und mir Bouillon gekocht, obwohl ich ihm gesagt hatte, dass er scheiße aussieht und ich ihn nicht vermissen würde. Stellen Sie sich mal vor, *wie* ich den vermisst hätte, wenn er mich nicht am Bahnhof aufgelesen hätte!«

Die Palmenberg lächelt. Ein schönes, friedfertiges, anteilnehmendes Lächeln, und Hendrikje sieht, wie hinreißend schön die Palmenberg ist, 'ne richtige Königin, sie möchte sie am liebsten malen.

»Hendrikje, ist Ihnen klar, was für ein wahnsinniges Glück Sie hatten?«

»Ja, das ist mir klar. Das ist mir heute klar, mehr als damals. Denn dort, in Brunos Küche, da habe ich vor lauter Scham und Peinlichkeit fast nicht geradeaus gucken können. Ich habe mich bedankt bei Bruno und wollte dann gleich wissen, wo meine Sachen wären, denn ich wollte mich anziehen und gehen. Ich fand, er hatte weiß Gott genug für mich getan. Er sagte, meine Sachen hingen im Bad zum Trocknen, aber er an meiner Stelle würde in *den* Sachen und mit 'ner Lungenentzündung nicht rausgehen, und ich sollte mich mal ruhig erst auskurieren.

Ich merkte auch selbst, dass ich noch sehr schwach war, ich wurde nach der einen Tasse Bouillon gleich wieder müde. Bruno versicherte mir, dass ich ihn wirklich nicht stören würde, und dann bin ich wieder zurück in das Bett und bin gleich wieder eingeschlafen. In den folgenden Tagen hat Bruno mich bekocht, das war lieb, und er kann toll kochen. Er hat mir erzählt, dass er Doktor der Philosophie ist, sein Geld aber mit Mathematik-Nachhilfestunden und Museumsführungen verdient. Ach Mensch, das war richtig nett bei Bruno. Jeden Morgen hat er mir ein Frühstück gemacht, heißen Kakao und Croissants mit gesalzener Butter, er hat mir eine Scholle gebraten mit selbst gemachtem Kartoffelpüree, und einmal gab's Hühnchen mit Provencekräutern und Zitrone und Tomatensalat. Ich hab nur gegessen und geschlafen, geschlafen und gegessen, und irgendwann merkte ich, dass ich total gesund war.«

»Haben Sie Bruno erzählt, was passiert war?«

»Nein.«

»Nein? Warum nicht?«

»Weil ich mich so fürchterlich schämte, auch für die verschiedenen Versuche, mich umzubringen. Und hätte ich ihm etwa sagen sollen: ›Du, dein Provence-Hühnchen ist echt lecker, ich hab übrigens gerade meinen besten Kumpel Holger ermordet …?‹ Ich konnte das doch keinem erzählen, und wer weiß, wahrscheinlich wurde ich schon von der Polizei gesucht.«

»Wegen Holger.«

»Ja, das dachte ich. Wegen dem Meuchelmord an Holger.«

»Sie wissen, dass wir darüber unterschiedlicher Meinung sind.«

»Ja, weiß ich. Jedenfalls. Ich fühlte mich total gesund und

wusste, dass es nun mal an der Zeit wäre, Brunos Refugium auch wieder zu verlassen und raus ins feindliche Leben zu gehen.«

»Was wollten Sie denn da?«

»Na, zum Beispiel Rothwein Bescheid sagen, dass es mit der Ausstellung im März nichts werden würde.«

»Aber wo wollten Sie denn hin?«

»Das wusste ich noch nicht, es war mir nur klar, dass ich nicht für den Rest meines Lebens bei Bruno bleiben konnte, dem ich so übel mitgespielt hatte und dem ich im Augenblick noch übler mitspielte, weil er nicht wusste, dass er einer Mörderin Unterschlupf gewährte. Also habe ich ihm gesagt, dass ich jetzt gehen würde, wo ich doch nun wieder gesund wär. Dagegen konnte er nichts mehr sagen und war so nett, mir warme Sachen von sich zu geben.«

»Sind das die Sachen, die Sie tragen?«

»Ja«, sagt Hendrikje und schaut an sich herunter, »solche Sachen trägt Bruno. Das sind seine Schuhe, sein Pulli, seine Cordhose. Alles Brunos Sachen. Ich hab mich also noch mal bedankt bei Bruno, und er sagte, das ginge schon klar, und dann bin ich los, raus ins feindliche Leben.

Zuerst bin ich tatsächlich in die Galerie Rothwein gegangen, die warm und groß und lichtdurchflutet war, und als Rothwein aus seinen Katalogen hochguckte und mich erkannte, da lächelte er und sagte: ›Frau Schmidt! Das ist aber schön, kommen Sie rein!‹

Er freute sich, mich zu sehen. Dann hab ich ihm gesagt, dass mein Atelier mit allen Bildern abgebrannt wär, und er guckte mich an und glaubte mir kein Wort. Er sagte, dass es das manchmal gäbe bei Künstlern, dass sie vor ihrer ersten großen Ausstellung so 'ne Angst kriegen, dass sie sich in so eine Angstfantasie von verbrannten Werken so sehr reinsteigern, bis sie es selber glauben, ich bräuchte aber keine

Angst zu haben, denn die Bilder, die er auf den Dias gesehen hätte, wären einfach nur gut. Ich habe ihm gesagt, dass dies leider keine Angstfantasie wäre, sondern die Wahrheit, dass ich sogar hoch verschuldet wär wegen des Brandes und dass ich vor der Ausstellung überhaupt keine Angst gehabt hatte, sondern nur Freude.

Rothwein schaute mich nur an, ohne ein weiteres Wort zu sagen, und sein Blick wurde immer kälter. Ich guckte abwechselnd auf den Fußboden und in sein Gesicht, und ich konnte ihn verstehen. Ich hatte ein Baby gehabt und nicht drauf aufgepasst und das Baby war gestorben, und damit hatte ich mich für alle Zeiten als Mutter diskreditiert. So muss man das sehen, und so sah das Rothwein. Nach einer Ewigkeit nickte er, nur ganz wenig, und ich wusste, ich war entlassen, ich durfte gehen, die Audienz war beendet. Ich war so gefesselt von ihm und seinem würdevollen Ekel, dass ich die Galerie tatsächlich *rückwärts* verlassen habe. Ich ging rückwärts raus, erst vor der Tür drehte ich mich um und *schlich mich*.

Es war schon Abend geworden, und so bin ich in die *Grüne Palme*, weil ich hoffte, dort Dieter zu treffen. Aber in der *Grünen Palme* saßen nur die neun Milchgesichter am Tresen, und es fehlte der zehnte Mann. Und obwohl die Milchgesichter sich immer umdrehen, wenn die Tür aufgeht, drehte sich heute niemand nach mir um, weil ich in Brunos Klamotten hereinkam und ein bissel gestresst wirkte.

Ich hab die Barfrau nach Dieter gefragt, und die sagte ganz enttäuscht: ›Ach, du meinst den Schönen mit dem Segelschiff? Nee, der war schon lange nicht mehr da, das wüsst ich.‹ Also Dieter war wie vom Erdboden verschwunden. Und ich hatte nicht die geringste Ahnung, wo ich hin sollte. Mir war klar, dass es besser für mich wäre, mich nicht in der Nähe meiner Wohnung blicken zu lassen, und so bin ich einfach immer weiter durch die Stadt gewandert, es war Ende Januar und nicht wärmer geworden.

Ich bin sehr weit gelaufen, ich war schon in Ottensen, und da dachte ich, also wenn das so weitergeht, dann muss ich zurück zu Bruno, aber wie superpeinlich würde das sein. Und natürlich lag Holger mir auf der Seele, ich dachte, ich muss nur diese Nacht überstehen, und dann muss ich mir ernsthaft überlegen, ob ich in die Lüneburger Heide fahre zu Holgers Mutter und der alles erzähle. Die aber würde mich, das war mir klar, lynchen, und da dachte ich: Wieso mich, wieso nicht Ernst, der das Sorbet vergiftet hat?«

»Das heißt, erst als Sie gezwungen waren, sich über Ihre Verantwortung an Holgers Tod Gedanken zu machen, waren Sie bereit, Ernst die Schuld zu geben?«

»Ja, schon. Das Gewissen ist ein Verdrängungskünstler.«

»Ich glaube, der Verstand ist ein Verdrängungskünstler, nicht das Gewissen.«

»Wie auch immer. Jedenfalls bin ich noch weiter gelaufen und stand plötzlich vor einem Abbruchhaus, ein allein stehendes, vierstöckiges, uraltes Patrizierhaus, und ich dachte: gut, vier Wände, wunderbar. Ich bin rauf auf das Grundstück, und da sah ich, dass im ersten Stock des Hauses ein ganz kleines, funzeliges Licht brannte, und ich dachte: Gut, da ist schon jemand, da bin ich wenigstens nicht alleine. Die unteren Fenster und die Tür waren mit Brettern vernagelt, aber nach einiger Zeit hab ich einen Eingang gefunden: Ein Souterrainfenster war offen, da konnte ich einsteigen. Ich hab das Erdgeschoss gefunden und das Treppenhaus und bin in den ersten Stock gegangen. Da hab ich den schwachen Lichtschein gesehen und bin dem nach, er kam gleich aus dem ersten Zimmer, das am Anfang des Flurs lag. Ich bin vorsichtig hingeschlichen und erst mal im Türrahmen stehen geblieben, um zu gucken.

Auf dem Fußboden brannte eine einzige Kerze, und ich sah, dass eine, nein: zwei Gestalten sich in die Ecke drückten.

Mir wurde flau, und ich duckte mich automatisch ein bisschen in mich selbst hinein. Aber dann kapierte ich, dass es die beiden Gestalten waren, die vor *mir* Angst hatten. Dann hörte ich ein fiepsiges Winseln und merkte, dass eine der beiden Gestalten ein Hund war, ein großer Hund, und ich sah zwei mädchenhafte Arme, die den Hund fest umklammerten. Und dann erkannte ich das Gesicht, das zu den mädchenhaften Armen gehörte: Paula! Paula und Paula, ihr Köter.

Ich merkte, dass Paula mich auch erkannt hatte, sie sah mich angstvoll an, mit aufgerissenen Augen. Ich spürte ja den Kerzenschein auf meinem Gesicht und wusste, dass ich gut beleuchtet war, man konnte mich erkennen. Ich stand wie angewurzelt da. Da saß also die Brandstifterin.

›Ich könnte dich umbringen‹, sagte ich zu ihr, und sie fing sofort an zu heulen: ›Ich weiß!‹

Langsam bin ich weiter ins Zimmer hinein gegangen und sah, dass Paula sich hier häuslich eingerichtet hatte. Es gab einen Schlafsack und eine zusätzliche Decke, es lagen ein Hundenapf und ein Rucksack herum, und da obendrauf lag ein Apfel. Ich bin langsam zu Paula hingegangen, und die kriegte wahnsinnig Angst, sie nahm den Apfel und hielt ihn mir hin und sagte: ›Da!‹

Ich hab den Apfel genommen und sofort gegessen, im Stehen und ohne mit Paula zu reden. Ich hab das mit Absicht gemacht, um Paula zu demonstrieren, wie es ist, wenn einem das Letzte, was man hat, vor der Nase kaputt gemacht wird. Es macht Lärm, wenn man einen Apfel isst, und ich machte jetzt extra Lärm mit dem Apfel, aus Rache. Ich habe in aller Seelenruhe schön laut ausgekaut und ausführlich runtergeschluckt. Den Krips hab ich übrig gelassen, vorsichtig auf den Fußboden gelegt und dann mit Brunos Schuhen kaputt getreten. Und als ich damit fertig war, hat Paula gesagt: ›Ich hab auch noch Cornflakes und Snickers!‹

Und dann fing sie an, sich zu entschuldigen, wie wahnsinnig leid ihr das alles täte, sie hätte sich in meinem Atelier auf dem Gaskocher einen Kaffee kochen wollen, wäre aber auch schon reichlich bekifft gewesen, und dann dachte sie, sie könnte ein bisschen versuchen, wie es wäre, mit dem Terpentin, das überall herumstand, zu schnüffeln, weil sie doch den wahnsinnigen Liebeskummer gehabt hätte, und dann hätte sie noch eine geraucht, weil Tabak hätte sie noch gehabt, nur keinen Shit mehr, und plötzlich hätte es gebrannt, und sie wüsste echt nicht, wie das nun hätte passieren können. Jedenfalls hätte sie plötzlich Flammen gesehen.

Ich hab sie gefragt, ob sie nicht wenigstens den Versuch gemacht hätte, das Feuer zu löschen, und sie sagte, doch, das hätte sie, da wär ja mein Schlafsack gewesen und den hätte sie genommen und versucht, die Flammen damit auszuschlagen, aber da hätte der Schlafsack gebrannt und da wär sie dann weggelaufen.

Ich guckte sie nur an, und sie hielt meinen Blick plötzlich kackfrech aus und rief: ›Mensch! Du bist überhaupt nicht froh, dass *mir* nix passiert ist!‹«

»Paula hat also alles gleich zugegeben?«

»Ja. Und sie hat dann sogar auch noch gesagt, sie wolle das wieder gutmachen. Das war natürlich rührend, wie sollte sie denn? Ich hab mich hingesetzt zu ihr, und sie hat mir ihren Tabakbeutel hingeschoben, und als ich sagte, ich kann keine Zigaretten drehen, ich rauch immer fertige, da drehte sie mir eine und bröselte auch noch bisschen Shit rein und sagte, das wär guter Shit, den hätte es gerade im Sonderangebot im Sternipark gegeben.

Ich sagte: »Paula, ich mag keinen Shit, mir wird schlecht davon.«

Und sie sagte: »Den wirst du mögen, das ist erstklassiges Zeug.« Sie steckte die Shit-Zigarette an und hielt sie mir hin.

Ich versuchte zu rauchen, und zuerst biss der Rauch in meinen Lungen und machte mich schwindelig, es war meine erste Fluppe nach der Lungenentzündung, aber allmählich gewöhnte ich mich dran und der Geschmack gefiel mir, und so wanderte die Zigarette zwischen mir und Paula hin und her, also, wir rauchten die Friedenspfeife.

›Ich hab kein Zuhause mehr‹, erzählte ich Paula und fragte sie, ob ich auch hier schlafen könnte. Na klar, könnte ich, sagte sie und überließ mir sogar ihren Schlafsack. Ich hab ihn ohne rot zu werden angenommen. Als ich am nächsten Morgen aufwachte, waren Paula und Paula fort, aber alle Sachen waren noch da, der Rucksack und der Napf.

Und dann kamen sie zurück, und Paula überraschte mich mit so etwas Ähnlichem wie einem Frühstück, das sie zusammengeklaut hatte. Es gab Ölsardinen aus der Büchse und Apfelsaft dazu. Und dann sagte sie, sie hätte eine ganz tolle Idee, dazu würde sie den Rucksack brauchen. Sie entleerte ihn vollständig auf den Fußboden, ein paar Anziehsachen fielen heraus, und sie zischte gleich wieder ab mit dem leeren Rucksack und bat mich, unbedingt hier auf sie zu warten, sie hätte eine so schöne Überraschung für mich.

Komischerweise glaubte ich ihr und ließ sie ziehen. Ich sollte in der Zwischenzeit aufpassen, dass keiner ihre Sachen klaut. Das hab ich gemacht, und als Paula wiederkam … also, so was Süßes hab ich selten erlebt. Sie hatte tatsächlich einen Farbenladen geplündert, wie weiß ich nicht, denn sie schleppte tatsächlich eine Grundausstattung für Maler an. Sie hatte drei verschiedene Pinsel geklaut, alle Grundfarben,

Acrylfarben in Tuben und eine Rolle Leinwand, eine relativ schmale Leinwand.

Damit ich wieder neue Bilder malen könnte, sagte sie. Treuherzig wie ein Kind, und ab hier wusste ich, dass ich ihr nie wieder böse sein könnte. Ich musste echt ein bisschen heulen, und ich habe zu Paula gesagt: ›Das ist das schönste Geschenk, was du mir machen konntest.‹ Und sie strahlte mich an wie ein Honigkuchenpferd.

Jetzt, was macht man mit einer schmalen Leinwand? Die nicht aufgezogen war. Ich brauchte was zum Pinselreinigen und was zum Aufziehen, und als Paula hörte, was mir fehlte, war sie gleich weg und kam mit Nägeln wieder. Wir haben die Leinwand an die Wand gespannt. Und zum Pinselreinigen hatte sie Feuerzeugbenzin geklaut.

Und wieder die Frage: Was macht man mit einer schmalen Leinwand? Sie war vielleicht sechzig Zentimeter breit, das ist kein Format, auf dem ich je gemalt hatte, aber sie war so lang wie ich wollte. Dann wusste ich es: Ich habe einen kräftigen Männerarm von der Schulter an bis runter zu den Fingerspitzen skizziert und oben auf den Bizeps ein schönes, tätowiertes Segelschiff gemalt, einmal, wie es schlaff segelt, wenn der Arm locker runterhängt, und einmal, gleich daneben auf einem zweiten Stück Leinwand, mit vollen Segeln, wenn der Bizeps gespannt ist.

Das hat Spaß gemacht und war eine knifflige Studie. Ich fand mich gut, ich fand besonders gut, wie ich die Tintenfarbe der Tätowierung hingekriegt hatte und wie die Haut an den tätowierten Stellen anders aussieht, nämlich gleichzeitig flächiger und poröser. Und dann fielen mir die vielen kleinen Details des Segelschiffs wieder ein, wo die Luken gewesen waren und wo der Anker und wo der Name gestanden hatte: *True Love*.

Und kaum hatte ich es noch lange nicht fertig, aber so,

dass man es schon richtig gut erkennen konnte, da kiekste Paula ganz schrill und schrie: ›Mann, das kenn ich, das Segelschiff! Das ist meins! Das hat Dieter mir geschenkt!‹ Und ich drehte mich nach ihr um und hätte ihr dann doch recht gerne den Hals umgedreht.«

10

»Als ich also merkte, dass Paula ein echtes Organisationstalent war, dachte ich, das könnte ich ein bisschen für mich nutzen, schließlich stand sie hoch in meiner Schuld. Es war klar, dass ich nicht in meine Wohnung gehen konnte, denn ich könnte zu jeder Zeit dort Ernst in die Arme laufen, der wahrscheinlich alle paar Stunden den Copyshop seinen Angestellten überließ, um schnell rüberzuhüpfen in meine Wohnung und seine Handwerker zu kontrollieren. Ich brauchte aber dringend ein paar warme Sachen, und Omis vor den Russen gerettetes Schmuckkästchen vor Lisa und Sophie zu retten, schien auch keine schlechte Idee zu sein.

Also hab ich Paula gefragt, ob sie sich zutrauen würde, in die Wohnung zu gehen und ein paar nötige Sachen da rauszuholen. Klar, hat Paula gesagt, sie hätte schließlich was wieder gutzumachen, sie würde gehen, nur: Wie kommt sie rein in die Wohnung?

Ich habe ihr gesagt, dass das wahrscheinlich gar kein Problem sein wird, weil da mittlerweile vermutlich ein Geschwader von Handwerkern am Arbeiten wär. Die Wohnungstür steht bestimmt immer offen – man weiß ja, wie Handwerker sind. Sie wollte wissen, was sie machen soll, wenn sie meinem Ex-Freund begegnen würde, und ich sagte ihr, dann soll sie so tun, als ob sie nur aus Neugier da mal reingeguckt hätte, und sofort weglaufen. Sie sollte auf keinen Fall sagen, dass ich sie geschickt habe, ja nicht einmal, dass sie mich kennt. Und selbstverständlich nicht sagen, wo ich bin.

›Logisch‹, sagte Paula.

Dann habe ich ihr erklärt, wie sie mein Schlafzimmer findet, wenn sie in die Wohnung reinkommt. Ganz einfach: links in den Flur und dann die erste Tür rechts. Da ist der große Schrank, da soll sie die warmen Anziehsachen in ihren Rucksack einpacken, so viel sie kann, und unten im Boden des Schrankes würde sie zwischen den Monopoly- und Mensch-Ärgere-Dich-Nicht-Spielen ein kleines flaches Schmuckkästchen finden, das meine Großmutter 1945 vor den Russen gerettet hat. Das wär das Wichtigste, das zuerst. Paula nickte sehr verständig und wiederholte laut, was ich ihr gesagt hatte, und ich dachte: Prima, die schafft das. Sie nahm ihren Rucksack und zog los.

Ich arbeitete weiter an Dieters Armen, aber ich war sehr unruhig, ich dachte: O Mann o Mann, hoffentlich geht das gut. Ich wurde sogar so unruhig, dass ich nicht weiterarbeiten mochte, ich dachte plötzlich, eigentlich sollte ich eine Zeitung haben, damit ich Sugar Browns Kolumne lesen könnte, das wird mich ablenken. Und ich dachte, Mensch, Paula klaut so viel Zeug zusammen, da werd ich es doch wohl schaffen, eine Zeitung zu klauen. Ich bin raus aus dem Haus und zum nächsten Tabakladen, da stand ein Zeitungsständer gleich an der Tür, der Verkäufer schwatzte mit zwei Männern, die bei ihm Bier tranken und rauchten, und ich hab die Zeitung ganz vorsichtig rausgezogen und bin im gestreckten Galopp weggerannt. Die haben es zwar gemerkt, die haben mir auch noch was hinterhergerufen, morgen müsste ich mir also meine Kolumne woanders besorgen, aber heute hatte ich es erst mal geschafft. Ich hab mich gefreut wie ein Schneekönig und bin zurück ins Haus mit meiner Zeitung und habe mich schön gemütlich in den Schlafsack gekuschelt, es war jetzt schon Februar geworden, wie ich in der Zeitung lesen konnte, und es war immer noch kalt. Moment, ich hab's dabei.«

Hendrikje lehnt sich weit im Sessel zurück und hebt das Becken an, um besser mit beiden Händen gleichzeitig in ihren Hosentaschen wühlen zu können. So findet sie ihren ausgeschnittenen Zeitungstext.

»Soll ich?«, fragt sie und hält das zusammengefaltete streichholzschachtelgroße Papierpäckchen hoch, und die Palmenberg nickt wie man einem Kind zunickt, dem man nach langem Betteln nachgibt.

Hendrikje entfaltet das Papier und liest vor:

> *Was hätten Sie lieber? Tote Freunde oder lebendige Freunde? Keine einfache Frage, ich weiß, 's is unterschiedlich, das kann man so nicht sagen. Aber wie man so manchem Mitmenschen wünscht, er möge in der Hölle braten, so wünscht man das auch manchem Freunde. Und wünscht es ihm zu Recht. Zum Beispiel das Arschloch, das mir die Freundin ausgespannt hat, war mal ein Freund. Oder zum Beispiel meine Freundin Sabine, Nymphomanin mit ausgeprägtem Sammlertrieb, ruft mich einmal täglich an und heult sich bei mir über 'nen täglich anderen Kerl aus. Aber nicht mit mir, lange lasse ich mir so was nicht gefallen, ich habe Sabine verboten, mich je wieder anzurufen. Horst der Schnorrer ist schlauer, der ruft nicht an, der kommt gleich vorbei, quatscht sich fest, beklaut mich, geht trotzdem nicht und will gekocht kriegen und zu trinken haben, und der Abend, die Nacht*

und der nächste Arbeitstag sind hin. Ich habe den schon zum Teufel gewünscht, da stand die Berliner Mauer noch, aber er kam wieder und wieder. Jetzt bin ich schlauer: Ich erkenne seine Schritte bereits im Treppenhaus, und wenn's klingelt, mach ich nicht auf. Ich weiß, dass er wartet, bis zu einer Stunde und länger, ich muss mich also eine Stunde und länger tot stellen und darf nicht das kleinste Geräusch machen, nicht mal pupsen, und dann höre ich, wie er weggeht im Treppenhaus, stehe leise auf, schleiche ans Fenster und beobachte aus gutem Sicherheitsabstand, wie Horst die Straße 'runtergeht. Und dieses Spiel spielen wir seit dem Fall der Berliner Mauer.

Lieber, viel lieber sind mir meine toten Freunde, besonders mein Kumpel O., der sich vor einigen Jahren umbrachte und der seither mein guter Geist ist. Es war ihm weiter gar nichts passiert, er versah seinen Job scheinbar ohne großen Widerwillen, hatte genug Geld und die schönsten Frauen flogen auf ihn. Gelegentlich erlaubte er einer, für kurze Zeit seine Geliebte zu sein, bis sie ihn flohen. *Warum weiß ich nicht. O. war halt randvoll mit Weltenekel, und wer könnte das nicht verstehen? Von Haus aus Melancholiker, betrachtete er sein beschauliches Leben als gescheitert und ging, sich von der Köhlbrandbrücke zu stürzen. In seinem Abschiedsbrief stand, der natürliche Tod sei sowieso das zu erwartende allergrößte Scheitern in dieser tätigen Welt, in der man uns absurderweise darauf abrichtet, an unserer Unsterblichkeit zu basteln. Und, so schrieb er, da ihn diese Welt verwirft, nimmt er sich den Tod, um die Welt zu verwerfen.*

Respekt. Ich fand das sehr mutig von O., dass er den gefürchteten, von uns allen immer verdrängten Tod quasi am Schlafittchen packte und zu ihm sagte: ›Komm her!‹ anstatt ›Geh weg!‹ und ihn an sich ranzog und ihn zwang, ihm ins Gesicht zu gucken. Respekt.

Und ich als sein Freund weiß nicht einmal, seit wann er das wusste, seit wann er wusste, dass er ein Selbstmörder war …

Probleme habe ich allerdings mit der Ästhetik. Sich von der Köhlbrandbrücke stürzen, in dieses brackige Elbwasser, ich bitte Sie. Kleopatra hat sich seinerzeit zwei Giftschlangen an den Hals gesetzt, ekelhaft, man stelle sich vor, man ist tot und auf einem kriechen die Viecher noch rum und man weiß nicht, wohin die kriechen, und Kleopatra war auch noch eine Dame … Hemingway hat sich erschossen, rücksichtslos. Muss man nicht ein bisschen an die denken, die einen finden werden? Müssen die das Gehirn von den Wänden meiner Jagdhütte kratzen, hier ein Stückchen Der alte Mann *… und dort drüben an der Scheibe etwas vom* Schnee auf dem Kilimandscharo*?*

Wenn ich mich umbringen wollte, wüsste ich wie, und ich bedaure, dass O. sich und mich um das Vergnügen gebracht hat, bei dem ich ihn sogar gern begleitet hätte: sich wie Erich Kästner zum Beispiel totsaufen. Sich totessen, sich totlieben, immer und immer wieder, so würde ich das machen. Und wenn dann einer käme und mich dabei stören wollte, den würde ich – wenigstens für eine Weile – erschießen.

»An dieser Stelle musste ich kichern«, unterbricht Hendrikje die Vorleserei, »wo Sugar Brown schreibt: *für eine Weile erschießen,* ich fand das lustig.

Ich kicherte, und in dem Augenblick kam Paula angerannt. Völlig außer Atem stand sie in der Tür, sie hatte das Schmuckkästchen, das meine Oma 1945 vor den Russen gerettet hatte, vor Lisa, Sophie, Ernst und den Handwerkern gerettet. Sie stand im Türrahmen, hielt es in der Hand und keuchte, offensichtlich war sie gerannt, aber ich kicherte gerade und sagte zu Paula so etwas wie: ›Paula, das musst du mal lesen hier, das ist so komisch, den, der mich stört, für eine Weile erschießen! Ist das nicht komisch!?‹, kicherte ich, ›*für eine Weile erschießen!*‹

Paula sah mich entsetzt und fassungslos an, schüttelte langsam den Kopf und legte, ohne in den Raum zu mir hereinzukommen, das Schmuckkästchen vorsichtig auf den Fußboden und rannte weg. Rannte einfach weg. Ich konnte mir Paulas Reaktion überhaupt nicht erklären und war sehr verwundert, aber ich dachte, die Kleine ist ja eh ein bisschen verrückt, die beruhigt sich schon wieder. Ich legte die Zeitung weg, pellte mich aus dem Schlafsack, in dem ich lag, und wollte zur Tür zu meinem Schmuckkästchen. Ich bückte mich über das Schmuckkästchen und war froh froh froh, dass es da war. Ich hob es auf und kam wieder hoch, und da stand Ernst vor mir, und dicht hinter ihm, an der Treppe, die hinunter ins Erdgeschoss führte, standen Lisa und Sophie.

Ich war ... ganz versteinert und fassungslos, wie Paula mich hatte so verraten können. Sollte ich mich so in ihr getäuscht haben? Wie konnte sie die drei bloß hierher führen? Sie hatte sich doch so viel Mühe gegeben, alles wieder gutzumachen, sie hatte mir ihren Schlafsack überlassen und selbst auf der Hundedecke bei Paula geschlafen, Malzeug besorgt ... War das alles nur geblufft? Und würde sich am Ende vielleicht doch noch herausstellen, dass sie das Feuer im Atelier mit Absicht gelegt hatte?

Solche Gedanken tobten mir im Kopf herum und mein Herz raste, als ob es mir aus dem Brustkasten springen wollte, als Ernst ganz ruhig und freundlich zu sprechen anfing. Er sagte: ›Guten Tag, Hendrikje, mein Gott, hier steckst du also, und wir suchen dich überall.‹ Ganz freundlich. Ich nickte ganz automatisch und hatte so einen Kloß im Hals, dass ich nicht sprechen konnte. Da fuhr Ernst fort: ›Du musst dich doch nicht verstecken vor uns.‹ Er kam einen Schritt in den Raum hinein, und ich wich zurück vor ihm mit dem Schmuckkästchen in den Händen, das ich fest an mich drückte. Ernst sah sich um, sah die nackten, löchrigen Wände, an denen zum Teil Tapetenreste aus hundert Jahren klebten, und sah auch die beiden Arme mit den Segelschiffen, eins schlaff und eins prall segelnd. Er sagte: ›Du hast ja sogar schon wieder angefangen zu malen‹, und ich nickte wieder. Ernst ging ganz nah ran und besah sich die beiden Arme und sagte: ›Toll, diese Studien da, du weißt ja, dass ich immer ein Fan von deinen Sachen war‹, und ich nickte, obwohl ich mich gerade gar nicht erinnern konnte, wann das gewesen sein sollte, dass Ernst und ich mal über meine Arbeit gesprochen hätten, und dann fragte er in so einem leisen, ganz vertraulichen Ton: ›Sag mal, warst du eigentlich schon bei der Polizei?‹, und ich schüttelte den Kopf und sagte: ›Nee ... wieso?‹

Und Ernst sagte: ›Na, wir dachten, du würdest dich vielleicht stellen wollen. Das wirkt sich ja strafmildernd aus.‹

Da wusste ich, dass es jetzt gefährlich werden würde. Natürlich fühlte ich mich schuldig, absolut und unumschmeißlich schuldig an Holgers Tod, aber ich wusste auch, dass Ernst es gewesen war, der das Sorbet vergiftet hatte, und dass er der Letzte war, der mich jetzt fragen durfte, ob *ich* mich schon der Polizei gestellt hätte.«

»Haben Sie ihm das gesagt?«

»Nee, das hab ich mich nicht getraut. Ich wusste, dann würde er explodieren, weil er das Sorbet ja gewissermaßen *auf meinen Wunsch* vergiftet hatte.«

»Ohne jedoch die anderen einzuweihen.«

»Um die zu schützen. Um die juristisch vor jeder Mitwisserschaft zu schützen.«

»Wie edelmütig.«

»Egal. Jedenfalls beißt die Maus keinen Faden daran ab: Ernst hatte das Sorbet auf meinen Wunsch vergiftet, wie also konnte ich ihm das jetzt vorwerfen!? Ich wusste, dass er Recht hatte: Ich war schuld an Holgers Tod, ich hätte mich der Polizei stellen sollen. Und seine Eltern saßen immer noch nichts ahnend in der Lüneburger Heide und glaubten ihren Sohn in Moskau auf 'nem Übersetzer-Kongress, während er tot in Schleswig-Holstein auf Eis lag.

Dann fragte mich Ernst, wie ich mir denn mein weiteres Leben so vorstellte, wie ich weiterleben wollte mit dem Bewusstsein, Holger getötet zu haben, auch noch jetzt, wo sich endlich ein Verlag für seine Neuübersetzung von *Krieg und Frieden* interessierte, ausgerechnet jetzt, wo doch Holgers Leben endlich angefangen hatte. Dass ich mich zwar der Polizei stellen könnte, und dass ich dann wahrscheinlich mindestens zehn Jahre lang ins Zuchthaus käme, vielleicht aber auch zwanzig, aber ob ich wirklich meinen würde, dass ich in dieser Zeit vergessen oder verdrängen könnte, was ich Holger genommen hätte.

Ich merkte, wie mir langsam schlecht wurde, und ich fing an zu heulen. Denn ich wusste, dass Ernst Recht hatte: Niemals würde ich vergessen können, was ich Holger genommen hatte.

Ernst gab mir ein Taschentuch und zündete sich eine Zigarette an, und ich bat ihn, mir auch eine zu geben, und das tat er. Ich hatte so weiche Knie, dass ich mich setzen musste, ich setzte mich also auf den Fußboden mit dem Rücken an die Wand, an der Dieters Arme hingen, und rauchte diese Zigarette. Das Schmuckkästchen legte ich neben mich auf den Fußboden, und ich weiß noch, dass ich dachte, Hendrikje, ich weiß nicht, ob du dir das leisten kannst, hier mit Ernst und weichen Knien Zigaretten zu rauchen, vielleicht solltest du lieber ...«

»Lassen Sie mich kurz unterbrechen«, sagt die Palmenberg, »wo befand sich zu diesem Zeitpunkt Ihr Abschiedsbrief?«

»Den hatte ich verbrannt. Am zweiten Abend bei Paula. Da kriegte ich plötzlich so'n Gefühl, dass ich dachte, es wär besser, ich wäre ihn los, damit ihn keiner liest, und habe ihn über die Kerze gehalten.«

»Wusste Paula von seinem Inhalt?«

»Nein, ich hatte Paula nichts erzählt.«

»Gut. Fahren Sie fort.«

»Naja. Ich dachte jedenfalls, was sitze ich hier mit Ernst und mit weichen Knien und warum ist Ernst hier und was will der eigentlich von mir, und draußen standen immer noch Lisa und Sophie, ich hatte jedenfalls nicht gehört, dass die weggegangen wären, und wieso kamen die nicht zu uns rein? Und plötzlich dachte ich, Mensch, Ernst hat vielleicht neues Gift besorgt und hat es dabei und will vielleicht nachholen, was wir neulich versäumt haben, wieso fragt der so scheinheilig, ob ich bei der Polizei gewesen wäre, denn wenn ich da gewesen wäre, dann wäre ich ja mit an Sicherheit grenzender Wahrscheinlichkeit nicht hier im Abbruchhaus, die hätten mich ja wohl kaum wieder laufen gelassen, wenn ich denen gesagt hätte, dass ich Holger umgebracht hab. Und da wurde mir klar, dass ich irgendwie in Lebensgefahr schwebe. Ich habe die Zigarette mit Absicht ganz langsam auf dem Fußboden ausgedrückt und auch richtig aufgepasst, dass ich jedes noch so kleine Glutstückchen ausdrücke, nicht, dass es gleich wieder brennt, und ich dachte noch: Hendrikje, jetzt musst du schnell sein, du hattest 'ne Lungenentzündung und du hast gerade geraucht, aber besser du bist jetzt schnell, und ich hab mich gesammelt und bin dann mit einem Satz, mit einem einzigen Satz aufgesprungen und rausgerannt.

Ich wollte raus aus dem Haus, also die Treppe runter ins Erdgeschoss und in das Souterrain, wo das Ausstiegsfenster war. Aber an der Treppe standen Lisa und Sophie, und wie ich die sah, wie die da standen mit panisch verkniffenen Gesichtern, da wusste ich plötzlich, dass die mich nicht vorbeilassen würden, und also blieb mir nur noch die Treppe nach oben als Fluchtweg, und die bin ich raufgerannt. Ich hörte, wie Ernst in affenartiger Geschwindigkeit hinter mir herjagte.

Ich bin ganz bis nach oben gerannt, und es ist mir bis heute nicht klar, wieso meine Kondition mir erlaubte, doch immer noch ein paar Meter Vorsprung vor Ernst zu haben, denn der Abstand zwischen uns vergrößerte sich tatsächlich. Wenn auch nicht so, dass ich Anlass zur Beruhigung hätte haben können. Er war immer noch hinter mir her, ich hörte seine Schritte und dass er keuchte. Ich kam auf dem Dachboden an, ein geräumiger, leerer Dachboden, auf dem ein paar Taubenleichen herumlagen. Die Bodenfläche hatte einen vermauerten Schacht in der Mitte: das Treppenhaus.

Um diesen Schacht bin ich herumgelaufen, ich habe ein Versteck gesucht, aber es gab natürlich keins.

An der geraden Wand am Ende des Dachbodens gab es aber ein Fenster. Nicht eine Luke wie in den schrägen Dachwänden, sondern ein richtiges kleines Fenster. Ich hatte so eine Angst vor Ernst, dass ich guckte, was hinter dem Fenster kommt, und ich sah, dass in der Höhe des Fußbodens, auf dem ich stand, draußen der First eines anderen, viel kleineren Daches verlief. Darunter lagen die Erker der unteren Stockwerke. Ich erinnerte mich, von außen gesehen zu haben, dass das oberste Erkerzimmer einen kleinen Balkon hatte, und ich dachte, wenn es mir gelingt, auf dieses Dach zu klettern und ans vordere Ende zu gehen, dann kann ich mich von dort aus auf den Balkon runterlassen.

Ich hab also das Fenster aufgemacht und bin ganz vorsichtig auf den Dachfirst geklettert. Ich musste wahnsinnig balancieren und durfte gar nicht runtergucken, denn es ging links und rechts nur noch über rote Schindeln nach unten.

Ich hörte Ernst hinter mir atmen, und ich wollte mich umdrehen, um zu gucken, wo genau er ist, ob er mir etwa folgt oder nicht. Jedenfalls wollte ich ihn nicht im Rücken haben, und ich überlegte, wie ich das überhaupt machen sollte, mich umdrehen auf diesem Dach ohne abzustürzen. Ich hab mich also vorsichtig hingesetzt wie auf einen Turnbock und im Sitzen das linke Bein vorsichtig zum rechten Bein auf der rechten Seite gezogen und dann das rechte Bein wieder auf die andere Seite, so dass ich mich um 180 Grad gedreht hatte und Ernst angucken konnte, mit dem Dachfirst zwischen den Beinen.

Ernst sah mich durch das Fenster an, und aus seinen Augen blitzte mir ein Hass entgegen, dass ich vor Schreck fast von diesem Dach gefallen wäre.

›Warum springst du nicht einfach runter?‹, fragte er mich,

und ich fand das ganz schön frech, weil mir jetzt dämmerte, dass er sich wahrscheinlich einen Vorteil davon versprach, und dass es gar nicht mein Seelenfrieden war, um den er sich sorgte, und da sagte er auch prompt: ›Für deinen Seelenfrieden.‹«

»Was für einen Vorteil hätte sich Ernst Ihrer Meinung nach davon versprochen?«

»Na, er fragte doch am Anfang, ob ich schon bei der Polizei gewesen wäre, um mich zu stellen, und dass das strafmildernd für mich sein würde. Und ich dachte am Anfang, er kommt, um mit mir zur Polizei zu gehen, um mich direkt selbst hinzubringen, damit ich mich stelle. Aber plötzlich dachte ich: Nee, der hat *Angst*, dass ich zur Polizei gehe und sage, dass *er* das Gift in das Sorbet getan hat. Dann ist *er* nämlich dran. Aber wenn ich meinen Selbstmord jetzt nachholen würde, wäre er fein raus aus der Sache.«

»Mein Gott, Hendrikje, Sie merken ja auch wirklich alles ...«, sagt die Palmenberg.

»Ich weiß nur nicht«, sagt Hendrikje mit ratlosen Augen, »wieso Paula mir das angetan hatte, diese Leute zu mir führen ...«

»Gott, Hendrikje«, schnauft die Palmenberg ungehalten, »das kann sich doch jedes Kind an drei Fingern abzählen! Paula wird in ihre Wohnung geschlichen sein, die, wie Sie ganz zu Recht vermutet hatten, wegen der ein- und ausgehenden Handwerker offen stand. Sie hat es auch unbemerkt in Ihr Schlafzimmer geschafft, wo sie, peinlich darum bemüht, nicht schon wieder einen Fehler zu machen, zuerst das Schmuckkästchen an sich nahm. Da hat wahrscheinlich der Handwerker X, der, von dem Sie noch gelogen haben, er hätte eine Liebesnacht mit Ihnen verbracht, was gemerkt. Er ist in die Küche gegangen und hat zu Lisa, Ernst und Sophie, die natürlich nach dem Vorfall in Schleswig-Holstein unzertrennlich waren, gesagt: ›Ich glaub, da ist jemand im Schlafzimmer‹, und dann haben die nachgeguckt und Paula festgehalten. Ganz einfach.«

»Ja, aber«, flennt Hendrikje, weil sie die plötzlich aus der Palmenberg hervorbrechende Aggression überhaupt nicht begreift, »Paula wusste doch, dass sie trotzdem, auch wenn so was passiert, nicht sagen sollte, dass sie mich kennt und dass ich sie geschickt habe.«

»Gott, Hendrikje, Sie nerven mich, ehrlich. In dem Augenblick, wo Ernst, Lisa und Sophie Paula mit dem Schmuckkästchen in der Hand gesehen haben, das so gezielt am richtigen Ort gesucht und gefunden wurde, wussten die doch von selbst, dass Sie Paula geschickt haben! So. Die halten Paula fest. Paula will sich losmachen, aber die sind zu dritt. Dann sind die natürlich schlau und geben sich sanft und freundlich. Haben in kürzester Zeit – eben wegen des Schmuckkästchens – aus Paula herausgepresst, wer sie geschickt hat. Paula verrät aber immer noch nicht, wo Sie sind, bis die ihr klar machen, dass sie in Ihrer Gegenwart in Lebensgefahr ist.«

»In Lebensgefahr?!«

»Ja. Die drei erzählen Paula, dass Sie Holger umgebracht haben und deswegen auf der Flucht sind.«

»Und wieso sollte Paula denen so was glauben?«, fragt Hendrikje empört.

»Na, unter anderem, weil die allerersten Worte, die Sie zu Paula sagten, als Sie sie im Abbruchhaus zufällig wiedertrafen, ›*Ich könnte dich umbringen*‹, waren! So. Paula kriegt Angst. Ernst, Lisa und Sophie wirken freundlich und scheinen nur ihr Bestes zu wollen. Sie führt die drei ins Abbruchhaus, in dem die anderen sich nicht auskennen. Paula bereut vielleicht jetzt, dass sie die Leute hergebracht hat, und rennt vor, um wenigstens als Erste bei Ihnen zu sein. Was aber hört Paula als Erstes, als sie dann endlich im Türrahmen steht? Sie hört, wie Sie sich über eine Zeile von Sugar Brown kaputtlachen: *die, die einen stören, für eine Weile erschießen!* Haha, wie komisch, kicher kicher. Da schließlich ist Paula endlich restlos davon überzeugt, dass Ernst, Lisa und Sophie recht hatten, als sie ihr sagten, sie sei in Lebensgefahr bei Ihnen, und ist froh, dass sie die Leute hergebracht hat, die mittlerweile ihren Weg auch von allein gefunden haben und nun ebenfalls in der Tür stehen.«

Hendrikje ist kreidebleich geworden. So hat sie die Palmenberg ja noch nie erlebt. Sie nickt langsam. »Ja, klar … so könnte es gewesen sein …«

»Ich war nicht mit dabei, aber ich denke, dass es so oder so ähnlich gewesen sein muss.«

Hendrikje guckt die Palmenberg mit erschrockenen Augen an: Wieso ist sie nicht selbst darauf gekommen …? Paula hatte einfach die Nerven nicht, völlig logisch. »Ja, Paula hatte einfach die Nerven nicht. Was hätte ich aber Ihrer Meinung nach tun sollen? Hätte ich selber in die Wohnung gehen sollen?«

»Nein, sicher nicht. Sie wussten ja, dass das gefährlich sein könnte, und da haben Sie gedacht, es ist viel sicherer, ein kleines durchgedrehtes Nervenbündel hinzuschicken. Sie hätten in der Tat zur Polizei gehen müssen, warum haben Sie das nicht getan?«

»Weil ich wusste, dass ich Holger umgebracht hatte. Vielleicht nicht im juristischen Sinn, aber in meinem Sinn.«

»Ach, so sehen Sie das. So gesehen kann ich Ihnen da Recht geben. Sie mochten Holger?«

»Und wie! Er war lieb, er war einfühlsam, er ist ein zauberhafter Zuhörer gewesen, er war für einen da, wenn man ihn brauchte …«

»Und warum haben Sie ihn dann verachtet?«

»Verachtet? Ich habe doch Holger nicht verachtet!«

»Natürlich haben Sie das. Er war der Einzige, der wenigstens ganz leise kundtat, dass er die Aktion nicht gut fand, hat sich aber irgendwie überreden lassen mitzumachen. Der klassische Mitläufer, der sogar noch vor sich selbst ein reines Gewissen haben konnte, weil er seine Meinung, wenn auch ganz leise, so doch gesagt hatte. *Hendrikje hat nicht einmal eine unheilbare Krankheit!*, hatte er gesagt, und niemand war darauf eingegangen, auch Sie nicht. Sie sind ihm sogar noch über den Mund gefahren, Sie haben ihn nicht ernst genommen. Sie hätten ihn anschreien können, Sie hätten versuchen können, ihm Ihre Gründe zu erklären, aber Sie haben sowieso Holgers kleine Einwürfe nicht ernst genommen, weil sie ja nur von Holger kamen, der lieb und fleißig und fleißig und lieb war. Niemand hat Widerspruch eingelegt gegen Ihr Vorhaben, und Holgers Widerspruch *galt* für Sie nicht, denn er kam ja *nur* von Holger.«

»Ach, und deshalb hab ich ihn verachtet!?«

»Ja, und vielleicht sogar zu recht. Jedenfalls … Ich denke, dass es diese Verachtung ist, die eine Teilschuld an Holgers Tod trägt, sicher.«

Hendrikje fällt in den Sessel zurück, dreht den Kopf weg, schaut auf den grauen Teppichboden und hält sich die Stirn fest.

»Lassen Sie uns weitermachen, ich will jetzt wissen, wie Sie von dem Dach lebend runterkamen, denn das sind Sie ja wohl ganz offensichtlich.«

Hendrikje hat gar nicht zugehört und fährt wieder hoch. »Was?«

»Wie ging das weiter mit Ihnen und Ernst auf dem Dach?«

»Oh, Ernst, ja. Also.« Hendrikje rappelt sich hoch und setzt sich gerade hin.

»Ernst. Ernst tat, womit ich nicht gerechnet hatte. Er kam

zu mir aufs Dach. Er stieg durch das Fenster und kletterte zu mir auf den Giebel. Er hielt sich noch mit den Händen an der Außenwand fest und redete mit seiner Großvaterstimme auf mich ein, so ganz besänftigend und langsam, wie man mit einem Kind redet, und das machte mich sauer. Er sagte: ›Hendrikje, wir haben jetzt so viel Scheiße angerührt, dass wir was unternehmen müssen. Entweder gehen wir jetzt zusammen zur Polizei oder du machst, was du sowieso machen wolltest. Wir sind ja alle bei dir.‹

Seine Stimme war ganz warm und tief, als er das sagte, und ich erinnerte mich, wie er mit derselben warmen, tiefen Stimme früher im Bett immer an der bestimmten Stelle: ›Du zuerst! Lass dich fallen!‹, gesagt hatte. Und das fand ich plötzlich rasend komisch. Ich musste kichern und sagte zu ihm: ›Du zuerst! Lass dich fallen!‹, und kicherte mich darüber schlapp da oben auf dem Dach, weil ich das irrwitzig komisch fand.

Ernst kam ein Schrittchen näher. Er stand und ich saß, und er hielt seine Arme weit vom Körper ab, um zu balancieren, und das sah mordsmäßig doof aus. Ernst, der Zirkusartist. Er guckte mich ganz ernst an, und ich dachte: Das ist jetzt der Ernst meines Lebens.

Ich musste immer noch kichern, wie er da auf dem Dach rum eierte und es auch irgendwie nicht mehr so richtig gemütlich fand, und ich dachte: Aber er hat ja Angst, und das fand ich geradezu außerirdisch, ein Ernst, der Angst hat. Ich dachte: Hendrikje, wenn du nicht aufpasst, dann fällst du gleich vor Lachen vom Dach, so sehr musste ich kichern.

›Du zuerst! Lass dich fallen!‹, rief ich ihm zu, aber Ernst fand das nicht komisch. Er sagte: ›Halt deine Schnauze. Ich will, dass wir jetzt zusammen runtergehen. Ich nehme das Treppenhaus, und welchen Weg du nimmst, ist mir echt egal.‹

Es war ihm also egal, ob ich mich von ihm zur Polizei abführen ließ oder einfach runterspringen würde, und das nun machte *mir* Angst. Ich dachte, warum will er andauernd mit mir zur Polizei, er weiß doch, dass *er* dann dran ist. Er möchte doch wahrscheinlich viel lieber, dass ich springe, und ich sagte zu ihm: ›Ernst, du weißt doch genau, dass *du* dran bist, wenn wir zur Polizei gehen.‹

›Das glaub mal nicht‹, sagte Ernst, ›mir kann keiner was beweisen. Und rate mal, für wen Lisa und Sophie aussagen werden? Aber wenn du sagst, dass du dich vergiften wolltest und Holger aus Versehen dein Gift geschluckt hat, dann sind wir alle aus dem Schneider. Und schließlich war's ja auch so. Du musst nicht mal lügen!‹

In meinem Kopf drehte sich alles, ich wusste nicht mehr, was ich denken und glauben sollte und was ich überhaupt wollte. Ich schaute Ernst an und dachte, ich könnte in seinem Gesicht lesen, was er eigentlich wollte und ob er mich jetzt verarscht, aber ich sah nur, dass er tierisch genervt war von der ganzen Aktion auf dem Dach. Es war kalt, richtig kalt da oben. Ich sah, dass er fror, und das nervte ihn noch mehr. Er hatte jetzt einen Weg gefunden, sich auf diesem Dachgiebel einen etwas besseren Stand zu verschaffen, indem er eben nicht mehr wie ein Seiltänzer mit beiden Füßen auf dem Kamm des Giebels stand, sondern die Füße direkt neben dem Kamm links und rechts in die Dachschindeln stemmte. So hatte er zwar eine schräge Fläche unter seinen Füßen, aber eben auch eine größere Fläche. So stand er ganz fest und sagte: ›Du darfst natürlich nicht sagen, dass ich das Gift besorgt habe, das wird ja wohl in deinen Schädel reingehen. Ich werde Vater!‹ Und dann streckte er die Hand aus, so, als wollte er sie mir reichen, damit ich mich daran hochziehen und wir zusammen runtergehen könnten.

›Du hast dir im Sternipark Metadon besorgt‹, sagte Ernst,

›mehr brauchst du denen nicht erzählen auf der Bullerei.‹ Er streckte mir immer noch seine Hand hin, aber ich hab die nicht genommen, die Hand, irgendwie hab ich ihm nicht mehr getraut. Denn was sollte das jetzt für ein Quatsch mit dem Metadon sein? Damals hatte uns ja der Gerichtsmediziner noch nicht darüber aufgeklärt, dass man an Metadon sterben kann.

Und da hat Ernst seine Hand dann auch wieder weggezogen. Er stand da, als würde er auf was warten, und ich saß da und dachte, nee, ich bewege mich hier erst mal nicht weg, nicht so lange Ernst da ist. Ich werde auf gar keinen Fall runtergehen, nicht auf dem einen Weg und nicht auf dem anderen, und wenn das bis Mitternacht dauert, mir egal. Ich guckte ihn an, und da stöhnte er: ›Mein Gott, Hendrikje, entscheide dich. Ich will hier runter!‹ Und ich hab ihm geantwortet, dass er ja ruhig gehen könnte. Und da hat er gesagt, nee, so billig komme ich ihm nicht davon.

›Nee, nee, nee‹, sagte er, ›so billig kommst du mir nicht davon.‹ Er holte tief Luft, wie einer, der schon richtig ungeduldig ist, und sagte: ›Überleg dir doch mal, was dich erwartet. Wenn du in zwanzig Jahren aus dem Zuchthaus kommst, bist du eine alte Frau, die ihre besten Jahre im Gefängnis verbracht hat. Meinst du, es kräht dann noch ein Hahn nach dir? Als Malerin? Als Frau? Also selbst, falls du dir bis dahin abgewöhnt haben solltest, immer diese Terpentinfahne um dich zu haben, so dass man jedesmal high wird, wenn man dich vögelt ...‹ Er schüttelte den Kopf und seufzte: ›Hendrikje.‹ Seine Stimme klang jetzt schon wieder fast liebenswürdig, so, wie man jemanden tröstet, der sich jede Woche einmal in den Finger schneidet und der sich gerade eben schon wieder in den Finger geschnitten hätte, und genau so schüttelte er jetzt den Kopf und seufzte noch mal: ›Hendrikje, Hendrikje ...‹

Und dann lächelte er mich ganz mitleidig an und seufzte: ›Der Name, mit dem man nicht Liebe machen kann …‹«

»Wie bitte?«, fragte die Palmenberg.

»Der Name, mit dem man nicht Liebe machen kann.«

»Was soll das denn heißen?«

»Wenn Ernst so was sagt, dann heißt das, dass man ›Hendrikje‹ nicht gut stöhnen kann. Also wenn jetzt einer mit mir schlafen würde und Lust kriegte, meinen Namen zu stöhnen, dann wäre das eher ein Zungenbrecher. *Hen* – dann dieses *d* – und dann auch noch *riiekche* – also, das lässt sich nicht gut stöhnen.«

»Aha. Und welcher Name würde sich beispielsweise besser stöhnen lassen?«, fragt die Palmenberg teilnahmslos.

»Na, *Sophie* zum Beispiel, oder *Maria!* oder *Kate*«, stöhnt Hendrikje zur Demonstration. »Aber wer Hannelore heißt oder Lieselotte oder eben Hendrikje, der lädt zum Schweigen ein.«

»Aha.«

»Na ja. Jedenfalls hatte ich jetzt irgendwie genug von dieser Party auf dem Dach. Ernst stand da und schüttelte den Kopf und dehnte meinen Namen unnötig in die Länge und behauptete, man könnte damit nicht Liebe machen, und ich stützte mich mit den Händen fest am Dach ab, um ein bisschen mit dem Hintern zu ihm hinzurutschen. Ich weiß, dass mir sehr kalt war und ich sehr sauer war, und ich rutschte also auf dem Hintern ein paar Zentimeterchen näher an ihn ran und dann hab ich einfach beherzt beide Arme ausgestreckt und mit beiden Händen gegen seine Knie gedrückt, um ihn weiter weg von mir zu schieben, das war meine Absicht, aber Ernst verlor sofort das Gleichgewicht, fiel um und fiel …«

»Fiel …?«

»Fiel vom Dach, ja.«

11

Die Palmenberg liegt wie üblich entspannt auf ihrer Fernsehliege, ganz das hingegossene Gemälde aristokratischer Schönheit. Und Hendrikje kommt durch die Stahltür hinein und sieht heute echt frisch aus, jemand hat ihre herausgewachsene Kurzhaarfrisur irgendwie ganz raffiniert in Form gebracht. Gelöst setzt sie sich hin und schaut die Palmenberg lächelnd an. Die lächelt zurück.

»Sie sehen heute sehr frisch und gelöst aus, Hendrikje, es freut mich, Sie in so guter Verfassung zu sehen.«

»Oh, danke«, antwortet Hendrikje, »ich fühle mich auch frisch und gelöst.«

»Sie haben Ihre Haare sehr hübsch.«

Hendrikje lacht. »Ja, die sind neu, die Haare, das hat Gudrun gemacht.«

»Wer ist Gudrun?«

»Mit der bin ich auf Stube. Die ist Friseuse. Spitzen geschnitten«, nickt Hendrikje verlegen.

»Sehr hübsch. Wo waren wir?«

»Ich hatte gerade Ernst vom Dach geschubst.«

»Oh ja.«

»Tja, also, weil Sie mal danach gefragt haben, also hier, also jetzt, also hier und jetzt war das Kapitel Ernst dann beendet«, sagt Hendrikje ernst.

»Das stand zu befürchten«, lächelt die Palmenberg.

»Ja. Er lag unten im Hof, ich konnte ihn sehen. Er war tot, das konnte ich von da oben zwar nicht zweifelsfrei erkennen, aber ich hatte das Geräusch gehört, das er gemacht hatte, als er unten aufdotzte, und das hatte mir gereicht. Lisa und Sophie hatten das Geräusch wohl auch gehört, oder sie hatten durch die Fenster gesehen, wie er an ihnen vorbeiflog, weiß ich nicht, jedenfalls kamen die sofort aus dem Haus in den Hof gerannt, liefen hin zu ihm und knieten bei ihm. Sie merkten auch, dass es vorbei war mit Ernst und schauten hoch, und oben auf dem Dach saß ich.

Jetzt, nachdem ich nun ganz sicher jemand getötet hatte und nicht nur vielleicht, wollte ich wirklich sterben. Ich war zur Mörderin geworden, ganz unzweifelsfrei. Hier lag kein Unfall vor, sondern ich hatte Ernst vom Dach geschubst.«

»Moment, Sie haben gesagt, Ihre Absicht sei gewesen, Ernst wegzuschieben, von sich wegzuschieben. Er versperrte Ihnen ja den Weg zurück zum Dachfenster.«

»Ja, in diesem winzigkleinen Augenblick des Drückens, da dachte ich nur: *weg da!*, aber ich wusste ja schließlich, dass er und ich auf einem hohen Giebeldach standen, beziehungsweise saßen. Die Wahrheit ist, dass ich einfach nicht nachgedacht habe in dem Augenblick. Ich wollte Ernst da weg haben, weiter nichts, ich hatte … Also ich hatte keine Tötungsabsicht, aber ich wollte ihn da weg haben, und wenn im hintersten Winkel meines Gehirns noch ein kleines Fünkchen Bewusstsein war, dass wir uns auf einem Dach befanden, dann war's mir egal in diesem Moment. Egal. Einfach egal.«

»Hmhmm.«

»Wie gesagt, ich wollte jetzt, wo Ernst im Hof lag, wirklich sterben. Ich hatte das Gefühl, mein Schädel platzt und mein Herz auch. Wie sollte ich leben, wo ich wusste, ich habe das zu verantworten? Das geht gar nicht, so kann man nicht leben. Ich wollte springen. Ich dachte nur: *hinterher, dann ist der Spuk vorbei.*

Ich wusste, dass ich dazu aufstehen musste, denn ich saß ja gut und sicher auf dem Dach, aber als ich versuchte aufzustehen, da merkte ich, dass meine Knochen steif gefroren waren, dass es plötzlich gar nicht so einfach war aufzustehen. Ich hab versucht, auf alle viere zu kommen, ich hab die Hände aufgestützt und versucht, die Beine auf den First zu kriegen, aber ich zitterte so sehr, dass ich es nicht schaffte. Ich konnte nicht aufstehen. Ich guckte wieder runter und da stand Lisa mit verzerrtem Gesicht und schrie zu mir rauf: ›Spring! Spring endlich!‹, aber ich konnte nicht. Ich wollte so gern und ich konnte nicht.

Ich kann mich an nichts erinnern, was danach passierte. Ich habe nicht die geringste Ahnung, wie ich von dem Dach wieder runtergekommen bin. Als ich später meine Pflichtverteidigerin fragte, sagte die mir, die Feuerwehr hätte mich runtergeholt, mit so 'ner Leiter, wo oben 'ne Plattform dran ist. *Wie man ein Kätzchen vom Baum pflückt*, hat sie gesagt. Dann hätte ich der Feuerwehr, den Sanitätern, die nur noch Ernsts Leiche einsammeln und sonst nichts mehr für ihn tun konnten, und der Polizei, die natürlich sofort kam, gesagt, dass ich Ernst vom Dach geschubst hätte. Aber ich kann mich da an gar nichts erinnern.

Meine Erinnerung setzt erst wieder mit diesem Traum ein. Ich träumte, ich steh im Café und muss die Geschirrspülmaschine ausräumen. Ich stapele die Cappuccino-Untertassen, die heiß sind und an denen ich mich verbrenne, zu hohen Türmen, aber die Spülmaschine wird und wird nicht leerer, es kommen immer mehr Cappuccino-Untertassen heraus, und ich muss die immer schneller zu hohen Türmen auftürmen, und das Geklapper von dem Geschirr macht einen Höllenlärm.

Als ich aufwachte, lag ich in einer kleinen Zelle, weiß getüncht und mit Gittern vor dem Fenster, und von draußen hörte ich es klappern: Da kam also diesmal das Geräusch her, das mich zu dem Traum inspiriert hatte: Es war der Schließer, der den Flur entlanglief und alle Zellen aufschloss. Na ja, und langsam dämmerte mir der Zusammenhang, ich war wohl in einem Gefängnis, in einer schönen, kleinen, gemütlichen Einzelzelle.

Der Schließer schloss auf und kommandierte mich zum Frühstück in einen großen mit Neonlicht beleuchteten Raum im Souterrain des Gebäudes, wo die Fenster unter der Decke klebten, und so sahen dann auch die anderen Frauen aus, die da in Untersuchungshaft saßen: grün im Gesicht, mit lila Lippen. Hübsche Gesellschaft, die ich mir da ausgesucht hatte.

Nach dem Frühstück lernte ich meine Pflichtverteidigerin kennen, die Frau Kogge. Sie besuchte mich im Untersuchungsgefängnis ein paar Mal und hörte sich die ganze Geschichte an. Von meinen verbrannten Bildern und von Paula, von den Schulden, von Ernst und der Omi und von Holger, der meinen Selbstmord vereitelt hatte. Wie sich herausstellte, war Frau Kogge die erste außenstehende Person, die von Holgers Tod erfuhr.

Holgers Eltern hatten wohl eine Vermisstenanzeige aufgegeben, aber niemand hatte Holger gefunden. Und so hatte irgendein zartfühlender Polizist den Eltern erklärt, dass sie vielleicht einfach nur begreifen müssten, dass ihr Sohn Holger ein erwachsener Mann von dreiunddreißig Jahren wär, der vielleicht länger in Russland geblieben wäre und vielleicht einfach keine Lust hätte, sich zu melden. Also stellen Sie sich das bitte vor: Es war mittlerweile Mitte März, und Holger lag seit Januar auf Eis.

Die Frau Kogge sagte, genau wie später der Richter auch,

Holgers Tod geht volle Kanne auf Ernst und die Tötung von Ernst sei reine Notwehr gewesen. Deshalb wollte sie auf Freispruch plädieren, was sie dann später auch tat.

Dann wollte sie wissen, ob Ernst mich da oben auf dem Dach angegriffen hätte, ob er vielleicht eine Bewegung gemacht hätte, von der ich hätte glauben können, sie sollte mich aus dem Gleichgewicht bringen, und ich sagte: ›Nein, hat er nicht. Ich war auch gar nicht so leicht aus dem Gleichgewicht zu bringen, ich saß nämlich ganz gut da oben. Ernst war die ganze Zeit über mit seinem eigenen Gleichgewicht beschäftigt.‹

Da sagte die Frau Kogge, wenn Ernst aber tatsächlich nicht mal eine Handbewegung gemacht hat, von der ich hätte annehmen können, dass er mich damit schubsen wollte, dann sähe das nicht gut aus mit Notwehr. Das wäre dann doch ein Totschlag, den ich da begangen hätte. Da hab ich ihr lang und schmutzig auseinandergesetzt, dass es doch eine Notwehr war, denn allein die Tatsache, dass Ernst überhaupt zu mir aufs Dach gekommen war, hätte ich doch als Drohung empfinden müssen. Wo er doch, falls er nur mit mir hätte reden wollen, auf dem Dachboden hätte bleiben und durchs Fenster mit mir reden können. Wenn er nicht gewollt hätte, dass ich springe, hätte er ja nicht aufs Dach klettern müssen.

Das wäre nicht zu beweisen, sagte Frau Kogge. Geradeso gut hätte er aufs Dach klettern können, um mich zu retten.

Da habe ich gesagt, dass er mir doch *geraten* hat zu springen, weil das das Beste für meinen Seelenfrieden wär und ihm wär's egal.

Daraufhin wollte die Frau Kogge wissen, ob es für ein solches Gespräch Zeugen geben würde, und die gab es nicht, denn Lisa und Sophie waren uns keineswegs auf den Dachboden gefolgt, sondern hatten hübsch unten gestanden und den Ausgang bewacht.

Es kam zur Verhandlung. Ich saß auf der Anklagebank und sagte, was ich zu sagen hatte, nämlich die Wahrheit. Dass Holger an dem Gift gestorben war, das Ernst für *mich* beschafft hatte, und dass man Holger in meinem Beisein in die Gefrierkühltruhe in Lisas Landhaus in Schleswig-Holstein gesteckt hatte. In der Zwischenzeit hatte man Holgers Leiche obduziert und das mit dem Metadon kam heraus.

Ich erzählte dem Richter, dass ich an jenem Abend, an dem Holger starb, fliehen konnte, und dass ich auch Anlass zur Flucht gesehen hätte, weil Ernst, nachdem Holger in der Truhe verstaut war, sich zu mir auf der Stiege umdrehte und: *So, Hendrikje, und nun zu dir ...* gesagt hätte und dass mir das gereicht hätte.

Lisa und Sophie saßen im Zeugenstand. Lisa war in einem anderen, parallel laufenden Prozess angeklagt, wegen der Vertuschung einer Straftat, also wegen Holger. Ich wunderte mich, dass nicht auch ich und Sophie wegen Vertuschung angeklagt waren, aber die Frau Kogge hat mir das erklärt: Sophie und ich hatten eine ungeplante Tat, nämlich den Totschlag an Holger, beobachtet. Und es ist nicht strafbar, wenn man so was nicht anzeigt. Aber Lisa hatte die Tat nicht nur beobachtet, sondern mitgeholfen, die Leiche aufs Eis zu legen, und ich und Sophie eben nicht, und damit hatte Lisa eine Straftat vertuscht. Wie gesagt, Holgers Tod kam erst durch Frau Kogge raus, die es von mir wusste, und die hat das natürlich nicht für sich behalten und so war Lisa völlig überrumpelt worden, als man ihr Landhaus in Schleswig-Holstein mit einem Durchsuchungsbeschluss nicht einmal umkrempelte, sondern sehr zielgerichtet gleich im Keller nachsah und sie plötzlich, genau wie ich, in Untersuchungshaft saß.«

»Sind Sie beide sich dort begegnet?«

»Nein. Ich weiß nicht, entweder saß Lisa in einem anderen Gebäude oder man hat extra besonders darauf geachtet, dass wir uns nicht begegnen, und ich glaube, dass das so war, denn ich kriegte irgendwann auf einmal mein Essen auf meiner Zelle serviert und durfte nicht mehr in den Speisesaal zu den grünen Gesichtern. Zuerst wusste ich nicht, warum das plötzlich so war, aber später wurde es mir natürlich klar: Lisa und ich sollten uns nicht austauschen können und unsere Aussagen, die wir ja noch vor Gericht machen mussten, nicht miteinander abstimmen können.

Also. Meine Verhandlung lief. Ich habe dem Richter alles genau so erzählt, wie es sich zugetragen hatte. Dann wurden die Zeugen befragt, also Lisa und Sophie. Und da sind mir ja fast die Ohren abgefallen, als die zu erzählen anfingen. Lisa war die Wortführerin, natürlich, denn Sophie saß mit schon einem kleinen Kugelbäuchlein nur da und heulte, was das Zeug hielt.

Lisa also sagte, man dürfe mir, ihrer Ansicht nach, kein Wort glauben. Man möge doch bitte so freundlich sein und überprüfen, ob ich überhaupt vernehmungsfähig wär, denn alles, was ich erzählt hätte, käme ihr vor wie eine absolut verzerrte Wahrnehmung aller Ereignisse, und ich hätte eine Schuldpsychose, immer schon, ich würde mich an allem und allem immer schuldig fühlen, auch wenn ich gar nicht schuld wäre, auch, wenn in Afrika die Kinder verhungern oder wenn es im Juli regnet. Es sei nämlich ihrer Wahrnehmung nach so gewesen, dass Holger sich selbst getötet hätte, mit einem Gift, das er an jenem Abend aus seiner Jackentasche gezogen hätte. Das wollte sie sogar gesehen haben. Und sie hätte sich gar nichts dabei gedacht, als sie das sah, es hätten ja ebenso gut Bachblüten sein können oder flüssige Kopfschmerztropfen, die Holger vielleicht prophylaktisch einnahm, weil ja sehr viel getrunken worden wär an jenem Abend. Und es könnte theoretisch auch sein, dass Ernst ihm vorher das Fläschchen mit der Flüssigkeit gegeben hätte, aber das hätte sie jedenfalls nicht gesehen. Jedenfalls wäre die Geschichte von dem Selbstmord, den ich angeblich im Kreis meiner Freunde mit deren Wissen und Einverständnis geplant hätte, der reinste Humbug, so was würde sie heute zum ersten Mal hören, sagte Lisa, es würde aber zu mir und meiner geschundenen Psyche passen, und nachdem meine Bilder verbrannt wären, würde Lisa sich jedenfalls nicht wundern, dass ich dermaßen durch den Wind und durch den Wolf gedreht wär, dass ich oben und unten nicht mehr unterscheiden könnte.

Tatsache wär allerdings, gab Lisa zu, dass man Anfang Januar bei einem gemütlichen Abend unter Freunden tatsächlich über das Thema Selbstmord gesprochen hätte, und sie, Lisa, tatsächlich von einem Professor erzählt hätte, der sich während eines Festes mit Freunden umgebracht hatte. Und Holger hätte das wohl nachahmen wollen, nur mit dem Unterschied, dass der Professor in ein abgeschiedenes Zimmer gegangen war und Holger halt am Tisch sitzen geblieben wäre, was Lisa als eine üble Geschmacklosigkeit empfunden habe.

Ich schaute mir Lisa im Zeugenstand an, die aussah wie eine Madonna, natürlich wie eine etwas verlebte Madonna, mit Ringen unter den Augen und den Falten, die sich von ihren Mundwinkeln nach unten zogen, aber dennoch: eine Ikone der Klarsicht, Vernunft, Ruhe, Rechtschaffenheit und Unschuld. Ich glaube, mein Unterkiefer klappte mir bis auf die Knie vor lauter Staunen: Sie behauptete wirklich, Holger hätte sich freiwillig umgebracht.

Der Richter wollte natürlich wissen, warum man denn nicht sofort die Polizei verständigt hätte, als Holger plötzlich und unerwartet nach Genuss eines zweiten Sorbets vom Stuhl gefallen war. Lisa antwortete ihm, dass wir alle, als das passierte, unendlich, unvorstellbar schockiert gewesen wären. Sie selbst hätte sich sofort erbrechen müssen und wäre zur Toilette gelaufen und wäre da bestimmt eine halbe Stunde nicht wieder weggekommen. Schließlich hätten wir alle an Holgers Eltern gedacht, deren einziges Kind Holger gewesen war, und wir wussten alle, dass das ganz, ganz furchtbar für diese Eltern werden würde. Ernst hätte die Eltern sofort anrufen wollen, sagte Lisa, aber Sophie hätte dafür plädiert, zuerst die Polizei zu verständigen, und die hätten ja dann die Eltern benachrichtigen können, und zwar besser als wir, weil die das ja öfter tun und nicht so wahnsinnig betroffen und mitgenommen wären wie wir. Jedenfalls, sagte Lisa, hätten Ernst und Sophie sich über diesem Thema richtig in die Wolle gekriegt, ihr erster Krach in ihrer so jungen Beziehung. Sophie hätte wahnsinnig geweint – und hier schaute Lisa im Gerichtssaal zu Sophie hinüber, die auch jetzt wieder flennte, was das Zeug hielt, und jeder im Saal glaubte sofort, dass Sophie an jenem Abend geheult hatte. Das zumindest schien sicher.

Lisa erklärte, dass die ganze schlechte Energie, die Holgers Tod an jenem Abend heraufbeschworen hatte, sich in Ernsts und Sophies Streit entladen hätte, der darum ging, wer zuerst angerufen wird, die Eltern oder die Polizei. Und so wäre jede Energie, die zu einer klaren, vernünftigen Handlung erforderlich gewesen wäre, irgendwann einfach verpufft gewesen. Alle wären nur noch erledigt und erschöpft gewesen. Sie selbst, so Lisa, hätte sich nicht nur ausgekotzt gefühlt, sondern sei es ja auch tatsächlich gewesen. Und sie müsse zugeben, dass alle mit der Situation einfach überfordert gewesen wären. Ja, das müsste sie jetzt doch sagen und einräumen, alle wären nicht mehr zurechnungsfähig gewesen, alle völlig schockiert und total überfordert, und man hätte darum die Nacht benutzen wollen, um zu ruhen und erst am nächsten Morgen eine Entscheidung zu treffen. Deshalb hätte man Holger halt erst mal auf Eis gelegt und das wär *natürlich* eine Dummheit und ein Fehler gewesen, das würde sie *selbstverständlich* einsehen.

Der Richter hat kein Wort dazu gesagt. Er saß da, stoisch und undurchschaubar wie ein Fels, und überhaupt sahen heute alle so aus, dass ich es sehr bedauerte in diesem Gerichtssaal, keinen Skizzenblock dabeizuhaben. Da saßen ein paar echte Gemälde im Saal, Häupter, Antlitze und Fratzen, hinter denen Gewitter von verborgenen Gefühlen zuckten … also richtig klasse. Sehr schöne Motive.

Der Richter forderte Lisa auf fortzufahren. Lisa sagte, man habe bald mein Verschwinden bemerkt, an jenem Abend, kurz nachdem man Holger in die Gefrierkühltruhe gelegt hatte. Man habe sich in der darauf folgenden Zeit schwere Sorgen um mich gemacht. Ich wäre nicht wieder nach Hause, also in meine Wohnung gekommen, und alle hätten sich geängstigt, dass ich mir was antun würde. Erst die Bilder, dann Holger, und das alles auf meine geschundene, ach, was rede sie, auf meine nachgerade *zer*schundene, sowieso schon von Haus aus labile Psyche, wie Lisa sagte, da wär man halt ungeheuer besorgt gewesen und heilfroh, als dann dieses kleine Punkmädchen aufkreuzte, das ihnen den Weg zu mir gezeigt hätte.

Als sie dann aber alle in dem Abbruchhaus aufgekreuzt wären, hätte ich ihre wohlwollenden Absichten, mich nach Hause zurückzuholen, offenbar missverstanden. Ich hätte in meiner zerschundenen Weltsicht plötzlich Angst vor ihnen bekommen, wäre aufs Dach gerannt und hätte gedroht, mich herunterzustürzen.

Hier fragte der Richter Lisa, aus welchem Grund ich mich wohl vom Dach hätte stürzen wollen, aber Lisa erklärte es ihm: um Holgers Tod zu *sühnen*. Ich hätte Lisa, Ernst und

Sophie, vor allem aber mich selbst emotional für Holgers Tod verantwortlich gemacht, einfach nur, weil wir dabei gewesen wären. Und das hätte ich nicht ausgehalten und nicht weiter aushalten mögen. Anders könnte sie sich das jedenfalls nicht erklären, und sie würde ja nicht drinstecken in meiner Psyche.

Jedenfalls wäre Ernst dann zu mir aufs Dach geklettert und hätte mit Engelszungen auf mich eingeredet, dass ich da wieder runterkommen und bloß nicht springen sollte. Und als der Richter Lisa fragte, wieso sie dieses Gespräch so gut gehört hätte, da antwortete Lisa ihm, sie hätte die ganze Zeit über gemeinsam mit Sophie auf dem Dachboden gestanden, direkt am Fenster, und alles mit angesehen. Und dass sie, als dann später die Feuerwehr kam, um den totgestürzten Ernst einzusammeln, zwar der Polizei gesagt hätte, ich hätte Ernst geschubst, aber das sei doch nur *symbolisch* gemeint gewesen.

Da wollte der Richter natürlich wissen, was denn nun das Symbolhafte an dieser Äußerung gewesen wäre, und Lisa guckte ihm ins Gesicht, klar und ruhig und ohne rot zu werden guckte sie ihm ins Gesicht und erklärte, sie hätte damit gemeint, dass es meine verirrte Psyche war, die Ernst vom Dach geschubst hätte. Und natürlich die Tatsache, dass ich Ernst im Dezember verlassen hätte. Das hätte ihm unendlich wehgetan. Er hätte sich zwar mit Sophie im Skiurlaub ein bisschen getröstet – da schluchzte Sophie laut und markerschütternd auf –, aber nur weil Sophie in eben diesem Skiurlaub schwanger geworden wäre, sagte Lisa weiter, hätte er als ein Mann, der sich selbstverständlich seiner Verantwortung stellt, sofort eine Heirat geplant, zu der es dann leider nicht mehr gekommen wär. Sie aber, Lisa, wüsste, dass er gar nicht besonders gern Vater geworden wäre und wirklich nur aus Verantwortungsgefühl heraus Sophie einen Heiratsantrag gemacht hatte, und da brach Sophie zusammen und musste rausgetragen werden.

Außerdem hätte Ernst ja nicht nur mich, sondern auch in Holger seinen allerbesten Freund verloren, also drei Schicksalsschläge auf einmal, und das hätte ihn alles sehr durcheinander gebracht. Sie hätte jedenfalls mit Sophie am Dachfenster gestanden und von dort den ganzen Dialog verfolgt, in dem Ernst mich vom Dach herunterquatschen wollte, um mich zu retten. Am Ende hätte er sich so echauffiert, dass er das Gleichgewicht verloren hätte und gefallen wär. Von allein, ohne jedes Zutun. Sie hätte jedenfalls nicht gesehen, dass ich ihn geschubst hätte. Ich wäre auch viel zu weit weg von ihm gewesen, um ihn zu erreichen. Als Ernst dann gefallen war, wäre sie gemeinsam mit Sophie nach unten gerannt, dann hätten sie den toten Ernst im Hof gefunden und über Handy die Feuerwehr angerufen.

Der Richter saß wie in Erz gegossen.

Im ganzen Saal war es still, als Lisa geendigt hatte, und ich verstand die Welt nicht mehr. Wieso entlastete mich Lisa, wo sie mich doch mit Fug und Recht hätte *be*lasten können? Und würde irgendein Mensch ihre Fassung glauben? Ich war einigermaßen verzweifelt über Lisas Rede und hatte einen ganz trockenen Mund, weil ich während ihrer Ausführungen immer nach Luft schnappte und sie unterbrechen wollte. Aber jedesmal gab mir der Richter, der das merkte, ein ehrfurchtgebietendes Zeichen mit der Hand und gebot mir auf diese Weise zu schweigen. Und weil er eh schon aussah wie sein eigenes Standbild, hab ich lieber gehorcht.

Er schwieg lange und forderte Lisa dann auf, zurückzugehen zu ihrem Platz. Und das tat sie. Sie verließ den Zeugenstand ganz majestätisch, muss man sagen, mit bescheidener, dem Anlass angemessener Majestät.

Der Richter ließ sich Zeit, der kostete das richtig aus, die

Stille im Saal und dass ich vor den Leuten dastand wie eine Psychopathin. Dann fragte er mich, ob ich noch irgendwas zu sagen hätte, ich hätte das letzte Wort. Und ich hab gesagt: ›Ich könnte kotzen.‹

Ich habe ihm erklärt, dass das Quatsch ist, dass Holger sich umgebracht hätte, dass es so gewesen war, wie ich es bereits gesagt hatte, dass Ernst das Gift mitgebracht hat, weil *ich* mich im Kreis meiner Freunde umbringen wollte, wie wir das an meinem Geburtstag ‘ne Woche vorher verabredet hatten. Und dass Holger immer schon, da, wo andere Leute *ein* Eis essen, *zwei* Eis gegessen hat und dass er deshalb das vergiftete Sorbet gegessen hat. Und dass es Quatsch ist, dass man Holger wegen emotionaler Überforderung in die Gefrierkühltruhe gelegt hat und auch nicht um eine Straftat zu vertuschen, sondern wegen seiner Nieren, damit die frisch bleiben, weil Sophies Vater eine braucht. Und dass es Quatsch ist, dass ich Ernst verlassen habe, sondern dass im Gegenteil Ernst *mich* verlassen hat, und zwar *wegen* Sophie, und dass es Quadratquatsch ist, dass Ernst als werdender Vater von ganz allein vom Dach gefallen wär, sondern dass ich ihn im Gegenteil geschubst habe. Mit Absicht. Und dass ich das wieder tun würde, wenn er mir wieder da oben sagen würde, dass es ihm egal wär, ob ich springe oder nicht, und dass aus mir sowieso nichts mehr werden würde, nicht als Frau und nicht als Malerin, und dass man mit meinem Namen nicht mal Liebe machen kann.

Und dass Lisa und Sophie kein Wort davon mitgekriegt haben, weil sie überhaupt nicht im Dachbodenfenster standen und zuhörten, sondern unten im Treppenhaus gewartet haben und deshalb auch ganz schnell – und zwar vor meinen Augen – bei der Leiche unten im Hof sein konnten. Und dass ich Ernst zwar geschubst habe, aber aus Notwehr. Und dass Ernst zwar keine Bewegung gemacht hat, die mich zu der Annahme verleiten hätte können, dass er mich schubsen wollte, aber ich wusste, dass er mich schubsen *würde*, es war ehrlich nur noch eine Frage von Minuten oder weniger. Denn dass er überhaupt auf das Dach zu mir geklettert kam, hatte ja nichts anderes zu bedeuten gehabt, als dass er mich hatte schubsen *wollen*, Ernst tat nämlich nichts, also wirklich gar nichts, ohne vorher Ursache und Wirkung und das daraus zu schlagende Kapital berechnet zu haben!

Der Richter wollte jetzt von mir wissen, welcher Art denn das daraus zu schlagende Kapital hätte sein können, wenn ich vom Dach gesprungen wäre. Und ich sagte ihm: ›Na, meine Wohnung! Ich hatte ihm doch als werdendem Vater meine Wohnung versprochen, und die Renovierung lief ja bereits. Er hatte ja die Handwerker ins Haus geholt, ehe ich überhaupt tot war!‹

›Mit denen sie dann erst mal geschlafen hat!‹, traute Lisa sich, ohne gefragt zu sein, einzuwerfen, und da hat es mir aber gereicht und ich habe mich zu Lisa umgedreht und gesagt: ›Nee, Lisa, *das* war gelogen. *Geschlafen* habe ich mit Dieter!‹ Und da wurde sie bleich und hielt ihre Klappe.

Hier erst erfuhr der Richter davon, dass Ernst zur Belohnung für seine Hilfe bei meinem Selbstmord die Wohnung bekommen sollte, und sagte ›Ahaa ...!‹

Ich erzählte, dass wir sogar einen Untermietvertrag getürkt hatten, so dass der Vermieter denken sollte, dass Ernst schon seit zwei Jahren bei mir und meiner Omi zur Untermiete gewohnt hätte und er ihn also nicht so ohne weiteres hätte rausschmeißen können. Und dass ich sogar einen juristisch einwandfreien Abschiedsbrief geschrieben hatte, um meine Freunde nicht zu belasten, und dass es Lisa war, die darauf besonderen Wert gelegt hatte, dass ich aber diesen Abschiedsbrief nicht mehr hätte, dass ich den verbrannt hatte, nachdem ich von der Lungenentzündung genesen war.

Der Richter sagte, dass ein Abschiedsbrief in diesem Fall sowieso kein Beweis wäre, denn den hätte ich ja sonst wann geschrieben haben können. Aber der Untermietvertrag wär interessant, und wo der denn steckte. Daraufhin wurde die Verhandlung vertagt und es wurde Ernsts Wohnung durchsucht. Man fand diesen Untermietvertrag und besah daraufhin noch mal meine Wohnung. In der Zwischenzeit waren Küche und Bad wohl komplett neu gemacht worden. Neu gekachelt, neue sanitäre Anlagen, Einbauschränke. Aber da der Bauherr nicht wieder aufgekreuzt war, waren alle anderen Arbeiten gestoppt worden und alle fünf Zimmer waren noch so, wie die Omi und ich in ihnen gewohnt hatten. Omis Schlafzimmer, ihr Wohnzimmer, ihr winziges Nähzimmer und das Esszimmer waren mit ihren Möbeln, ihren Häkeldeckchen und ihren Porzellanballerinas vollgestopft, und mein Schlafzimmer mit den blau gefärbten Moskitonetzen überm Bett und den Putten, die ich an die Wand gemalt hatte, war klar erkennbar als mein Zimmer und niemand glaubte, dass hier irgendwo dazwischen noch zwei Jahre lang ein junger Mann zur Untermiete gewohnt haben sollte. Das war ein wichtiges Indiz dafür, dass der von Ernst so bedacht ausgefüllte *Hamburger Untermietvertrag* tatsächlich vordatiert worden war. So glaubte der Richter mir, dass dieser Untermietvertrag am Tag meines geplanten Selbstmordes, also an Holgers Todestag, entstanden war, und das gab ihm zu denken.

›Frau Schmidt‹, sagte der Richter zu mir. ›Wenn Ihre Version richtig ist, warum, glauben Sie, entlasten Ihre Freunde Sie so entschieden? Wenn Sie, wie Sie sagen, Ernst vom Dach geschubst haben, müsste Ihre Freundin Lisa, die mir als Rechtsanwältin ja seit langen Jahren bekannt ist, doch froh sein, Sie hinter Schloss und Riegel zu sehen, anstatt sich mit einer Falschaussage vor Gericht einer zweiten Vertuschung einer Straftat schuldig zu machen. Was meinen Sie, Frau Schmidt, warum entlasten Ihre Freundinnen Sie?‹

Und ich saß da und guckte ihn an und da rutschte mir raus: ›Weil die jetzt endlich Angst vor mir haben.‹

Das unentwegt starre Gesicht des Richters, diese Maske aus Humorlosigkeit und hoher Autorität verzog sich plötzlich zu einem Grinsen, einem breiten, schadenfrohen Grinsen. Dann stand er auf, tat kund, dass er sich zur Beratung zurückziehen würde und verschwand mit den Schöffen.

Er kam zurück mit seinen Schöffen und verknackte mich. Nix Notwehr, nix Freispruch. Ich wurde wegen Totschlags in einem minderschweren Fall verknackt, wegen eines so genannten *provozierten Totschlags*.

Der Richter sagte, er wär zwar nicht mit dabei gewesen, und wie es wirklich gewesen wär, wüsste wohl nur der liebe Gott, aber er und die Schöffen würden mir glauben, dass Ernst mich beleidigt hätte. Nicht nur oben auf dem Dach mit meinem Namen, mit dem man angeblich nicht Liebe machen könnte, sondern natürlich auch mit seinem Rat, ich möge doch springen, und dem Hinweis, dass es ihm egal wär. Und dass erschwerend hinzukommen würde, dass Ernst mich ja auch schon im Vorfeld beleidigt hätte, als er Handwerker in die Wohnung brachte, die schon mit den Renovierungsarbeiten anfingen, während ich noch da lebte. Jedenfalls hätte ich mich völlig zu Recht provoziert gefühlt und aus dieser Provokation heraus geschubst, und das wär halt ein Totschlag in einem minderschweren Fall, der mit einer Freiheitsstrafe zwischen einem und zehn Jahren bestraft wird.

Nun hätte er sich überlegt, dass in meinem Fall zweieinhalb Jahre eigentlich angemessen wären, da aber das einzige, was er meiner Freundin Lisa glauben würde, wär, dass ich eine geschundene Psyche hätte, und da er sich erinnern würde, dass in einer der griechischen Tragödien stehen würde: *Allen Segens Anfang heißt: Besinnung*, wollte er mir Gelegenheit zu ebensolcher geben und schlug ein Jahr drauf. Also dreieinhalb Jahre Gefängnis, und vielleicht die Aussicht darauf, dass das letzte Drittel bei guter Führung und psychologischer Kontrolle auf Bewährung ausgesetzt werden könnte.«

»Das«, seufzt die Palmenberg sehr erschöpft, »kriegen wir hin, Hendrikje, das kriegen wir durch.«

Und Hendrikje lächelt die Palmenberg dankbar an.

12

Hendrikje öffnet die riesige Geschirrspülmaschine und ist sofort eingehüllt in eine Wolke aus heißem Wasserdampf, der ihr beißend ins Gesicht schlägt. Sie weicht zurück, wischt sich mit der Handfläche ihre nasse Stirn ab, wartet, bis der Dampf sich ein bisschen verzogen hat, und beginnt dann, die Teller und die Untertassen herauszuräumen, die heiß vom Spülgang sind und an denen sie sich jedesmal fast die Finger verbrennt. Sie türmt erst die Untertassen zu mehreren hohen Türmen und dann die Teller zu mehreren hohen Türmen auf, und das klappert laut und es hört nicht auf, immer mehr Teller und Untertassen wachsen aus der Geschirrspülmaschine nach, denn es ist eine große Geschirrspülmaschine, größer als die im Café, hier in der Küche der Vollzugsanstalt, wo man sie zum Küchendienst verdonnert hat, weil sie als Kellnerin das wohl am besten könnte, und direkt neben ihr macht die Mitinsassin Maria einen Riesenlärm, denn die pfeffert die sauberen Bestecke in die Schubladen, dass es schrill klingelt.

Wenn dann nach dem frühen Abendessen die Küche glänzt, schaut Hendrikje kurz im Fernsehraum vorbei, wo die Zeitung ausliegt, und liest die Sugar-Brown-Kolumne vom Vortag, weil hier die Zeitung immer erst einen Tag später ankommt.

Dann geht sie auf Stube zu Gudrun, der Friseuse, die ihren

Chef erschlug, weil der sie mehrfach vergewaltigt hatte, nur, sie erschlug ihn halt in einem Moment, wo er sie gerade nicht vergewaltigte, und hat acht Jahre abzusitzen deswegen. Dann erzählen sie sich was. Und als Gudrun hört, dass Hendrikje eigentlich Malerin ist, findet sie das *riesig* und will nackt gemalt werden und erlaubt ihr, auf der gemeinsamen Stube zu malen, würde sie echt nicht stören.

›Aber mich‹, antwortet Hendrikje ihr, ›es stinkt nach Terpentin und du hast keine Ahnung, wie viel Dreck das macht, und ich hab ja auch kein Malzeug hier.‹

Dann gehen sie bald schlafen, nur, dass Hendrikje nicht einschlafen kann, weil sie plötzlich an Bruno denken muss, der ihr ja eigentlich das Leben gerettet hat, und sie merkt, dass ihr das immer noch sehr peinlich ist und dass sie sich mal in aller Form für ihre Gemeinheiten im Café entschuldigen und auch noch mal bedanken muss. Seine Adresse weiß sie ja. Sie hat auch Schreibzeug auf Stube, und also macht sie Licht an und setzt sich auf im Bett, als sich auch schon Gudrun beschwert, dass sie bei Licht aber nicht schlafen kann, und da sagt Hendrikje ihr: ›Das muss jetzt aber sein.‹ Und Gudrun stöhnt genervt und zieht sich die Bettdecke über den Kopf.

Lieber Bruno, schreibt Hendrikje,
ich weiß gar nicht, was aus Dir geworden ist. Gehst Du immer noch ins Café? Es ist irgendwie sehr schade, dass ich Dir dort keinen Espresso mehr machen kann, denn ich sitze mittlerweile im Gefängnis, weil ich meinen ehemaligen Nicht-Freund minderschwer totgeschlagen habe, nachdem ich bei Dir wieder weg bin, aber eigentlich war es Notwehr. Ich weiß noch, dass Du damals, als ich von Dir wieder weg bin, nachdem Du mich gesund gepflegt hattest, noch von mir wissen wolltest, wo ich hinwollte und warum ich weg-

wollte. Ich wusste das damals auch nicht. Aber heute glaube ich, dass ich von Dir weg bin, um mich noch mal gegen Ernst notzuwehren, naja.

Jedenfalls. Ich möchte mich bei Dir entschuldigen, weil ich immer so gemein zu Dir war. Als ich Dich zum Beispiel fragte, ob Du schon mal im Zoo warst und ob Du ausgebrochen wärst, weil man Dich schlecht gefüttert hat, da habe ich das eigentlich nur gesagt, weil ich das mal im Kino gesehen hab, in dem Film »Die Sonne, die uns täuscht« von Nikita Michalkov, da fragt das ein kleines Mädchen die grimmigen stalinistischen Beamten, die seinen Vater zur Erschießung abholen, und damals im Kino war das ein Riesenlacher im Publikum, und ich wollte einfach auch mal diesen Satz sagen, aber Du bist ja schließlich kein Stalinbeamter. Und wenn an Deinem Platz im Café irgendjemand anders gesessen hätte, dann hätte ich das auch zu irgendjemand anderem gesagt. Ich habe immer noch Deine Sachen an, die Du mir damals gegeben hast, und also tut es mir natürlich extrem leid, dass ich gesagt habe, Deine Klamotten wären eine optische Unverschämtheit, denn in der wohne ich ja nun.

Und dafür, dass ich so gemein war zu Dir, hast Du mich dann an meinem schwärzesten Tag vom Hauptbahnhof aufgelesen und mich gesund gepflegt und sogar einen Arzt kommen lassen und das hat ja wahrscheinlich auch Geld gekostet. Und Du kannst ja echt toll kochen. Na ja, jedenfalls danke. Ich hoffe, Du bist mir nicht mehr böse. Wenn Du mir nicht mehr böse wärst, wär's gut für meinen Seelenfrieden.

Als ich von Dir weg bin, habe ich ein paar Tage lang in einem Abbruchhaus gelebt, ungefähr in der Mitte der Friedensallee, Ecke Planckstraße. Es liegt dort hoffentlich immer noch in einem Zimmer im ersten Stock das Schmuck-

kästchen, das meine Großmutter 1945 vor den Russen gerettet hat. Ich würde Dich deswegen gern um etwas bitten. Kannst Du mal hingehen und gucken, ob es noch da ist? Und wenn es noch da ist, könntest Du es bitte für mich retten? Weißt Du, ich kann Dich mittlerweile echt gern leiden, aber ich will auch ehrlich zu Dir sein, denn wenn ich Dich mittlerweile nicht gern leiden könnte, dann würde ich Dich das auch bitten. Aber deswegen sage ich es ja auch extra: Ich bitte Dich das, weil ich dich echt gern leiden kann mittlerweile. Meine Großmutter hat sehr an dem Schmuckkästchen gehangen, und ich an ihr. Also.

Viele Grüße aus Fuhlsbüttel,
Deine Hendrikje Schmidt

Als sie Frau Doktor Palmenberg den Brief vorliest und sie fragt, ob sie den so losschicken kann, gibt die Palmenberg ihr grünes Licht und sagt, dass sie den Brief auf jeden Fall so abschicken könnte, fragt dann aber doch noch, warum sie so offiziell und Distanz schaffend mit ihrem vollen Namen, mit *Hendrikje Schmidt* unterschrieben habe und nicht einfach mit *Hendrikje*.

Und Hendrikje erklärt es ihr: Sie kann ja schließlich nicht wissen, wie viele andere Hendrikjes Bruno noch kennt, und die Palmenberg stöhnt leise auf und sagt ohne große Überzeugung: ›Das leuchtet ein.‹

Es dauert sechs Wochen, bis eine Postkarte von Bruno als Antwort kommt. Auf der Vorderseite ist eine Fotografie des Hamburger Hafens, von den Landungsbrücken aus fotografiert. Auf der Rückseite steht:

Picasso! Das Schmuckkästchen habe ich nicht finden können, aber in einem der Räume hing ein Bild von einem Arm

mit einem tätowierten Segelschiff mit der Aufschrift ›True Love‹. Hast Du das gemalt? Soll ich das retten? B.
P. S.: Hat das Mädchen gewusst, dass die Stalinisten seinen Vater erschießen würden?

Hendrikje zeigt der Palmenberg die Postkarte von Bruno: »Das Schmuckkästchen ist hin.«

»Hendrikje, das ist ein relativ kleiner Preis für das, was Sie gewonnen haben.«

»Ja, aber was sind das für Zeiten, wo ein Schmuckkästchen den Zweiten Weltkrieg übersteht, aber in der Friedensallee abhanden kommt ...?«

»Darüber sollten Sie mal meditieren.«

»Ja, und wieso nennt Bruno mich Picasso? So hat nur Goebbels mich genannt, wenn sie mich ärgern wollte, also wenn sie mir klar machen wollte, dass ich eben nicht Picasso bin ...?«

»Nun, Bruno hat diesen Spitznamen im Café am Tresen aufgeschnappt und erinnert Sie auf diese Weise an die dort gemeinsam verbrachte Zeit«, seufzt die Palmenberg.

»Ja, aber wieso schreibt Bruno hier von *einem* Bild mit *einem* Arm und *einem* Segelschiff, ich hatte doch *zwei* Arme und *zwei* Segelschiffe gemalt!?«

»Nun, wahrscheinlich ist Paula, die vor Ihnen, Ernst, Sophie und Lisa weggerannt war, noch einmal zurückgekommen und hat eins der beiden Bilder mitgenommen, als sie weiterzog. Sie sagten doch, dass Dieter *auch ihr* sein Segelschiff geschenkt hatte.«

»Ja, aber es kann doch nicht einfach jede Frau, der Dieter sein Segelschiff schenkt, meine Bilder klauen!«

»Hendrikje«, sagt die Palmenberg sehr ermüdet und mit schweren Lidern, die ihr langsam zufallen, »Ihre Empörung beruhigt mich sehr. Das ist ja endlich mal ein Anfang.«

Zurück auf Stube antwortet Hendrikje Bruno:

Lieber Bruno, ja, mach das bitte! Rette das Segelschiff!
Deine Hendrikje
PS: Nein, das wusste das Mädchen natürlich nicht, es war noch ein kleines Mädchen.

Und als eine Woche später Bruno schreibt:

Ahoi! Die ›True Love‹ ist gerettet! B.

da fragt Hendrikje an:

Lieber Bruno, könntest Du sie vorbeibringen? Picasso

Und so wird ein Antrag auf Genehmigung von Besuch einer nichtverwandtschaftlichen Person gestellt. Und als der bewilligt ist, besucht Bruno Hendrikje in der Frauenvollzugsanstalt.

Hendrikje hat ihre eigenen Sachen an, eine Jeans, die passt, einen Pulli, der passt, und Schuhe, die passen. Sie merkt, als sie zum von der Gefängnisleitung bestimmten Termin runter in den Besucherraum geht, dass sie schweißnasse Hände vor Aufregung hat. Und dass sie sich auf Bruno freut. Und sie denkt: Hendrikje, jetzt halt bloß den Ball flach. Es ist bloß der doofe Bruno, vergiss das nicht.

Sie schaut sich um in dem weiträumigen Besuchersaal, in dem an Einzeltischen Frauen sitzen, die Besuch von Männern und Kindern haben, und Männer, die allein an Tischen sitzen und noch auf ihre Frauen warten. Sie sieht keinen Bruno. Es ist ja auch schon wieder Februar, es ist ein Jahr her, dass sie Bruno zuletzt gesehen hat. Andererseits hat Bruno sich in all den Jahren, in denen er bei ihr am Tresen hockte, nie verändert, warum also sollte er sich jetzt bis zur Unkenntlichkeit … nee. Er ist nicht gekommen. Natürlich kommt er nicht um ein Segelschiff in den Knast zu bringen, der fühlt sich verarscht. Oder es ist ihm was dazwischengekommen, also die Aufseherin fragen gehen, ob er angerufen hat. Hendrikje geht zur Aufseherin und fragt, ob ihr Besuch vielleicht abgesagt hat. Die aber schüttelt freundlich den Kopf und schaut auf ihrer Liste nach und zeigt Hendrikje den Mann im schwarzen Anzug, der rauchend am anderen Ende des Saals am Fenster sitzt. Heilige Scheiße! Bruno ist schon da und sie trödelt hier mit der Aufseherin rum!

Hendrikje geht hin zu dem Tisch, an dem Bruno sitzt und raucht. Sie sieht ihn an: Er sieht wirklich anders aus. Die dicke Brille ist weg, er hat eine ganz normale Brille im Gesicht und er hat sich seinen Bart gestutzt, also er hat immer noch einen Vollbart, aber einen kurzen. Und er hat einen Anzug an, einen schwarzen, wie ein Konfirmand.

Hendrikje steht am Tisch und die beiden sehen sich an. Bruno steht nicht auf. Hendrikje setzt sich zu ihm an den Tisch, ihm gegenüber, und die beiden sagen sich Guten Tag und lächeln sich zu, und er schiebt ihr die zusammengerollte Leinwand über den Tisch.

»Danke«, sagt Hendrikje und dann schweigen die beiden eine geraume, geraume Zeit lang. Genau wie früher, denkt Hendrikje, Bruno kriegt das Maul nicht auf. Sie hat ihm doch geschrieben, dass sie jemanden totgeschlagen hat, minderschwer, und er fragt nicht mal danach. Sie denkt lange nach, was sie sagen könnte, und dann fällt ihr endlich was ein und sie fragt ihn, ob er immer noch Museumsführungen macht, und er sagt: »Ja«, und nickt, und dann fragt sie ihn auch noch, ob er noch manchmal ins Café geht, und er schüttelt nur den Kopf. Es ist echt schwierig, mit Bruno ein Gespräch zu führen, Mutter Gottes. Er schweigt und er schweigt lange. Und dann will er doch was wissen. Ob sie hier im Gefängnis arbeiten kann. »Ja«, antwortet sie, »in der Küche. Sauber machen und so, kochen nicht.«

Und Bruno sagt: »Nee, das mein ich nicht. Ob sie dich malen lassen.«

»Sie würden mich lassen, aber ich hab keine Lust mehr. Hat sich nicht als besonders haltbar erwiesen, das Zeug.« Und dabei schaut sie auf die zusammengerollte Leinwand auf dem Tisch.

»Egal!«

»Ich hab ja hier auch gar nichts dabei«, sagt Hendrikje verlegen, denn ans Malen will sie nicht mal denken, sie hat schließlich zwei Seelen auf dem Gewissen. »Ach, weißt du, Bruno, ich hab auch andere Sorgen hier. Ich bin schließlich hier, weil ich zwei Seelen auf dem Gewissen habe, stell dir das mal nicht so leicht vor, damit zu leben.«

»Zwei?!«

»Juristisch einen, aber eigentlich zwei.«

Und Bruno staunt nicht schlecht und zieht fragend seine Augenbrauen hoch.

»Ja. Ich wollte mir das Leben nehmen und habe meinen damaligen ehemaligen Geliebten gebeten, das für mich zu erledigen. Er hat Gift besorgt, aber das hat jemand anders aus Versehen genommen und ist daran gestorben. Das war in der Nacht, bevor du mich am Bahnhof aufgelesen hast.«

Bruno schweigt eine Weile und fragt dann ungläubig: »Und dein ehemaliger Geliebter *wollte* das für dich erledigen?«

»Ja.«

»Kann das angehen, dass du ’ne Menge Sachen von anderen Leuten erledigen lässt?«

Hendrikje glotzt ihn an und wird scharlachrot. »Das kann angehen«, gibt sie leise zu.

Und da steht Bruno auch schon wieder auf, ganz langsam, klopft ein paar Mal mit seiner Zigarilloschachtel auf den Tisch, wie man auf Holz klopft, und nickt Hendrikje zu und schickt sich an zu gehen. Hendrikje sitzt da wie angenagelt, beschämt, ernüchtert und enttäuscht, enttäuscht, dass Bruno für sie den ganzen langen Weg hier 'raus nach Santa Fu gemacht hat und nun schon wieder geht, ehe die Besuchszeit abgelaufen ist. Sie steht auch auf und sieht, dass Bruno noch nicht weit weg von ihr ist, nur zwei, drei Schritte und da dreht er sich noch einmal um zu ihr. Er hat ein ganz verkniffenes Gesicht gekriegt, so, als würde er gleich etwas sagen, das Hendrikje auf einen Schlag vernichten wird, und er knubbert mit einer unzufriedenen Miene ein bisschen auf der Unterlippe herum, sagt dann aber doch nichts mehr.

Er nickt Hendrikje noch mal zu, dreht sich um und geht und steckt im Fortgehen seine Zigarilloschachtel in die Innentasche seines Anzugjacketts. Und Hendrikje schaut ihm lange nach und sieht, dass er schwarze Socken in seinen schwarzen Schuhen trägt, so ganz dünne, ganz edle Socken, und ihr wird flau im Magen, weil die Socken so schön aussehen. Und dann ist er weg.

Bruno ist weg. Eben war er noch da und jetzt ist er weg, Gott, ging das schnell, und Hendrikje kann ihm nicht hinterherlaufen.

Auf dem Tisch, an dem sie eben noch mit Bruno gesessen hat, liegt immer noch die Rolle Leinwand, und Hendrikje geht hin und entrollt sie und erkennt, dass Paula sich natürlich das pralle Segelschiff bei geballter Faust genommen hat, denn dieses hier ist jedenfalls das schlaffe Segelschiff bei herunterhängender Hand. Aber sei's drum. Bruno war da. Aber jetzt ist er weg.

Als Hendrikje in die nächste Stunde zu Frau Doktor Palmenberg kommt, trägt sie wieder ihre eigenen Sachen, in denen sie für die Palmenbergschen Augen zum ersten Mal wie eine Frau aussieht.

»Hendrikje, Sie haben ja neue Sachen an ...«, sagt die Palmenberg freundlich.

»Ja. Meine Sachen. Die sind nicht neu.«

»Nein, aber ich habe Sie noch nie darin gesehen. Hat Ihnen die jemand gebracht?«

»Nein, ich hatte die Sachen die ganze Zeit bei mir.«

»Hier in der Vollzugsanstalt?«

»Ja.«

»Ahaa ...?«

»Ja, als ich aus dem Untersuchungsgefängnis umgezogen bin hier in die Haftanstalt, da hatte ich die Erlaubnis, also natürlich von zwei Beamten begleitet, kurz in meine Wohnung zu gehen, um die wichtigsten Sachen, die ich brauchte, zu holen und zu ordnen. Ich hab das neue Badezimmer gesehen, das Ernst eingebaut hatte, mit den Kacheln, von denen Dieter gesagt hatte, sie würden nichts aushalten, und in der Küche die neue Küchenzeile mit der neuen Dunstabzugshaube, und ich hab einen Koffer packen dürfen. Den hab ich aus Omis Schlafzimmer vom Schrank geholt und ein Bild von ihr eingesteckt, eine ihrer Porzellanballerinas zum Andenken, meine Anziehsachen und Schuhe, Unterwäsche und Zahnbürste und natürlich die Mappe, in der ich die Sugar-Brown-Kolumnen gesammelt habe. Sonst hätte ich die ja gar nicht hier dabeihaben können. Um den Rest meiner Wohnung hat sich dann der Sozialdienst hier aus ’m Knast gekümmert. Was im Klartext Sperrmüll heißt.«

»Ja ... Da haben Sie – also wenn ich das richtig sehe, Hendrikje, sind Sie jetzt fast ein Dreivierteljahr hier in der Vollzugsanstalt – und da haben Sie die ganze Zeit über *freiwillig* Brunos Sachen angehabt?«

»Naja, außer, wenn sie mal gewaschen werden mussten. Ja.«

»Ich habe Sie jedenfalls noch nie in etwas anderem gesehen. Können Sie mir das erklären?«

»Ach Gott, ich weiß auch nicht. Ich hatte keine Lust auf meine Sachen. Ich fühlte mich ganz wohl in Brunos Klamotten. Vielleicht wollte ich ja büßen. Ja, das war's, glaube ich. Ich wollte mich selbst bestrafen dafür, dass ich Bruno wegen seiner Sachen verspottet hatte, und sie zur Strafe selber tragen. Ich glaube, so war das«, versichert Hendrikje eifrig.

Die Palmenberg schaut Hendrikje mit einem verschmitzten Kopfschütteln an: »Sie fühlten sich *gerettet* in seinen Sachen.«

»Hmmm«, nickt Hendrikje, »oder so.«

Und Hendrikje schweigt lange und sagt dann sehr leise: »Er war hier.«

»Wer?«

»Na Bruno!«

»Bruno hat Sie hier in der Haftanstalt besucht?«

»Ja. Sie wissen doch, dass ich ihm den Brief geschrieben habe.«

»Ja, aber das ist Monate her ...«

»Ja und? Ich hab doch Zeit.«

»Sicher. Ich wusste nicht, dass der Kontakt noch aufrechterhalten blieb, nachdem Bruno Ihnen geschrieben hatte, dass er das Schmuckkästchen nicht mehr gefunden hatte.«

»Ja, er hat mir das eine übrig gebliebene Bild mit Dieters Segelschiff gebracht.«

»Oh, das ist aber sehr nett.«

»Ja. Sehr nett.«

»War das das erste Mal, nachdem Bruno Sie bei sich zu

Hause gesund gepflegt hatte, dass Sie ihn wiedergesehen haben?«

»Ja, klar, wann denn sonst?«

»Und wie gestaltete sich Ihre Begegnung?«

Blöde Frage. Soll sie jetzt der Palmenberg erzählen, dass Bruno wirklich nur das Bild brachte, dann ziemlich erschrocken war, als er hörte, dass Hendrikje gleich zwei und nicht nur eine Seele auf ihrem Gewissen hat, und gleich wieder gegangen ist? Und wie bodenlos tief enttäuscht sie darüber war? Muss denn die Palmenberg alles wissen? Muss sie der denn schon wieder eine Schlappe eingestehen?

»Ach«, sagt Hendrikje mit gespielter Gleichgültigkeit. »Er hat das Bild gebracht. Wir machten ein bisschen Small Talk, und dann bin ich auch bald wieder zurück auf Stube, weil ich ja dann auch zum Küchendienst musste, und so wahnsinnig viel haben Bruno und ich uns ja noch nie zu sagen gehabt, also.«

Das muss für die Palmenberg reichen.

»Ahaa …«, sagt die Palmenberg verständnislos und schaut Hendrikje fragend an, die aber schaut auf die Orchideen auf dem Glasbord vor der Waschbetonwand und ärgert sich, dass sie keine auf Stube hat.

»Kann ich jetzt gehen?«

»Ja«, sagt die Palmenberg, »gehen Sie.«

Und Hendrikje nickt beleidigt und geht und hat schon lange nicht mehr so schlechte Laune gehabt.

Orchideen im Gefängnis. Sentimentale Scheiße.

»Mannscheißdiewandan! Hendrikje! Ich kann echt nicht schlafen, wenn du die ganze Nacht durch heulst!«, beschwert sich Gudrun. Es ist halb drei, um sechs Uhr dreißig ist die Nacht vorbei, aber Hendrikje flennt, wie wenn sie Geld dafür kriegen würde.

»Ich hab Magengeschwüre und wenn ich nicht penne, werd' ich nicht gesund!«

Das stimmt. Gudrun hat wirklich Magengeschwüre mit ihren dreiundzwanzig Jahren und muss drei verschiedene Tabletten am Tag einnehmen und braucht ihren Schlaf.

»Was ist denn los?«, fragt Gudrun gequält, weil Hendrikje nicht aufhört zu heulen. Und so erzählt Hendrikje Gudrun alles von Bruno, die ganze lange Geschichte, dass Bruno zuerst ihr Lieblingsblödmann im Café war, ihr aber dann das Leben gerettet hat und sogar da war, hier in Santa Fu, aber gleich wieder ging, als er hörte, dass sie nicht nur eine, sondern gleich zwei Seelen auf dem Gewissen hat.

»Und deswegen heulst du?« Gudrun will es gar nicht fassen können.

Hendrikje nickt und zieht den Rotz in ihrer Nase hoch. »Ja. Deswegen heule ich.«

»Ach, Kerle«, sagt Gudrun, »die ziehen doch jedesmal 'ne Show ab. Ist doch klar, dass der dir nicht um den Hals fällt, wenn du ihm das auch noch auf die Nase bindest. Wenn ich 'raus komm und irgend 'nen netten Typen kennenlerne, werd ich dem ja auch nicht gleich erzählen, was ich mit meinem Chef gemacht hab.«

»Solltest du aber.«

»Wieso?«

»Dann nimmt der sich nicht so viel raus.«

»Ein bisschen was soll er sich aber rausnehmen, oder?«, grinst Gudrun.

»Wer? Bruno? Nee, darum geht's hier nicht, nicht mit Bruno.«

»Sonst würdste ja nicht heulen. Dann schreibste dem halt noch mal. Schreibste ihm, dass er noch mal kommen soll.«

Aber Hendrikje jault nur noch lauter und elendiger auf als vorher.

»Ich zeig dir mal was«, sagt Gudrun und steigt aus dem Bett. »Steh mal auf.«

Hendrikje kriecht aus dem Bett und stellt sich arglos vor Gudrun hin, und die nimmt Hendrikjes rechten Arm und dreht ihn ihr mit einer gekonnten Bewegung schmerzhaft auf den Rücken, bis Hendrikje vor Schmerzen aufschreit. So hält Gudrun sie einen Augenblick im Polizeigriff fest und sagt: »Und gut is.«

Dann lässt Gudrun sie los und geht wieder ins Bett, aber Hendrikje hat die Botschaft verstanden. *Und gut is* ist ein Kommando, das heißt, dass Gudrun jetzt entweder schläft oder mordet, eins von beiden.

Hendrikje hört also lieber auf zu heulen, geht zurück in ihr Bett und ärgert sich, dass sie jetzt Gudrun eingeweiht hat, was weiß denn die. Da hätte sie ja auch gleich alles der Palmenberg auf die Nase binden können. Mist. Es ist Mist, wenn die anderen die Geheimnisse kennen, Mist. Und da schläft Hendrikje auch schon ein.

Lieber Bruno,
ich habe mich neulich sehr über Deinen Besuch gefreut. Es war richtig nett von Dir, dass Du den weiten Weg nach Fuhlsbüttel raus gemacht hast, nachdem Du ja auch schon erst in Altona im Abbruchhaus warst, und das kostet ja alles Zeit. Ich habe hier drinnen ja so viel Zeit, dass ich echt noch welche verschenken könnte. Oder ich könnte einen Zeittotschläger engagieren. Ha ha, kleiner Scherz.

Na, jedenfalls, ich hatte ganz vergessen, Dir Deine Anziehsachen zurückzugeben, die Du mir geliehen hattest. Sie lagen frisch gewaschen oben auf Stube, aber ich hatte dann ganz vergessen, sie mit runterzunehmen und Dir zurückzugeben. Sie fehlen Dir ja vielleicht. Na ja, ich kann sie Dir ja nicht vorbeibringen, kleiner Kein-Scherz.

Also, wenn sie Dir sehr fehlen würden, dann müsstest Du leider noch mal vorbeikommen, damit ich sie Dir geben könnte, anders ginge es irgendwie nicht.

Ich habe jetzt schon 12 Monate meiner Strafe verbüßt, und wenn das mit dem letzten Drittel klappt, dann muss ich nur noch 16 Monate einsitzen. Jedenfalls, es wird vorbeigehen, so viel ist sicher.

Ich hoffe, Deine Sachen fehlen Dir.

Hendrikje

Diesen Brief zeigt Hendrikje niemandem, nicht der Palmenberg und nicht Gudrun, und als Gudrun fragt, ob sie denn dem Typen noch mal geschrieben hätte, da sagt sie: »Nö«, denn es ist nicht gut, wenn die anderen die Geheimnisse kennen, echt nicht.

13

Hendrikje öffnet die Geschirrspülmaschine und lehnt sich dabei mit dem Oberkörper weit zurück, um dem austretenden heißen Dampf auszuweichen. Dann beginnt sie, die heißen Untertassen und Teller auszuräumen, aber sie fasst die Biester nur noch mit Küchenhandtüchern an, um sich nicht ewig die Finger zu verbrennen, und ganz langsam türmt sie die kleinen und großen Teller zu hohen Stapeln auf, denn sie muss sich ja hier eigentlich gar nicht so beeilen, schließlich steht hier ja keine Goebbels hinter ihr, die sie anschreien würde. Also, gemach und nur die Ruhe, denn wenn sie eins hier hat, dann hat sie Zeit.

Sie guckt im Fernsehraum vorbei, wo sie in der Zeitung von gestern die Sugar-Brown-Kolumne liest, die sie erst lustig und dann auch wieder nicht so lustig findet. Sie reißt sie – das haben ihr die anderen Frauen erlaubt – aus der Zeitung raus, die Sugar-Brown-Kolumne, um sie in ihrer Mappe zu sammeln und um sie auch der Palmenberg am nächsten Tag vorzulesen.

»Also jetzt hören Sie sich das mal an«, sagt Hendrikje am nächsten Tag in der Stunde zur Palmenberg, und entfaltet die Sugar-Brown-Kolumne von vorgestern.

»Aber gern!«, antwortet die Palmenberg die sich auf die Sugar-Brown-Kolumne freut.

Hendrikje liest vor:

Wo wären Sie lieber? Auf 'ner Yacht im Mittelmeer mit einem Kasten kalter Cola in Reichweite oder in schweren Eisenketten zur Zwangsarbeit im Steinbruch angeschmiedet? Auf 'ner Yacht, wo drei Geishas in transparenten Saris Ihnen den Rücken eincremen, kühlen Wind zufächeln und Ihnen die Füße kraulen oder mit Hammer und Pickel bewaffnet bei vierzig Grad im Schatten an einem schönen Platz in der Sonne beim Steineklopppen? Wollen Sie sich lieber über Ihren Leibkoch ärgern, weil der schon wieder vergessen hat, Eis unter die Kaviarperlmuttschale zu legen, oder froh sein, wenn der Aufseher zu Feierabend die Bleinäpfe mit den Heringsköpfen verteilt?

Keine einfache Frage, ich weiß, 's is unterschiedlich, das kann man so nicht sagen. Kommt halt immer drauf an, was Sie gerade mögen. Wenn Sie sich einfach nur erholen möchten, dann rate ich Ihnen zur Yacht. Falls Sie aber Muße haben, Ihre persönliche Freiheit mal zu erproben, dann sind Sie besser im Steinbruch aufgehoben, denn wo sonst hätten Sie Gelegenheit, sich zu fragen, ob Sie sein möchten, was Sie sind? Sie wären ein Sklave und wären es wahrscheinlich nicht gern. Das ist ein hervorragender Ausgangspunkt, um sich zu überlegen, ob man nicht vielleicht lieber was anderes wäre. Vielleicht ein Selbstmörder, der die Quälerei auf diese Weise beendet? Vielleicht ein Flüchtling, der lieber riskiert, auf der Flucht von hinten erschossen zu werden? Oder vielleicht der leidenschaftliche Wortführer der konspirativen Widerstandsgruppe mit dem Geheimcode Raus aus'm Bruch? *Das sind bereits drei Möglichkeiten, die Ihnen auf der Yacht nicht eingefallen wären. Und damit haben Sie auch schon die Freiheit der Wahl, und damit klebt Ihnen bereits die Pflicht zur Wahl an der Backe. Oh! Sie haben sogar noch eine vierte Möglichkeit, Sie können nämlich auch bleiben, wer Sie sind, geht auch. Dann sind Sie Opfer der Umstände geworden, aber das macht sich unsexy im Nachruf.*

Nun, selbst wenn Ihr ganz persönlicher Steinbruch, geneigter Leser, nur ein Innenstadtbüro ist und Ihre Gehaltsabrechnung Ihnen jeden Monat ein Lächeln ins Gesicht zaubert, so müssen Sie sich doch entscheiden, ob Sie allein oder zu zweit Liebe machen wollen, ob Sie schön oder hässlich, gut oder schlimm, groß oder klein, dick oder dünn, schlau oder doof, ja sogar, ob Sie glücklich oder unglücklich sein wollen. Denken Sie bloß nicht, ein Schicksal hätte Ihnen Ihr Schicksal aufgezwungen, denn Ihr Schicksal sind immer nur Sie und was Sie entscheiden zu sein.

Wenn also Sie, lieber Leser, gern fies und hässlich, klein und einsam, dick und doof und unglücklich sein wollen, wünsche ich Ihnen aufrichtig viel Freude dabei, vorausgesetzt, Sie sind mit Absicht so und nicht aus Versehen. Wir haben eine Pflicht zur Freiheit, falls wir die werden wollen, die wir sind, und da kom-

men wir nicht weit mit einem Kasten kalter Cola.

Nur: sauber bleiben tun wir dabei nicht. Denn wenn wir uns heute für das Schöne entscheiden, dann steht morgen das Hässliche da und greint, weil es allein übrig bleibt. So ist das im Leben, beides zusammen geht nicht, kannste nix machen.

Ihr von den schlimmsten Zahnschmerzen der Welt – und was das bedeutet, das wissen Sie ja – geplagter

Sugar Brown

»Ich wusste sofort, was das bedeutet!«, ruft Hendrikje erregt aus, so dass die Palmenberg aus der Besinnlichkeit aufschreckt, in die sie Sugar Browns Kolumne versetzt hat. »Ich wusste, wenn Sugar Brown schreibt, dass er Zahnschmerzen hat, dann bedeutet das, dass er keinen Liebeskummer mehr hat! Erinnern Sie sich? Er hatte doch in einer anderen Kolumne geschrieben, dass er lieber Zahnschmerzen hätte als Liebeskummer, und nun hat er Zahnschmerzen und das kann doch nur heißen, dass er erlöst ist, befreit von seinem Liebeskummer! Erinnern Sie sich?!«

»Ja, Hendrikje, ich erinnere mich«, seufzt die Palmenberg und fügt nur aus höchster Erschöpfung über den gnadenlosen Unverstand ihrer Patientin gedehnt hinzu: »Und was bedeutet Ihnen das, dass Sugar Brown so ganz offensichtlich keinen Liebeskummer mehr hat?«

»Na ja«, sagt Hendrikje, »am Anfang hab ich mich gefreut, ich dachte, Mensch, das ist aber schön, Sugar Brown hat keinen Liebeskummer mehr, super. Aber dann, dann war ich irgendwie auch enttäuscht, ich dachte: Jetzt gehört er mir nicht mehr so wie früher.«

»… gehört Ihnen??«

»Ja, irgendwie hatte ich immer das Gefühl, Sugar Brown schreibt nur für mich, also, ich weiß natürlich, dass das Quatsch ist, aber ich hatte immer so ein Gefühl, ich dachte, der Sugar Brown und ich, also wir sind ja eigentlich Seelenverwandte. Und wenn er nun aber Zahnschmerzen hat und keinen Liebeskummer mehr, na ja, ich weiß nicht, dann ändert sich das vielleicht.«

»Und, hat es sich bisher geändert?«

»Das weiß ich doch jetzt noch nicht! Das ist doch die Kolumne von vorgestern, und ich kann doch erst heute abend die von gestern lesen!«

»Und was gedenken Sie also zu tun?«

»Ja, weiß ich auch nicht. Abwarten.«

»Genau, Hendrikje. Warten wir's ab.«

Zurück auf Stube kramt Hendrikje nun doch die von Bruno aus dem Abbruchhaus gerettete Leinwand unter ihrem Bett hervor und hängt Dieters Arm mit dem Segelschiff auf. Es hat ein paar Tage gedauert, bis sie sich das getraut hat, denn sie hatte Angst, Gudrun könnte loskreischen: ›Das is' meins! Das hat Dieter mir geschenkt!‹, aber hat sie gar nicht, die Gudrun. Es ist nicht leicht, eine mit Acrylfarben bemalte lange, schmale Leinwand mit Tesafilm an der Wand zu fixieren, denn Nägel sind hier nicht erlaubt, aber Gudrun hilft Hendrikje und sie schaffen es. Gudrun findet das Bild *obergeil*, aber Hendrikje sagt, es wär *pillepalle*, kleine Studie, weiter nix.

Und dann gehen sie auch bald zu Bett und löschen das Licht.

Anfang April antwortet Bruno auf Hendrikjes Brief mit einer Postkarte ohne Bild, so eine, wie man sie bei der

Post kaufen kann und wo die Briefmarke schon aufgedruckt ist:

Hendrikje,
eigentlich brauche ich die Sachen, die ich Dir gegeben hatte, nicht, und schon gar nicht jetzt, wo es Frühling wird, es waren ja dicke Wintersachen, wenn ich mich recht erinnere. Es ist aber nett von Dir, dass Du daran gedacht hast.
Gruß, B.

Hendrikjes Enttäuschung ist maßlos. Sie möchte schreien, aber ganz laut. Sie möchte sofort in den Aufenthaltsraum rennen, wo Gudrun gerade allen die Haare schneidet, und es ihr erzählen, aber dann wissen es wirklich alle. Das ist eine glatte Abfuhr von Bruno, der wird sie nie wieder besuchen. Sie möchte am liebsten das Zimmer der Palmenberg stürmen und sich an deren schönem Busen ausweinen, aber die ist heute gar nicht im Haus. Das ist ja unverschämt von Bruno, sie so abfahren zu lassen, das ist ja richtig gemein und das ist völlig unangemessen, nur weil sie ihn mal ein bisschen geärgert hat, Mensch, er hätte sich ja nicht ärgern lassen müssen!

O Gott, denkt Hendrikje, jetzt bloß nicht in den Aufenthaltsraum rennen und es allen erzählen, bloß das nicht, denn dann wissen es alle, da muss ich jetzt einmal alleine durch. So eine Unverschämtheit, so eine Gemeinheit, was würde die Palmenberg dazu sagen, gut, dass sie nicht da ist. Aber was würde die dazu sagen, die superschlaue Palmenberg, die sich in den Seelen der Menschen so superperfekt auskennt? Dass Bruno keinen Bock hat, sie zu besuchen, das würde die Palmenberg sagen. Aber die Palmenberg kennt Bruno ja gar nicht. Bruno hat nicht keinen Bock, sie zu besuchen, da ist Hendrikje sich plötzlich ganz sicher. Jede

Wette, denkt Hendrikje, der ist nur meinetwegen ins Café gekommen die ganzen Jahre, denn er hat ja selber gesagt, dass er jetzt nicht mehr hingeht. Der hätte ja genug andere Cafés gehabt, wenn ich ihn wirklich so geärgert hätte, und er hätte ja jederzeit zurückärgern können, und ich habe mich ja auch entschuldigt.

Der lässt mich zappeln, denkt Hendrikje plötzlich, ganz klar, denn wieso hat er überhaupt geantwortet, wenn er seine Sachen nicht braucht? Wieso gibt er dann noch Geld aus für eine Postkarte? Der lässt mich zappeln, der guckt, wie lang mein Atem ist, der guckt, wie wichtig es mir ist, nein: *er*, wie wichtig *er* mir ist. Der will wissen, wie viele Briefe ich bereit bin zu schreiben, bis er noch mal seinen Arsch hierher bewegt, der lässt mich zappeln. Der denkt, die Klamotten sind nur ein Vorwand. Und da hat er ja Recht. Die Klamotten waren ja wirklich nur ein Vorwand, am liebsten will ich ja seine Klamotten gerne behalten, sie tragen sich nämlich ganz gut, Brunos Klamotten, und ich will in Wirklichkeit Besuch von ihm haben, aber die Klamotten behalten. Er hat gemerkt, dass ich ihn herlocken wollte mit seinen Klamotten, er ist ja nicht doof, der Bruno, er hat zwischen den Zeilen gelesen: Du, komm doch mal raus nach Fuhlsbüttel, ich hab dann auch was Schönes für dich. Und das stinkt ihm. Es stinkt ihm, dass ich nicht rausrücke mit der Wahrheit, dass ich nicht schreibe, ach Mensch, Bruno, ich wünsch mir so Besuch von Dir. Aber soll ich ihm jetzt schreiben: *Ach Mensch, Bruno, ich wünsch mir so Besuch von Dir?*

Ich bin doch nicht besoffen. Nie im Leben würd ich so was schreiben, noch schöner. Damit nie wieder eine Antwort von Bruno kommt, dann erst recht nicht, der bildet sich noch was ein, und, Hendrikje, denkt sich Hendrikje, halt den Ball flach, es ist doch nur der doofe Bruno. Der Haken an der Sache ist nur, dass Bruno so doof gar nicht ist. Mist.

Aber dass er das gemerkt hat, dass das alles nur ein Vorwand war mit den Klamotten und dass ich nicht mit der eigentlichen Wahrheit rausgerückt bin, würde das die Palmenberg sagen? Nee, würde sie nicht. Die Palmenberg würde sagen: Hendrikje, Bruno *möchte* Sie nicht besuchen.

Und dann wäre die nächste Gelegenheit, Kontakt zu Bruno aufzunehmen, in 14 Monaten mit Zwei-Drittel-Glück und ohne Glück in 28.

Nee. Die Palmenberg soll doch sagen, was sie will. Ich sage, denkt Hendrikje, er lässt mich zappeln. Er will unter keinem Vorwand hergelockt werden. Er will die Wahrheit hören.

Ach Mensch, Bruno,
schreibt Hendrikje unter Zornestränen,
ich wünsch mir so Besuch von Dir.

Hendrikje

Eine Woche später erhält Hendrikje eine Postkarte mit einem Elefanten bei Hagenbeck vorne drauf:

Ja, Hendrikje, dann musst Du noch mal so einen Antrag stellen.

Gruß, B.

Und sie heult sich die Augen aus vor Glück und hält es aus, keinem was zu sagen.

Hendrikje ist vom Küchendienst befreit, denn sie hat jetzt bezahlte Arbeit in der hauseigenen Buchbinderei, weil ein Platz frei geworden ist, und so hat sie ein bisschen Taschengeld zur Verfügung. Das ist viel schöner als Geschirrspülmaschinen ausräumen: Bücher binden, die kann man anfassen, ohne sich die Pfoten zu verbrennen, und wenn man auch nur die erste Seite liest: steht jedesmal was anderes drin und es riecht so schön nach Leim.

Im Mai bekommt Hendrikje Besuch von Bruno. Diesmal ist sie zuerst da und wartet am selben Tisch am Fenster auf ihn, und als er kommt, da steht sie auf. Sie begrüßen sich, aber sie geben sich nicht die Hand, sie stehen halt so herum, bis Hendrikje zum Kaffeeautomaten im Saal geht und für Bruno einen Espresso und für sich einen Cappuccino zieht. Und dann sitzen sie da am Fenster und plaudern über den Frühling, der die Stadt befällt, und Bruno erzählt, dass er von einer Reisegruppe geheuert wurde, um die durch den Louvre in Paris zu führen, denn da wäre ja die schöne Matisse-Ausstellung.

Im Mai nach Paris zu Matisse, denkt Hendrikje und hat einen Kloß im Hals. Und sie will schon wieder was von ihm, er soll ihr noch einen Gefallen tun und keinen kleinen, also jetzt bloß nicht um den heißen Brei rumreden, so was merkt er ja gleich und er mag so was nicht …

Und er würde mit der Reisegruppe, freut sich Bruno, bei Nacht eine Dampferfahrt auf der Seine machen und dabei ein Candle-Light-Dinner einnehmen, das haben die im Programm und das macht er mit. Heilige Scheiße, denkt Hendrikje, ein Candle-Light-Dinner auf der Seine bei Nacht, hoffentlich ist das wirklich nur 'ne Reisegruppe und keine langbeinige Blondine, mit der er nach Paris fährt … Wie fragt sie ihn jetzt aber am besten, ohne dass er gleich wieder empfindlich wird …?

Und dann hätte er 'ne Karte für eine Tanzperformance von Pina Bausch, sagt Bruno und zündet sich einen Zigarillo an.

»Ich brauche Farben«, sagt Hendrikje entschlossen, und Bruno pustet den Rauch seines ersten, tiefen Zuges auf die Glut seines Zigarillos und nickt. »Natürlich brauchst du die.«

»Ich habe außer dir keinen, den ich fragen kann, aber selbst wenn, dann würde ich trotzdem dich am liebsten fragen, denn du als Kunstführer bist da vielleicht ein bisschen verständiger ...«

Bruno nickt.

»Ich verdiene hier etwas Geld in der Buchbinderei, aber nicht genug. Ich müsste dich also anpumpen.«

Bruno nickt, nur etwas langsamer als vorher. »Und mit Farben allein ist es ja wahrscheinlich nicht getan.«

»Genau. Ich brauche auch Leinwand, Hölzer zum Aufziehen, Pinsel und Terpentin.« Hendrikje lächelt ihn an. »Aber ich brauche keine Staffelei und auch keine Palette, denn ich steh ja nicht an der Seine.«

Bruno nickt.

Hendrikje knallt ihm einen 50-Euro-Schein auf den Tisch. »Das ist nur eine Anzahlung. Dafür kriegst du nicht viel. Und ich kann nicht sehr lange warten, sonst läuft mir nämlich die Zeit hier weg.«

Bruno nickt lange und bedächtig, steckt langsam das Geld ein und schaut Hendrikje freundlich an: »Nach Paris. Stell schon mal den Antrag.«

Und Bruno geht und fährt mit seiner Reisegruppe nach Paris und führt die durch den Louvre und das hat der Louvre echt gut organisiert, denn die lassen immer nur dreißig Personen auf einmal in einen Ausstellungssaal, damit man auch was sieht und nicht vor lauter Menschenauflauf keine Bilder mehr erkennen kann. Und er fährt über die Seine, und dieses Touristen-Candle-Light-Dinner ist superb und exquisit, ein Gaumenschmaus vom Allerfeinsten, viel besser, als er dachte. Und Hendrikje bindet Doktorarbeiten und das Programm der Volkshochschule und erträgt Gudrun mit ihren Magengeschwüren und liest jeden Tag die Sugar-Brown-Kolumne von gestern.

Und Bruno sieht morgens um sechs auf dem Montmartre zu, wie die Kellner in langen weißen Schürzen mit Gartenschläuchen die Straßen sauber spritzen und dann die Cafétische und Stühle auf die frisch gewaschene Straße stellen und dann trinkt er zum Frühstück *café noir* und isst *croissants* dazu, und die Reisegruppe ist nett und lässt ihn in Ruhe und abends sitzt er bei Pina Bausch und ist's zufrieden.

Und Hendrikje bindet Gedichtbände und Jahresalmanache und lässt sich noch mal von Gudrun die Spitzen schneiden und sitzt bei der Palmenberg und schweigt sich aus. Und als die Palmenberg wissen will, warum sie so schweigsam ist, da antwortet Hendrikje: »Ich denke nach.«

»Worüber?«

»Über meine Arbeit.«

Und die Palmenberg lässt das jetzt einfach mal so stehen.

Und dann kommt Bruno zurück aus Paris und lässt 160 Euro bei Gustav Jerwitz im Kleinen Schäferkamp und fährt mit einem Karton voller Terpentin, Leinwand, Holz, Pinsel und Farben 'raus nach Fuhlsbüttel, und Hendrikje fällt ihm glatt um den Hals, wegen der großen Freude, die er ihr da bereitet. Und Bruno erzählt Hendrikje bei einem Espresso aus dem Automaten, dass das sogenannte Candle-Light-Dinner auf der Seine eine kulinarische Katastrophe, eine Touristen-Verarschung war und dass man im Louvre vor lauter Menschenauflauf kein einziges Bild habe sehen können, dass Paris dreckig ist und dass Pina Bausch sich ja eigentlich mittlerweile selbst kopiert. Denn warum sollte man Hendrikjes Herz mit der Wahrheit beschweren? Und Hendrikje lächelt tapfer und denkt: genau so reden Männer, wenn sie mit langbeinigen Blondinen in Paris waren, aber mach was.

Und dann bedankt sie sich noch mal bei Bruno, und Bruno geht, und Hendrikje geht auch und baut sich Leinwände in der Buchbinderei, wo man ihr sogar extra ein Eckchen frei macht zum Malen.

Und dann malt Hendrikje. Die nackte Gudrun als feenhafte Schöne, hingegossen auf einer riesigen Orchideenblüte und mit einer großen, blutigen Schere in der Hand.

Und sie malt die neongrünen Gesichter mit den lila Lippen im Speisesaal an breiten Tischen, die sich gegenseitig mit langen Gabeln mit den Heringsköpfen in Kabeljaublau aus ihren Bleinäpfen füttern. Und als sie zur Palmenberg in die Stunde kommt, da riecht sie endlich wieder wie sie selbst: nach Terpentin, und hat ein bisschen Ockergelb an der Backe.

Die Palmenberg ist erfreut, Hendrikje so zu sehen und lächelt sie an: »Malen Sie wieder?«

Hendrikje nickt.

»Das freut mich für Sie.«

»Ja, mich auch«, lächelt Hendrikje.

»Wie haben Sie sich Material besorgt?«

»Ooch …«

»Braucht man nicht eine ganze Menge Zeug?«

Zeug …

»Ach … ja schon.« Hendrikje muss sich räuspern. Vielleicht sollte sie mal die Palmenberg fragen, was die alles für *Zeug* braucht. »Bruno war so freundlich, mir ein paar Farben zu besorgen.«

»Oh, dann war Bruno noch einmal hier und hat Sie besucht?«

»Er hat Farben vorbeigebracht.«

»Selbst vorbeigebracht?«

»Jahaa.«

»Das ist aber sehr schön …«

Aha. Das ist es also, was die Palmenberg von mir denkt, denkt Hendrikje, dass es *sehr schön* ist, wenn der doofe Bruno mich besucht, weil sie natürlich nicht weiß, dass Bruno so doof nun auch wieder nicht ist. Aber für mich muss es natürlich reichen, wenn der doofe Bruno mich besucht. Besser, man hält seine Klappe und behält für sich, was privat ist. Ich muss doch nicht die Pfannkuchen meines Herzens wie Frisbeescheiben unters Volk werfen. Die Palmenberg muss echt nicht alles wissen.

»Ja, er kommt auch wieder, in drei Wochen.«

»Hmhmm …«

»Na ja, einer muss ja die fertigen Bilder abholen, die können ja nicht ewig hier in der Buchbinderei rumstehen.«

Die Palmenberg hält ihren schönen Kopf schräg und fragt mit aller gebotenen Sachlichkeit: »Wie finden Sie das, dass Bruno Sie wieder besuchen wird? Wie fühlen Sie sich bei dem Gedanken?«

Fürchterlich, denkt Hendrikje, denn drei Wochen sind eine verdammt lange Zeit, besonders wenn man im Gefängnis sitzt und allen weltlichen Ablenkungen entsagen muss, und: *Er war vor acht Tagen erst hier, aber er fehlt mir jetzt schon.*

»Prima, ist doch nett von ihm«, sagt sie. »Soll er doch machen, wenn's ihm Spaß macht.«

»Aha«, sagt die Palmenberg streng, klappt ihren Schreibblock zu und sieht Hendrikje mit leerem Blick an.

Und Hendrikje geht zurück in die Buchbinderei und malt die Palmenberg als Sofapuppe, als ganz heile, schöne Puppe aus Porzellan, nackt, mit einem Rumpf aus rosafarbenem Leinen und daran baumelnd die nackten elfenbeinfarbenen Porzellanbeine und -arme und die seidig glänzenden Kastanienhaare und daneben einen abgewetzten Teddybären mit abgerissenen Ohren und einem rausgerissenen Auge.

Und sie malt Omis Leiche, wie sie im Sessel saß, aus dem Gedächtnis, denn ihre Leichenskizzen sind ja auch verbrannt, und sie malt aus dem Gedächtnis Rothweins Antlitz aus stummem Ekel und die Schadenfreude des massigen Richters. Und Bruno kommt alle vier Wochen und bringt neue Farben nach Santa Fu und holt die fertigen Bilder ab und stellt sie bei sich zu Hause vor seinen Bücherregalen ab. Und Hendrikje bindet Vorlesungsverzeichnisse und Drogeriekataloge und malt Dieters Arm fertig und rekonstruiert nach einem Foto ihre Eisenbahnbrücken. Und porträtiert Maria, die räuberische Erpresserin, die so unschuldig wie ein debiles Kind auf dem fertigen Bild aussieht, und sie bannt die Trickdiebin Claudia in Öl, ganz das Abbild einer energischen Intellektuellen mit den stechenden Augen und dem weißen Knoten im Nacken.

Und so ist alles genau so, wie Hendrikje es sich damals gewünscht hat, als Sophie ihr vorschlug, sie solle sich mal eine gute Fee vorstellen, die ihr drei Wünsche erfüllt: Sie lebt an einem Ort, an dem die Miete bezahlt ist, an dem *ihr* mal jemand das Essen serviert, an dem sie genug Zeit hat, ihre Bilder zu malen und wo ein Freund auf sie wartet.

Und so vergeht ein Monat nach dem anderen nach dem nächsten. Es wird Winter und wieder Frühling und folgerichtig Sommer, und die Palmenberg schreibt ein Gutachten und befürwortet die Aussetzung des letzten Drittels der Strafe zur Bewährung, und dem Antrag wird stattgegeben.

»Wie fühlen Sie sich?«, fragt die Palmenberg.

»Mulmig«, lächelt Hendrikje, »… raus in's feindliche Leben …«

»Freuen Sie sich darauf?«

»Ja.«

»Was werden Sie tun?«

»Ich muss meine Schulden abbezahlen, das sind schlappe 110 000 Euro, also ich denke, das wird mich erst mal ausfüllen ...«

»Tun Sie auch was für sich?«

»Ich werde malen. Es wird alles so sein wie früher. Ich werde malen und pleite sein«, grinst Hendrikje. »Nur dass ich wahrscheinlich keinen mehr so schnell umbringe ...«

»Wo werden Sie hingehen?«

»Die haben mir in der Verwaltung 'ne Adresse gegeben von so 'nem Erstaufnahmeheim, wo ich erst mal wohnen kann, und dann such ich mir ja auch gleich 'nen Job ...«

»Ich wünsche Ihnen viel Glück, Hendrikje.«

»Danke schön.«

»Und Aufmerksamkeit. Schauen Sie einfach ein bisschen besser hin, wem Sie sich und Ihre Bilder anvertrauen.«

»Klar. Ich bin doch nicht blind.«

»Als Malerin ...«

Die ist ein echter *last-word-freak*, die Palmenberg, wenn ich, denkt Hendrikje, jetzt noch was sage, dann sagt die Palmenberg wieder was und immer so weiter bis heute Nacht um zwölf. Also steht Hendrikje beherzt auf und sagt: »Auf Wiedersehen.«

»Besser nicht!«, sagt die Palmenberg und steht auch auf, um Hendrikje die Hand zu geben, und Hendrikje schüttelt die Hand und hält den Schnabel, damit das ein Ende hat hier. Sie lächelt freundlich und geht zur Tür und macht die schwere Stahltür zum allerletzten Mal auf und will hinausgehen und da fällt ihr doch noch was ein, was sie unbedingt wissen will. Sie dreht sich noch einmal um, zögert einen Augenblick und sagt: »Darf ich Sie auch mal was fragen?«

»Bitte.«

»Sie haben ehrlich sehr schöne Haare.«

»Oh, vielen Dank.«

»Ja, und ich überleg die ganze Zeit, was Sie wohl alles essen müssen, damit Ihre Haare diesen unvorstellbaren Glanz kriegen.«

Die Palmenberg schaut Hendrikje an, als habe sie sie gefragt, welches Verhütungsmittel sie nimmt, und Hendrikje merkt das und sie bereut ihre Frage zutiefst. Natürlich fragt man eine Dame wie die Palmenberg nicht, welches Verhütungsmittel sie benutzt, da hätte sie auch von selbst draufkommen können …

»Ich esse gar nichts«, antwortet die Palmenberg langsam. »Ich wasche mir jeden dritten Morgen die Haare und öle sie am Abend vorher mit Olivenöl ein. Das macht den Glanz. Und über die Nacht wickele ich mir dann natürlich ein Baumwolltuch um den Kopf.«

»Das heißt«, überlegt Hendrikje, »Sie müssen jeden dritten Abend mit einem Turban ins Bett?«

»Ja, Hendrikje«, bestätigt die Palmenberg mit strapazierter Geduld, »das heißt es.«

Und Hendrikje lässt ihr das letzte Wort, bedankt sich mit einem Lächeln und geht hinaus.

14

Es ist neun Uhr in der Früh und Bruno holt Hendrikje ab. Er wartet draußen vor dem Gefängnistor, das sich automatisch langsam öffnet, und ehe er Hendrikje sehen kann, kann er sie hören.

»Scheiße!«, flucht Hendrikje laut. »Verdammte Hurenscheiße!« Denn sie schleppt einen Koffer und drei mit Bindfaden umwickelte Pappkartons, von denen sie aber immer nur zwei gleichzeitig tragen kann, und wie sie auch umbaut, greift, die Finger unter die schmerzhaft einschneidenden Bindfäden zwängt oder die Kartons unter den Arm drückt und mit der Hüfte fixiert: Ein Pappkarton flutscht immer weg und knallt aufs Straßenpflaster, so dass Hendrikje genötigt ist, den dritten Karton mit Fußtritten vor sich her zu treten, anders geht es nicht.

Also nimmt Bruno ihr den Koffer ab und trägt ihn für sie, und sie kann bequem ihre drei Pappkartons tragen.

Es ist August und warm und die Sonne scheint, die Luft ist frisch und die Bäume sind grün, und zwar üppig grün, und die beiden überqueren ein Alsterbrückchen und steigen in Ohlsdorf in die U-Bahn und fahren rein nach Hamburg und gucken aus dem Fenster und schweigen. Und steigen extra mit dem ganzen Gepäck an der Kellinghusenstraße um, nur damit sie oben weiterfahren können und nicht unterirdisch reisen müssen. Über den Eppendorfer Baum und dann die

Isestraße längs, und da ist gerade Markt, wobei man von der Bahn aus aber nur die Rückseiten der Büdchen sieht.

Es ist noch nie darüber gesprochen worden zwischen den beiden, wohin nun Hendrikje eigentlich geht, jetzt, wo die Miete nicht mehr bezahlt ist und Gudrun allein auf Stube liegt, aber Hendrikje denkt an nichts anderes. Am Hauptbahnhof ist Endstation, und sie fahren schon an den Landungsbrücken längs, und das im August.

Nein, sie wird Bruno jetzt um nichts mehr bitten, denkt Hendrikje, das würde zu weit gehen. Und als sie am Hauptbahnhof aussteigen, da trägt Bruno einfach ihren Koffer zu sich nach Hause, und Hendrikje läuft ihrem Koffer hinterher. Aber als sie vor Brunos Tür ankommen, und er die paar Stufen zum Eingang hochgeht, da bleibt Hendrikje auf dem Bürgersteig stehen und schüttelt den Kopf. »Bruno, das geht jetzt echt zu weit.«

Bruno bleibt stehen, dreht sich um zu ihr und sagt ruhig: »Wie du willst.«

Hendrikje nickt und Bruno stellt den Koffer auf dem Boden ab und wartet.

Hendrikje steht unten und versucht, die drei mit Bindfaden verschnürten Pappkartons mit einer Hand an eben jenen Bindfäden zu greifen, um die andere Hand für den Koffer frei zu machen. Bruno schaut ihr geduldig dabei zu, wie man etwa einem Hund zuschaut, der eine halbe Stunde lang nicht aufhört, seinen eigenen Schwanz zu jagen, denn es ist ein aussichtsloses Unterfangen. Die Kartons nehmen sich natürlich gegenseitig den Platz weg, kein Mensch kann sie alle drei an ihren Bindfäden mit einer Hand greifen.

»Das ist, Hendrikje«, räsoniert Bruno, »die Dreidimensionalität der Dinge, die dir da in die Quere kommt ...«, und Hendrikje flucht: »Ach quatsch doch nicht, Bruno, ich kenne mich sehr gut aus mit der Dreidimensionalität der

Dinge!« Und greift den dritten Karton mit dem Zeigefinger der Hand, deren andere Finger bereits die beiden anderen Kartons halten, weswegen die sofort wegrutschen und auf den Boden fallen. Bruno krault sich den Bart, grinst, nimmt den Koffer vom Boden auf, schließt die Tür auf und trägt den Koffer ins Haus, und Hendrikje folgt ihm, alle drei Kartons unter ihrem Kinn gestapelt.

Bruno macht Frühstück in seiner Küche, die Hendrikje ja schon ganz gut kennt. Brunos Küche sieht genau so aus wie die von der Omi. Alles ist alt, es gibt kein Stück hier, das jünger als zwanzig Jahre wäre, vom Porzellanfilter auf der Kaffeekanne, dem Milchtöpfchen aus Blech bis zu den Eierbechern, die tatsächlich von vor dem ersten Weltkrieg sind und keinen Tag jünger aussehen.

Hendrikje findet so was gemütlich und sieht Bruno zu, wie er Spiegeleier zum Frühstück macht. Und als die Spiegeleier auf den Tellern liegen und der Kaffee in den Tassen dampft, da will Bruno wissen, welchen Plan sie jetzt hat.

Hendrikje isst eine Gabel von ihrem Spiegeleibrot, schaut Bruno an, kaut, schluckt runter und antwortet: »Erstaufnahmeheim, Sozialamt, Job suchen.«

»Nee«, sagt Bruno, »ich meine nicht die Organisation des Plans, sondern den Plan.«

Hendrikje glotzt Bruno an und kapiert erst jetzt, was er meint.

»Schulden abbezahlen, malen.«

»Also erst Rothwein«, stellt Bruno sanft fest.

»Rothwein?!« Hendrikje lässt ihre Gabel mit dem nächsten Bissen Spiegeleibrot sinken.

»Ja, du hattest doch damals eine Ausstellung in Aussicht.«

»Ja, aber bei Rothwein kann ich mich nie wieder blicken lassen!«

»Wieso?«

»Weil der … weil ich bei dem völlig verschissen habe.« Hendrikje schiebt ihren Teller weg, denn sie hat schlagartig keinen Appetit mehr. »Als ich damals weg bin von dir, da bin ich zu Rothwein, um ihm zu sagen, dass es meine Bilder nicht mehr gibt, du hättest den mal sehen sollen, wie der mich angeguckt hat, also wenn Blicke töten könnten, ich sage dir …«

»Ich hab's gesehen«, sagt Bruno, »steht bei mir im Arbeitszimmer, der Blick. Ich denk immer, der *ekelt* sich, wenn ich es angucke.«

»Oh ja. Er ekelte sich.« Und Hendrikje merkt, dass ihr langsam schlecht wird.

»Warum gehst du nicht hin und schenkst ihm das Bild?«

Bruno schaut Hendrikje stolz an, so als würde er Applaus erwarten für seine fabelhafte Idee, aber das Nächste, was Hendrikje macht, ist, dass sie aufsteht, die Küche ohne weitere Worte wegen der vor den Mund gehaltenen Hände verlässt, über den Flur rennt und dem Klo ihre paar Bissen Spiegeleibrot vermacht, auf Knien.

Bruno kann die Bescherung hören und nun schämt er sich, dass er so besserwisserisch und oberlehrerhaft herumgeredet hat, ehe auch nur ein einziges Frühstück in Freiheit eingenommen werden konnte. Scheiße, erklär ihm doch mal einer was über den Umgang mit Frauen …

Es dauert eine halbe Stunde, ehe Hendrikje zurückkommt. Sie steht kreidebleich im Türrahmen und fragt: »Hast du ein altes Bettuch?«

Bruno nickt und geht mit ihr ins Schlafzimmer, wo Hendrikje ihre grünen Gesichter mit den lila Lippen sieht, die sich gegenseitig mit Heringsköpfen in Kabeljaublau füttern, und ihre rekonstruierte Eisenbahnbrücke und währenddessen holt Bruno aus dem alten Eichenschrank ein frisches Bettuch und Hendrikje nimmt es ihm ab und geht damit voran, ungefragt in sein Arbeitszimmer hinein, wo sie Rothweins Konterfei am Regal lehnen sieht, gleich neben Gudrun mit Schere auf Orchidee. Sie wickelt Rothwein in das alte Bettuch ein und stratzt kommentarlos mit dem Bild unterm Arm Richtung Wohnungstür, als Bruno sie fragt: »Soll ich nicht lieber mitkommen?«

Aber Hendrikje ist schon im Treppenhaus und ruft nur noch: »Wenn die Großen Bleichen noch da sind, wo sie früher waren, dann finde ich da alleine hin.« Und ist weg.

So hat er das aber doch gar nicht gemeint! Doch nicht so kopflos losstürzen! Das war doch eher *allegorisch* gemeint, Rothwein das Bild schenken, er wollte doch damit nur sagen: *Schenk ihm doch seinen eigenen Ekel einfach zurück!* Und so fängt Bruno an, nun richtig zu leiden, denn er sorgt sich um Hendrikje, die so ausgekotzt zu Rothwein rennt! Haaach ... erklär ihm einer die Frauen ...! Wenn sie wiederkommt, hat sie das Rothweinsche Konterfei wahrscheinlich um den Hals hängen, weil Rothwein es ihr über den Schädel gezogen hat. Oder, wenn der in Wirklichkeit auch so guckt wie auf dem Bild, dann frisst er sie und macht Zahnstocher aus ihren Knöchelchen.

Solche Möglichkeiten abwägend, tigert Bruno eine Dreiviertelstunde lang in seinem Flur auf und ab und denkt: *sofort hinterher!* Aber wenn er jetzt das Haus verlässt, dann verpasst er sie womöglich und sie kommt zurück und steht vor verschlossener Tür. Er rennt wieder in den Flur und wieder auf den Balkon. Er weiß jetzt schon sicher, dass selbst wenn Hendrikje lebend zurückkommt, sie in fürchterlicher Verfassung sein wird, an ihrem ersten Tag in Freiheit, und das ist dann seine, Brunos, Schuld mit seiner Klugscheißerei. Also entscheidet er sich, jetzt aber doch hinterherzurennen und Hendrikje aus der Galerie Rothwein zu holen, raus aus der Höhle des Löwen. Und er zieht sich seine Jacke an und schreibt einen Zettel, den er von außen an die Tür kleben kann, damit Hendrikje weiß, wo er hingerannt ist, und dann reißt er die Wohnungstür auf, und da steht Hendrikje mit der Hand am Klingelknopf und warnt ihn leise und konspirativ: »Hoher Besuch.«

Und da taucht Rothwein langsam hinter ihr auf, seine Gestalt geht im Treppenhaus auf wie der Mond und sein schönes, edles Gesicht, seine gemeißelte Aristokratenfresse ist ein wenig verschieft von leichtem Unglauben und präventivem Ärger. Er begrüßt Bruno wie einen Türsteher, und dann steht er plötzlich im Flur der Wohnung herum. Erwartungsvoll, durchaus.

Hendrikje führt ihn ins Schlafzimmer zu den kabeljaublauen Heringsköpfen und der Eisenbahnbrücke, ins Arbeitszimmer zur Orchideen-Gudrun, zur Maria und zur Claudia, und Bruno holt noch die Sofa-Palmenberg-Puppe und den Richter dazu, und Rothwein nickt stumm und guckt sich die Bilder an.

»Mir fehlen die Paar-Akte, Frau Schmidt. Ihre Paare waren das Beste. Und die Eisenbahnbrücke hätte ich gern in fünf Variationen, so erinnere ich das.«

Hendrikje nickt und sagt: »Ja.«

»Wenn Sie mir drei Liebesakte bringen und die Eisenbahnbrücken variieren, dann gebe ich Ihnen drei Wochen im Januar. Und Sie wissen, dass das kein guter Verkaufsmonat ist.«

»Ja«, sagt Hendrikje, und Bruno glotzt den Rothwein an.

Rothwein geht vom Arbeitszimmer ins Schlafzimmer und beargusäugt die Bilder. »Die ockerfarbenen Heringsköpfe kann ich nicht gebrauchen. Die Puppe auch nicht. Die Porträts sind dabei.«

»Ja«, nickt Hendrikje.

»Und das alles auch nur unter der Bedingung, dass die Porträts und die Titania da auf der Orchidee morgen Mittag um 12 Uhr in meinem Keller stehen. Hier sind mir zu viele Bücher. Falls es mal brennt.«

Und Rothwein schmeißt Hendrikje einen Blick wie ein Flammenwerfer zu, der sie töten könnte. Sie zuckt reflexartig zurück und weicht dem Flammenwerfer aus, vergisst aber nicht, ihr Einverständnis mit heftigem Kopfnicken auszudrücken. Und ohne ein weiteres Wort ist Rothwein draußen und weg.

Gott, ist Bruno froh. Gott, wischt der sich jetzt den Schweiß von der Stirn.

»Bruno?«, fragt Hendrikje leise nach kurzem Schweigen. »Was ist Titania?«

Und Bruno krächzt heiser: »Die Elfenkönigin.«

Hendrikje schüttelt den Kopf, schaut auf Gudruns Akt und sagt: »Die kann aber fluchen wie acht Seeleute.«

Und dann gehen Hendrikje und Bruno zurück in die Küche, Hendrikje öffnet das Fenster und Bruno leert den Aschenbecher aus und fängt an, das Frühstücksgeschirr mit dem angeklebten Eigelb zu spülen. Hendrikje macht die Pfanne auf dem Herd noch mal heiß, lässt Butter aus und macht neue Spiegeleier, denn jetzt haben die beiden wirklich richtig Hunger und versuchen das mit dem ersten Frühstück in Freiheit noch mal.

Und es klappt.

Als Bruno sein Spiegeleibrot aufgegessen hat, seinen Kaffee trinkt und sich sehr beruhigt einen Zigarillo ansteckt, da fragt er noch mal: »Was ist der Plan also?«

»Mein Plan«, überlegt Hendrikje, »erfährt eine Änderung.«

»Natürlich tut er das.«

»Wenn du einverstanden bist, würde ich auf das Erstaufnahmeheim verzichten und bei dir auf dem Sofa schlafen.«

»Vorübergehend.«

»Selbstverständlich nur vorübergehend. Ich muss bis Januar drei Liebespaare malen und die Eisenbahnbrücken variieren.«

»Das wird knapp.«

»Allerdings.«

»Auf unserem Dachboden ist Platz. Der Wäscheboden. Da hat seit 10 Jahren keiner mehr seine Wäsche aufgehängt.«

»Wieso nicht?«

»Die Leute haben alle Trockner.«

»Das war bei uns im Haus auch so, also da hat auch seit zehn Jahren keiner mehr die Wäsche auf den Boden gebracht, nur wir, also die Omi und ich«, empört sich Hendrikje, »aber keiner hatte so duftende Wäsche wie wir. Wenn man sich das bisschen Mühe macht und die Sachen hochschleppt und wieder runter, dann riecht die Wäsche unheimlich gut. Aber was ist mit Licht?«

»Das Licht da oben ist wie das Wetter.«

»Scheiße. Wir sind in Hamburg. Und es ist schon August.«

»Also noch zehn Tage bis zur dunklen Jahreszeit.«

»Genau.«

»Scheinwerfer. Halogenscheinwerfer. Ist wie Sonnenlicht. Stellen wir Reflektoren auf.«

»Wie beim Fotografen.«

»Genau.«

»Ich geh jetzt erst mal rüber zu Goebbels und hol mir meinen Job zurück.«

»Du spinnst.«

»Ich spinne nicht. Man muss Goebbels nur zu nehmen wissen.«

»Nee, das mein ich nicht. Du hast keine Zeit für Goebbels, das mein ich. Du musst drei Liebesakte malen und die Eisenbahnbrücken variieren.«

»Bruno, ich habe einhundertundzehntausend Euro Schulden.«

»Einhundertundelf.«

»Wieso?«

»Weil ich für tausendundfünfzig Euro Farben gekauft habe.«

»Na sag ich doch, ich hol mir meinen Job zurück.«

»Ja, wenn die Liebespaare und die Eisenbahnbrücken fertig sind, dann. Du hast so viele Schulden, da kommt es jetzt auf ein paar hundert Euro mehr nicht an. Besser du verkaufst bei Rothwein im Januar zwei Bilder, dann hast du genauso viel verdient, wie du im Café kriegen würdest. Aber wenn du jetzt zu Goebbels gehst, hast du im Januar keine Bilder zu verkaufen.«

»Auch wieder wahr.«

»Sag ich doch.«

Und so machen sie es dann auch. Mit zwei Taxis bringen sie am nächsten Tag die Bilder, die Hendrikje im Gefängnis gemalt hat, zu Rothwein. Und dann arbeitet Bruno morgens in seinem Arbeitszimmer, führt nachmittags fremde Leute durch die Kunsthalle und am Abend gibt er noch manchmal einem Blankeneser Gymnasiasten Nachhilfe in Mathematik, und Hendrikje steht auf dem Wäscheboden zwischen Reflektoren bei Kunstlicht und malt, wie wenn es Tageslicht wäre. Und abends kochen sie sich und erzählen sich was, und sie haben sich viel zu erzählen, weil ihre Tage so voll sind und das muss ja dann auch mal raus, und am Sonntag ruhen sie sich aus oder machen einen kleinen Ausflug zur Alster oder bummeln die Lange Reihe hoch, und das reicht ihnen dann auch gleich wieder.

So vergeht der August und der September erst recht, der Oktober verschwindet, es dämmert gefährlich November.

Hendrikje hat fünf Variationen von Eisenbahnbrücken, welche, die sich im Elbwasser spiegeln, und welche, die im Nebel verschwinden. Rostige Eisenbahnbrücken und zerbrochene, die die Köpfe ins Wasser neigen wie Schwäne. Und das ist Mist, weil Eisenbahnbrücken, die sich so anmutig ins Wasser neigen, keine Eisenbahnbrücken mehr sind, die an den Krieg erinnern und das ist schließlich ihr Markenzeichen. Da fängt sie noch mal von vorn an und knickt die Brücken noch mal neu. Wenn die Omi, denkt Hendrikje, das Ding nicht in der Wohnung haben will, dann ist es gut, und dieses Ding nun, diese einstmalige Eisenbahnbrücke in Öl, die hätte die Omi nicht haben wollen, so viel ist sicher. Die Brücke ist schon unten und die Schienen staken noch hoch in den Himmel: So was mag die Omi nicht, sehr schön.

In der Nacht liegt Hendrikje auf Brunos Sofa zwischen den Bücherregalen, überlegt sich Liebespaare und weiß überhaupt nicht, wie sie in acht Wochen noch drei Liebeskriege malen soll, wo sie sich schon gar nicht mehr erinnern kann, wie das ging mit der Liebe und dem Krieg. Und wenn sie anderntags auf dem Dachboden sitzt, da lässt sie die Scheinwerfer aus und zündet sich Kerzen an und denkt an Ernst, wie er vom Dach fiel und wie er unten lag, und wie er ihr prophezeite, dass das mit ihr nichts mehr werden würde, nicht als Malerin und nicht als Frau, und wie er die Kacheln, die nichts taugten, die billigen, in die Wohnung bringen ließ von den Handwerkern und ihr Badewasser ungefragt aus der Wanne ließ, damit die hörten, wie der Ausguss schnorchelt, und dann geht's doch. Dann malt sie bei Kerzenlicht, und wenn sie am nächsten Morgen bei echtem Hamburger

Tageslicht sieht, was sie am Abend zuvor *so* gemalt hat, dass man es bei Kerzenlicht erkennen kann, dann staunt sie manchmal selbst: Wie der Stahlblaue die Frau am Handgelenk packt und von hinten nimmt, die davon ganz rubinlila wird und ein Gesicht macht, als kriegte sie ein Kind, und wie sie ein Bild weiter kein Gesicht mehr hat. Schön. Das ist eine Vergewaltigung, aber kein Liebeskrieg. Also alles noch mal, genauso kräftig, nur ein bisschen subtiler bitte und etwas ambivalenter. Und sie macht und flucht und zerreißt und macht noch mal neu, und dann gelingt es und weiß Gott, die Omi dreht sich im Grab rum.

Und in der Nacht liegt Bruno im Schlafzimmer und liest noch ein bisschen in einem seiner staubigen Bücher und horcht, ob nicht irgendwann vielleicht doch ein Geräusch aus dem Flur kommt, ob da nicht vielleicht doch irgendwann ein leichtes barfüßiges Fußtapsen kommt, um in einem seiner Schlafanzüge in der Tür zu stehen und um Einlass zu bitten. Aber nee, passiert irgendwie nicht. Kein Tapsen, kein Laut ist zu hören. Sei's drum, denkt Bruno und liest noch ein Kapitelchen Adorno. Und dann schläft er ein, und als er am Morgen von einem leise kratzenden Geräusch aufwacht, da sitzt Hendrikje in einem seiner Schlafanzüge lächelnd auf einem Stuhl neben dem Bett und hat den Schläfer gezeichnet.

Und Bruno steht auf und macht Frühstück, und Hendrikje zieht sich an und geht los, um die Zeitung zu kaufen, denn Bruno hat kein Abonnement. Und beim Frühstück teilen sie sich die Zeitung, Sport und Politik für den Herrn, Feuilleton und Kolumne für die Dame.

»Jetzt hör dir das mal an«, sagt Hendrikje und liest Bruno die heutige Sugar-Brown-Kolumne vor.

Was essen Sie lieber am Heiligen Abend? Karpfen mit Püree und Feldsalat, Bockwürstchen mit Kartoffelsalat oder die klassische Gans? Das ist eine einfache Frage, ich weiß. Natürlich wird kein Mensch nach einem hart durchgearbeiteten Jahr und den sich anschließenden anstrengenden Weihnachtseinkäufen freiwillig Fisch essen, der so leicht bekömmlich ist, dass man eine Stunde nach dem Abendessen schon wieder Hunger hat. Wir leben ja nicht am Mittelmeer, denn dort wär's was anderes.

Wie überhaupt ein Mensch auf die Idee kam, am Heiligen Abend seine Lieben mit Bockwürstchen zu vertrösten, ist und bleibt für mich das letzte Geheimnis der Menschheit und fällt eigentlich in den Bereich von UNO-*Investigationen.*

In unseren Breitengraden ist nur eines vernünftig: am Heiligen Abend eine Gans zu essen. Das Wetter ist danach. Bei nasser Kälte empfiehlt sich ein Essen, das den Körper aufheizt, und zwar nachhaltig und nicht nur spontan. Wenn Sie also beispielsweise um acht Uhr abends essen und um zehn Uhr immer noch unter Hitzewellen leiden, dann ist es richtig. Das Essen sollte schwer sein. Man sollte Klöße zur Gans essen.

Sie werden selber wissen, wie Sie Ihre Gans zubereiten, Sie werden wahrscheinlich keine Tipps von mir brauchen, aber ich kann ja erzählen, dass ich meine Gans nur pfeffere, salze und kräuterderprovenze und dann in einen großen Bräter lege. Den Boden 4 Zentimeter mit Wasser aufgefüllt und ordentlich Suppengemüse hinein – ein Schelm, wer's klein schneidet. Während zwei bis zweieinhalb Stunden Garzeit bei 225 Grad wird die Gans mit diesem Sud übergossen, in den langsam das eigene Gänsefett hineinläuft ... das alles ist ja gar nicht neu.

Neu ist: die Suppe. So eine Gans wirft ja ohne Ende Suppe ab, wenn man nur will und weiß wie's geht. Ich löse meiner Gans vor dem Braten die Flügel vorsichtig heraus und nähe das Loch in der Haut am Körper der Gans wieder zu, es ist eine richtige kleine Operation.

Die herausgetrennten Flügel lege ich in den Sud zum Suppengemüse und erhalte auf diese Weise eine fette Gänsebrühe, die keineswegs nur in die Soße marschiert ...! Ich schöpfe ein Töpfchen Sud ab und muss es sogar mit Wasser verdünnen. Dann besorge ich mir oder mache selber: Pilzmaultaschen, die ich in 8 Millimeter breite Streifen schneide und in die Suppe gebe, die ich wieder nur mit Pfeffer und Salz und einem Hauch Maggi (oh, ja!) abschmecke. Massenweise Petersilienschnee drüber. Fertig. Wer Hühnersuppe liebt, wird verrückt sein nach Gänsesuppe.

Aus der anderen Hälfte des Suds mache ich die Soße, mit Mondamin (womit auch sonst?), Lorbeerblättern, Kardamom, Pfeffer und Rotwein. Aber Obacht: Nicht zu dünn werden lassen! Nur eine schwere Soße ist eine gute Soße.

Erst gibt es die Suppe und dazu ein Bier, dann die Gans mit Klößen und Soße zu einem schönen Glas Rotwein und einen Nachschlag mit ein paar Schnäpsen.

Der Effekt ist: riscaldando *und* ritardando. *Und aus beidem entsteht erst das, was der Weihnachtskenner unter Besinnlichkeit versteht: Alle Körperfunktionen verlangsamen sich extrem, der Kopf ist so schwer wie der Bauch und es ist gemütlich warm. So lässt sich in Frieden das alte Jahr zum Teufel schicken und man erwirbt sich auf diese Weise Nerven für ein neues.*

Fröhliche Weihnachten, lieber Leser,
Ihr messerwetzender Sugar Brown

Hendrikje schaut Bruno neugierig an. »Magst du Gans?« Und er erwidert ihren Blick mit einem ganz leeren, einem ganz und gar ungefragten, ehe er »Im Prinzip schon«, mault, »macht aber unheimlich viel Arbeit …«

»Viel Arbeit …, ja, na gut, aber weißt du, Bruno, er hat schon Recht, wenn er hier schreibt, dass Fisch und Bockwurst irgendwie doof sind …«

»Och, ich wollte am Heiligen Abend aber gar nicht kochen …«

»Aber wir kochen doch jeden Abend …«

»*Ich*, ich koche jeden Abend!«

»Warum also nicht auch am Heiligen?«

»Weil man mit einer Gans den ganzen Tag in der Küche steht.«

»Ich weiß.«

»Und am nächsten Tag ist man nur am Abwaschen.«

»Ja, ich weiß, den ganzen Fettkram. Ooch, Bruno, ich hab so schöne Liebespaare gemalt.«

»Aach …«

»Und so schöne Eisenbahnbrücken ...«

»Aaach ...«

»Ach bitte. Guck mal, das mit der Suppe allein, das hört sich so gut an.«

»Aach, Suppe ...«, brummt Bruno lustlos, »da muss ich erst mal 'ne Nacht drüber schlafen.«

»Ja, aber morgen ist der Vierundzwanzigste, und dann kriegen wir höchstens noch eine gefrorene Gans, und die kriegen wir nicht mal aufgetaut bis zum Abend.«

»Mit 'ner gefrorenen Gans geb ich mich erst gar nicht ab.«

»Ja dann ...«

Und Bruno stöhnt und steht stöhnend auf und brummt schlecht gelaunt: »Der Teufel hole Sugar Brown!« Er geht in den Flur und zieht sich schon mal seine Lammfelljacke an und Hendrikje feixt stumm in der Küche herum, denn sie weiß, dass das das Okay ist und Bruno jetzt loszieht und 'ne Gans kauft. Was er dann auch tut.

Und am Vierundzwanzigsten steht Bruno in der Küche und löst der frischen Gans die Flügel aus dem Leib und vernäht die Haut wieder und kocht ein Gänsesüppchen und brät einen Gänsebraten und schnippelt Pilzmaultaschen klein. Hendrikje schaut ihm dabei zu, freut sich schlapp und assistiert ihm unter vielen dahingeschnatterten Freudebekundungen, bis Bruno sie aus der Küche schmeißt.

Sie darf erst wiederkommen, als die Suppe in den Tellern dampft und die ist wirklich zum Verrücktwerden himmlisch. Und dann gibt es Gänsebraten und Klöße und Soße und Wein und einen Schnaps, und Hendrikje kann sich nicht erinnern, wann sie schon mal so glücklich gewesen sein soll wie heute Abend. Sie schenkt ihm die Bleistiftzeichnung, auf der er so schön schläft, und Bruno bedankt sich mit einem Nicken und raucht.

15

Hamburg bei Nacht. Hendrikje stöckelt in ihren weißen Sandalen mit den hohen Hacken, die bei Bruno aufbewahrt wurden seit jener lang vergangenen Nacht, in der Holger zu Tode kam, und dem roten Pannesamtminikleidchen, das ebenfalls überlebt hat, auf dem Eisensteg an der Rückwand der Galerie Rothwein entlang und friert, denn es ist Januar und sie schaut runter in den Kanal, der da fließt. Aus den Bürogebäuden auf der anderen Kanalseite flimmern die Lichter und spiegeln sich im Kanal, und drinnen in der Galerie strömen die Besucher in die Ausstellung, weswegen Hendrikje hier raus geflohen ist und eine raucht, die Erste, seit Ernst vom Dach fiel.

Wie schön das ist, hier draußen zu rauchen und zu frieren und den Lichtern beim Spiegeln zuzusehen. Sie spiegeln, als spiegelten sie nur für sie! Wie schön. *Hamburg bei Nacht*, so hat Rothwein ihre Ausstellung genannt. Sie schaut durch die Fenster rein in den Saal und sieht, wie drinnen fünf Eisenbahnbrücken hängen, eine düsterer als die andere. Daneben hängt gleich die Omi als Leiche, als sei sie an den Eisenbahnbrücken gestorben, und noch daneben hängt der Richter, und Claudia, die Trickdiebin, und Maria, das debile Kind. Und daneben der Chef persönlich, der angeekelte Aristokrat, und gegenüber an der Wand, da hängen vier Liebespaare, die sich kriegerisch lieben, und in der Mitte von ihnen als Fünftes die Gudrun auf Orchidee, wie eine Elfenkönigin, nur halt mit blutiger Schere. Nur Dieters Arm mit dem Segelschiff, dem schlaff segelnden Schiff bei herunterhängender Hand, das hängt als Appetizer im Fenster. Hendrikje schnippt ihre Kippe in den Kanal, geht wieder rein und mischt sich unter die Besucher, die herumgehen und an Prosecco-Gläsern nippen, und Rothwein strahlt sie alle an wie wenn er sich doch noch freut. Und Bruno kommt und hängt seine Alt-68er-Felljacke an der Garderobe auf einen Bügel und zündet sich einen Zigarillo an und krault sich den Bart und lächelt stolz, denn das hier ist sein Werk.

Es gibt Besucher, die tragen sich wirklich in die Verkaufslisten ein. Hendrikje merkt das nur, weil Rothwein ihre Augen mit einer kleinen, scharfen Bewegung seiner Augen zu dem Tisch führt, auf dem die Listen ausliegen. Bruno hat ein Glas Prosecco in der Hand und baut sich fachmännisch vor den Bildern auf. Er raucht, und als Hendrikje neben ihm auftaucht, da drückt er ganz kurz ihre schweißnasse Hand und zieht sie auch gleich wieder zurück.

Und Hendrikje schlendert zum Eingang der Galerie an der Straße, wo sich Dieters Segelschiff im Schaufenster spiegelt, sie tippt an den aufgehängten, frei schwebenden Rahmen, so dass das Segelschiff ein bisschen wackelt. Und erstarrt.

Draußen, ganz gebannt vor dem Segelschiff steht und guckt schreckstarr Hendrikje ins Gesicht: Paula.

Die beiden Frauen sehen sich einen Moment lang unverwandt ins Gesicht. Dann tobt Paula los und davon, und Hendrikje rennt raus in die Kälte und hinterher, die ganzen Großen Bleichen lang. Und ruft ihr hinterher, sie soll stehen bleiben, aber Paula rennt nur immer schneller. Aber nicht mit Hendrikje. Die rennt wie vom Affen gebissen, ihr Herz schlägt bis zum Hals und endlich holt sie Paula ein und muss sie an ihrer Anorakkapuze festhalten, damit sie stehen bleibt.

»Ich tu dir nix!«, keucht Hendrikje. »Ich tu dir wirklich nix!« Aber Paula strampelt und tritt und schlägt um sich. Hendrikje dreht ihr den Arm im Polizeigriff nach hinten und keucht: »Ich tu dir nix, Paula!«

Und langsam beruhigt sich Paula, weil das mit dem Arm im Kreuz auch gar nicht anders geht, und Hendrikje lässt sie wieder los und Paula fragt ängstlich: »Echt jetzt?«

»Echt jetzt«, bestätigt Hendrikje und sie friert in ihrem dünnen roten Minikleidchen.

»Ich hab dein Schmuckkästchen«, piepst Paula und Hendrikje glotzt Paula an wie ein Weltwunder. Die Tränen schießen ihr in die Augen und kullern auch gleich die Wangen herunter: »Echt jetzt?«

»Echt«, nickt Paula, gibt Hendrikje ein sauberes Papiertaschentuch aus ihrer Anoraktasche und fügt noch hinzu: »Nur nicht dabei.«

»Komm mit«, sagt Hendrikje zu Paula, nimmt sie an der Hand und zieht sie die ganzen langen Großen Bleichen wieder mit runter zu Rothwein in die Galerie zu den Leuten und organisiert Prosecco für Paula.

Paula erzählt ihr, dass sie jetzt beim Türken an der Schanze im Gemüseladen arbeitet und mit dem sein Sohn Ahmed verlobt ist. Und dass sie da wohnt und dass da das Schmuckkästchen liegt. Und Hendrikje glotzt Paula an und könnte sie küssen und tut das dann auch. Sie nimmt Paulas Kopf in beide Hände und drückt ihr einen Kuss auf den Mund, und da heult Paula und fingert zitternd in ihren Anoraktaschen nach ihren Fluppen herum und findet sie und steckt sich eine in den Mund, und wie sie sie anzünden will, da nimmt Hendrikje sie ihr ’raus aus dem Mund. »Mensch! Die anderen rauchen doch auch!«, protestiert

Paula und Hendrikje antwortet ihr: »Die anderen *können* rauchen.«

Und dann will Hendrikje aber doch noch von Paula wissen, wieso sie damals, entgegen jeder Verabredung, Ernst, Sophie und Lisa ins Abbruchhaus brachte. »Paula«, sagt Hendrikje mit ganz sanfter Stimme, »ich tu dir echt nix, aber sag mir doch, wie es dazu kommen konnte, dass du damals die Leute aus meiner Wohnung zu mir ins Abbruchhaus geführt hast. Was haste dir denn dabei gedacht?«

»Ach Mensch«, seufzt Paula, »ich bin rein in die Wohnung und rein in das Schlafzimmer und hab im Schrank das Schmuckkästchen gesucht, und das hab ich ja dann da auch gefunden, und plötzlich guckt mein Dealer ins Zimmer rein, der Nette, weißte, der Ernst.«

»Dein *Dealer*?«

»Ja, wir haben doch bei Ernst immer Shit gekauft, und Kalle, also Kalle war der Freund, der mich Weihnachten rausgeschmissen hatte, Kalle hat da manchmal auch andern Stoff geholt.«

»Nee, Paula, Ernst war kein Dealer ...«

»Auf sicher! Kalle ist immer mit ihm in den Keller vom Copyshop und hat Koks geholt. Den hatte Ernst in einem leeren Kopierer, der war innen komplett ausgeräumt.«

»Paula, spinn nicht rum. Die Polizei hat später doch die Wohnung von Ernst durchsucht, ob den Copyshop weiß ich nicht, aber die Wohnung wegen einem Mietvertrag. Die hätten doch was gemerkt.« Hendrikje ist es ganz flau geworden und ihre Beine zittern.

»Wieso!«, ruft Paula. »Das passt doch! Bevor du zu mir ins Abbruchhaus gekommen bist, da hat er doch im Schanzenpark gestanden und quasi Winterschlussverkauf gemacht. Alles zu Dumpingpreisen rausgehauen!«

»Ich muss mich setzen«, murmelt Hendrikje, wankt zu

einem der Rothwein'schen Clubledersessel und lässt sich da reinfallen. Ernst ein Dealer, aber ein professioneller mit Depot im Copyshop, nicht mal ein Gelegenheitsdealer, sondern ein richtiger ... Und sie hat mit Paula im Abbruchhaus seinen Shit geraucht ... Sie hat ein ganzes Jahr lang mit einem waschechten Dealer gevögelt und nichts gemerkt. Oh Gott, wie gut, dass es nicht ihr *Freund* war! Und sie hat nichts gemerkt, niemals. Meine Fresse – *das* macht sich erst unsexy im Nachruf ...

Paula steht ratlos neben Hendrikjes Sessel und staunt, dass Hendrikje so schockiert ist. »Was is'n eigentlich aus dem geworden?«, fragt Paula. »Ich hab den gar nicht mehr gesehen seit damals, und der Copyshop hat dichtgemacht.«

Hendrikje sieht Paula fassungslos an und sagt leise: »Ich habe ihn umgebracht.« Und Paula glotzt. Glotzt wie damals, als sie ins Abbruchhaus kam und das Schmuckkästchen in der Zimmertürschwelle absetzte und wegrannte. Aber da gesellt sich Bruno zu den beiden, und Hendrikje, die sich wie unter Watte fühlt und klatschnass geschwitzt ist, murmelt: »Bruno, darf ich dir Paula vorstellen? Das ist die Frau, die mein Atelier angezündet hat!«

Bruno nickt Paula zu mit Freundlichkeit und Respekt und grinst: »Es freut mich sehr.« Und schüttelt dem völlig verwirrten Mädchen die Hand.

Hendrikje, bleich und erschüttert, steht auf und sagt: »Ich muss was trinken.« Und weil Bruno Paula in ein freundliches Gespräch zieht, vergisst die völlig, wegzulaufen. Hendrikje kommt mit drei Gläsern Grappa zurück, die ihr Rothwein aus seinem Privatarchiv spendiert hat. Als professionelle Kellnerin trägt sie alle drei Gläser in einer Hand und bringt sie ihren Freunden. Die drei stoßen an und kippen die Schnäpse herunter.

Niemand hat Dieter gesehen, der baff staunend draußen vor dem Schaufenster mit seinem Segelschiff steht, reinguckt in den hell erleuchteten Saal und reinkommt. Hendrikje merkt nicht, dass er schon breit grinsend hinter ihr steht, sie merkt nur, dass Bruno irgendwie unzufrieden hinter ihren Kopf guckt, und da raunt es auch schon in ihr Ohr: »Du hast so schön gesungen ...«

Hendrikje dreht sich um und erkennt Dieter, der da in seiner ganzen Pracht vor ihr steht und strahlt. Und da strahlt sie nun auch und fasst es gar nicht, wer sich hier heute abend alles so trifft und schüttelt den Kopf vor Staunen. Aber da schnappt Dieter sie sich und hebt sie hoch und wirbelt sie um seine eigene Achse, vor allen Leuten, und lacht und setzt sie wieder ab und drückt ihr einen dicken, langen Kuss auf den Mund. Und entschuldigt sich, weil er vom Brötchenholen damals nicht wiederkam, aber er sei leider unterwegs von der Straße weg verhaftet worden.

»Wie das denn?«, will Hendrikje wissen und Dieter sagt ihr, dass er nur ein paar Tage vorher einen Wisch von Lisa unterschrieben hatte, er dachte, er unterschreibt seine Bewährungsstrafe, denn damals konnte er ja noch nicht lesen, aber das hat er jetzt im Gefängnis gelernt, und dass Lisa ihn einen Wisch unterschreiben hatte lassen, der eine Quittung war. Eine Quittung, dass er damals für 100 000 Euro in Bramfeld Häuser renoviert hätte. Und das stimmte natürlich nicht, aber er konnte es nicht beweisen. Die renovierten Häuser in Bramfeld jedenfalls gab es wirklich, und er hatte da auch mal ein Rohr verlegt, aber doch nicht für 100 000 Euro, und dem Finanzamt lag keine Steuererklärung vor und nun lass einen Pups, wenn du nur auf Bewährung draußen bist ...

»Verstehe ...«, murmelt Hendrikje. Lisa hatte ihn also doch noch drangekriegt.

»Lisa hat aber auch lange im Knast gesessen«, sagt Hendrikje zu Dieter und strahlt ihn an. Sie nimmt seine Hand und fügt kichernd hinzu: »Und ich auch!« Dann zieht sie ihn fort an seiner schönen starken Männerhand und sagt: »Komm mit! Ich will dir meine Bilder zeigen!«

Bruno glotzt den beiden hinterher und schaut zu, wie Hendrikje Dieter durch die Galerie zieht und wie er seinen Arm um ihre Hüfte legt und den roten Pannesamt streichelt. Und er sieht, wie Hendrikje dem Dieter jedes Bild erklärt und dabei strahlt und lacht und ganz rote Wangen hat. Bruno holt tief Luft und weil gerade ein Kellner mit einem Tablett voller Prosecco-Gläser vorbeikommt, nimmt er zwei Gläser und stratzt beherzt zu den beiden hin. Er baut sich vor ihnen auf, hält Hendrikje eins der beiden Gläser hin und ignoriert Dieter einfach. Er holt tief Luft, um etwas zu sagen, aber so weit kommt er dann gar nicht, denn lachend nimmt Hendrikje ihm auch noch das andere Glas ab, gibt es Dieter und zieht den fröhlich plappernd weiter zum nächsten Gemälde. Und Bruno steht da wie vom Donner gerührt.

Hendrikje und Dieter prosten sich zu, nippen am Prosecco, schauen sich tief in die Augen und dann schiebt Hendrikje Dieters Jacke ein bisschen von seiner Schulter, was der sich lächelnd gefallen lässt, um nachzusehen, ob da immer noch auf seinem Oberarm die *True Love* segelt, die ihr und Paula gehört, und sie segelt noch immer und Hendrikje pflanzt einen dicken Kuss darauf.

Auch Bruno hat das Segelschiff gesehen. Daher weht also der Wind! Das ist also das Segelschiff, dessentwegen er in das von der Polizei abgesperrte Abbruchhaus in Altona eingebrochen ist, dessentwegen er unbedingt nach Fuhlsbüttel fahren musste, um es persönlich vorbeizubringen, das also ist sie, die ›*True Love*‹.

Als Dieter und Hendrikje ihre Runde gemacht haben, gesellen sie sich wieder zu Paula und im Menschengewühl ruft Hendrikje: »Bruno, hast du das gehört, was Lisa mit Dieter gemacht hat? Darf ich dir Dieter …? Bruno?« Jetzt dreht Hendrikje sich völlig von allein um die eigene Achse und sucht Bruno, den sie nirgendwo sieht.

»Der ist gerade 'rausgegangen«, sagt Paula, und Hendrikje lässt Paula und Dieter stehen und marschiert raus auf die Straße. Und die Straße ist leer. Hendrikje geht wieder zurück in den hell erleuchteten Saal und guckt sich um und Paula schüttelt den Kopf und macht ihr Zeichen mit der Hand: »Draußen, der ist 'rausgegangen!« Und Hendrikje geht noch mal raus und schaut nach links und schaut nach rechts, und die Straße ist menschenmenschenleer.

Hendrikje ruft: »Bruno!« Keine Antwort. Sie bewegt sich nach rechts zum Rödingsmarkt, und der ist leer. Sie sieht hoch zur hell erleuchteten U-Bahn-Station und rennt los und über die Straße und rein in die U-Bahn-Station und die erstbeste Treppe hoch und auf den Bahnsteig 'raus und ruft immer nur: »Bruno!« und noch einmal »Bruno!« und es hallt in den Hallen. Sie kommt an auf dem Bahnsteig oben und gegenüber, getrennt von doppelten Gleisen, da steht Bruno auf dem anderen Bahnsteig in seiner Felljacke und guckt sie nicht mal an. Jetzt darf bloß keine Bahn kommen, denkt Hendrikje und rennt die Treppe wieder runter und unten auf der anderen Treppe wieder hoch, und sie hat Glück, denn es kommt keine Bahn.

»Bruno«, keucht sie ganz außer Atem, als sie ihn endlich erwischt und erreicht. »Was biste denn plötzlich weg?«

Bruno ist nicht amüsiert, wirklich nicht. Er steht da und raucht und schaut Hendrikje nicht an und grummelt sich finster in seinen Bart: »Ich an deiner Stelle würde mich ja um meine Gäste kümmern.«

Hendrikje friert plötzlich sehr, in ihrem Pannesamtminikleidchen im Januar, aber diesmal legt Bruno ihr nicht seine Felljacke über die Schultern.

»Bruno«, sagt Hendrikje und friert, »das *mach* ich gerade! Du bist doch der wichtigste Gast von allen.«

»Ach was!?« Bruno sieht nur geradeaus und Hendrikje nicht an.

»Mensch Bruno«, sagt Hendrikje, »erst Paula und dann Dieter, das musste doch verstehn, dass mich das erst mal umhaut.« Hendrikje hat die Arme übereinander verschränkt und zittert, weil es echt kalt ist im Januar in Hamburg bei Nacht, und da kommt die Bahn, die U3, die immer so einen eleganten Winkel fährt, wenn sie beim Rödingsmarkt einfährt, und Bruno verzieht keine Miene und sieht echt nicht aus, als wäre er leicht zu versöhnen. Aber die Bahn kommt.

Und so stellt sich Hendrikje vor ihn hin, und Bruno verzieht keine Miene, und um sie nicht ansehen zu müssen, kneift er sogar die Augen zu. Und Hendrikje schließt auch ihre Augen und küsst ihn auf den Mund. Lange, damit er nicht wegläuft. Und als sie aufhört, da nimmt er sie mit ganz unbewegter Miene, er sieht wirklich genauso grimmig aus wie vor dem Kuss, bei der Hand und steigt mit ihr in die Bahn. Und dann sitzen sie nebeneinander und sehen sich nicht an und halten sich bei den Händen, und Bruno legt ihr nicht seine Jacke um die Schultern. Heute nicht.

Und sie steigen aus am Hauptbahnhof und haben kein Wort miteinander gesprochen und halten sich immer noch an der Hand, und Bruno geht schnell und Hendrikje tippelt in ihren weißen Sandalen neben ihm her, und Bruno lässt Hendrikjes Hand erst los, als er die Haustür aufschließt. Sie stehen im Flur und Bruno zieht seine Felljacke aus und hängt sie sorgfältig auf einen Bügel und hängt den Bügel an die Garderobe. Er sieht Hendrikje an und sagt ruhig: »Zu Bett.«

Sie gehen ganz ruhig ins Schlafzimmer und ziehen sich ohne sich anzusehen ihre Anziehsachen aus und legen sich hin und decken sich zu. Und küssen sich lange und lieben sich dann. Die beiden lieben sich so vorsichtig und sanft, als hätten sie Angst, sich kaputtmachen zu können dabei, und so geht's ja auch.

Und dann sind sie selig und wach wie nur was. Kein bisschen müde und teilen sich einen Zigarillo, und Bruno sagt zu Hendrikje: »Hol uns doch mal ein bisschen Wein aus der Küche.« Und Hendrikje lächelt beseelt und steht auf und geht nackt in die Küche und holt die Flasche mit dem Rotwein und zwei Gläser dazu. Und kehrt zurück ins Bett und dann liegen sie da und trinken den Wein.

Und dann grinst Bruno: »Das ist alles Paulas Schuld.«

»Paulas?«

»Ja, denn wenn die dein Atelier nicht angezündet hätte, dann würdest du jetzt nicht hier liegen.«

»Quatsch.«

»Doch. Aber genau *so* und in *der* Reihenfolge!«, insistiert Bruno.

»Du hättest nur mal den Mund aufmachen müssen im Café. Du hast ja nie was gesagt.«

»Weil man mit dir nicht reden konnte.«

»Jeder Gast hat mit mir reden können.«

»Jeder Gast hat bei dir bestellen können.«

»Du hast ja nicht mal bestellt. Du hast ja nur mit dem Kinn auf die Espressotassen gezeigt.«

»Das wüsst ich aber!«

»Ich weiß das.«

»Gar nichts weißt du. Alles Paulas Schuld.«

»Also Bruno, wenn du mir jetzt echt mit Paula kommst, wenn du echt drauf stehst, solche Kausalzusammenhänge zu basteln …«

»Mann, was du für Wörter kennst: Kausalzusammenhänge …«

»Kausalzusammenhänge kenne ich länger als dich.«

»Chapeau …!«

»Wenn du echt darauf stehst, dann sage ich dir, wer wirklich schuld ist: Sugar Brown.«

»Der nun wieder …«, stöhnt Bruno.

»Ja. Vielleicht ist dir nicht entgangen, dass ich eine leichte Neigung habe, Sachen zu machen, die Sugar Brown empfiehlt.«

»An sich nicht verkehrt.«

»Eben. Und einmal schrieb Sugar Brown in einer Kolumne, dass Liebeskummer Körperverletzung ist.«

»Ich erinnere mich.«

»Ja. Und als Paula auf der Straße stand, heulend, da hatte sie nämlich ihr Freund rausgeschmissen und sie hatte Liebeskummer und deshalb, weil ich wusste: hier steht ein körperverletztes Mädchen vor mir, deshalb hab ich sie im Atelier schlafen lassen.«

»Okay, Sugar Brown ist schuld«, seufzt Bruno und hält Hendrikje sein leeres Glas hin: »Lass da mal die Luft 'raus.«

Und Hendrikje schenkt ihm noch mal Wein nach und fragt ihn: »Sag mal, wie hat dir denn eigentlich die Ausstellung heute gefallen?«

»Die Oma hat mir am besten gefallen. Wie sie da so im Sessel schlief. Schön.«

»Nee, Bruno, die hat nicht geschlafen. Die war tot, das war Omis Leiche, die ich da gemalt habe.«

»Das hab ich aber nicht gemerkt.«

»Ja, dann ist es aber kein gutes Bild. Man soll doch sehen, dass es ein Leichnam im Sessel ist.«

»Ja, einen Leichnam hast du aber nicht gemalt.«

»Ja, wie denn auch. Ich hatte Bleistiftskizzen von der Omi

gemacht, also von ihrer Leiche, und die sind ja auch im Atelier verbrannt.«

»Sugar Brown ist schuld.«

»Also nee, Bruno, das kannste jetzt aber echt nicht so sagen.«

»*Du* hast das mit den Kausalzusammenhängen gesagt!«

Dieses Gespräch geht noch bis tief tief in der Nacht immer so weiter. Bis der Wein ausgetrunken ist und Bruno gerne will, dass das Licht ausgemacht und geschlafen wird. Und Hendrikje liegt noch lange wach in Brunos weichen Armen und überlegt, ob Bruno wirklich so ein toller Kunstführer ist, wenn er nicht mal sieht, dass die Omi tot ist. Muss sie dann doch noch mal Rothwein nach fragen. Und schläft.

Ende Januar sagt Rothwein, das sei doch gerade die schöne Ambivalenz, dass man nicht wüsste, ob die Oma noch schläft oder schon tot ist, man wüsste es halt nicht genau, und das würde ihm gerade gefallen, und er zahlt Hendrikje 6000 Euro aus, die sie mit ihren Bildern verdient hat. *Verdient*, da sind die Prozente für Rothwein schon runter. Das ist ein Anfang.

Im Februar holt Hendrikje sich ihren Job bei Goebbels zurück, und als Hendrikje das Café betritt, da ruft Goebbels: »Hendriiekche! Mein Gott, Hendriiekche! Gott, ist das schön!«, und fällt ihr um den Hals und drückt sie fast tot, und Hendrikje denkt: Mensch, Ernst kann sagen, was er will, aber Goebbels *kann* mit meinem Namen Liebe machen. Und Goebbels ist völlig begeistert, als sie hört, dass Hendrikje ihren Job zurückhaben will, denn die jungen Hühner, die sonst bei ihr anheuern, die hören alle nach drei Wochen wieder auf. Und Hendrikje fragt Goebbels, ob sie sich darüber schon mal Meditationen gemacht hat …

Einmal hat eine junge Mutter im Café versucht, eine volle Windel unter dem Stuhl, auf dem sie saß, verschwinden zu lassen und bekam von Hendrikje Hausverbot. Einmal haben zwei Verliebte wie verrückt geknutscht im Café, und Hendrikje hat sich das freundlich verbeten. Einmal hat wieder der Bilderbuchhanseat im Nadelstreifenanzug mit dem offenbar sehr hartnäckigen Fußpilz sein Fläschchen mit der Tinktur bereits auf den Tisch neben seine Champagnerschale gestellt und war im Begriff, seine Schuhe auszuziehen, da hat Hendrikje ihn gefragt, ob sie ihm ein Glas Wasser bringen dürfte, damit er seine Tropfen *einnehmen* kann. Und da wurde der rot und zog seine Schuhe gleich wieder an.

Im Mai heiraten Hendrikje und Bruno. Paula und Dieter sind die Trauzeugen und Paula bringt das Schmuckkästchen, das vor den Russen im Mai '45 gerettete Schmuckkästchen, zu diesem schönen Anlass zurück.

Bruno arbeitet morgens in seinem Arbeitszimmer und macht am Nachmittag Museumsführungen, und Hendrikje ist entweder im Café oder auf dem Dachboden am Malen. Und am Abend kocht Bruno und Hendrikje schmeißt die Waschmaschine an, die sie gekauft hat, und dann erzählen sie sich was beim Essen und sie haben sich viel zu erzählen, denn ihre Tage sind voll. Und am Abend gehen sie schlafen und machen Liebe. Stünde man vor ihrer Tür und lauschte, dann würde man fast nichts hören. Man würde manchmal das Bauschen einer Bettdecke hören, manchmal einen gedehnten Atmer und ganz manchmal einen fernen, fernen Feengesang und ein Lachen, einen tiefen Seufzer oder ein Flüstern. Man wüsste nicht wirklich, was hinter der Tür geschieht, aber wenn Bruno und Hendrikje herauskommen aus dem Schlafzimmer, dann haben sie die Gesichter von Engeln.

Am Morgen steht Hendrikje als Erste auf, leise, um Bruno nicht zu wecken, zieht sich an und kocht Kaffee und bringt Bruno davon eine Tasse ans Bett. Bruno wird dann wach, steht auch auf und zieht sich den Schlafanzug an, der am Abend zuvor vernachlässigt wurde, und beginnt, in der Küche Spiegeleier zum Frühstück zu braten, während Hendrikje die Zeitung holt. Und dann kommt Hendrikje zurück mit der Zeitung und die Eier sind fertig und Bruno teilt liebevoll die Zeitung auf nach dem bewährten System: Sport und Politik für den Herrn, Feuilleton und Kolumne für die Dame.

Aber was muss Hendrikje hier lesen? Was um Himmels willen schreibt da Sugar Brown?

> *Sieg! Sieg! Sieg! Ich habe das widerspenstigste Mädchen der Stadt gezähmt! Sie hat mich geheiratet und ich bin ihr Mann. Sie war Kellnerin in meinem Stammcafé und hasste mich so sehr, dass sie von jedem Schluck Espresso, den ich nahm, wünschte, er möge mir im Halse stecken bleiben – und nun bringt sie mir jeden Morgen den Kaffee ans Bett, und schön leise, wie ich das mag. Sie schämte sich für meine Socken, aber jetzt wäscht sie sie eigenhändig. Sie wünschte mich zu den Affen im Zoo, teilt aber nun meine Wohnung mit mir.*
>
> *Der Leser mag sich fragen, was ich an so einer finde – nun ja. Sie ist hoch verschuldet und selbstmordgefährdet, sie hat im Gefängnis gesessen und riecht immer nach Terpentin.*
>
> *Aber ich, der ich kein Adonis bin, der ich kurz- und weitsichtig, schüchtern und ein verkrachter Professor bin, ich bin froh, dass sie*

irgendwann über mich herfiel und mich unbedingt wollte. Und wie es dazu kam? Warum sie ihre Meinung änderte?

Freunde, ich habe sie zappeln lassen! Ich habe sie zappeln lassen, in Ruhe gewartet, bis die Nebenbuhler tot waren, und mich heimlich unentbehrlich gemacht. Irgendwann war ich schlicht der Einzige, der noch Mitleid mit ihr hatte, und sie denkt heute noch, ich hätte ihr das Leben gerettet. So ist das mit der Liebe. Es ist Voodoo und Hexerei und schwarze Magie, und ich kann es nur jedem empfehlen.

Ihr
Sugar Brown, Ehemann

Über alle Maßen entsetzt und über alle erdenklichen Maßen beschämt lässt Hendrikje mit offenem Mund die Zeitung sinken. Endlich, endlich merkt sie, wen sie geheiratet hat.

»Eins noch«, sagt Bruno zu seiner Ehefrau, »das Geld, das der Vatikan Michelangelo für die Sixtinische Kapelle versprochen hatte, hat er nie gekriegt.«

Und er lugt mit seiner Lesebrille über seinen Zeitungsrand und lacht Hendrikje stolz und verwegen an.

Nachwort

Hier irrt Bruno! Michelangelo hat das Geld, das ihm der damalige Papst Julius II. versprochen hatte, sehr wohl gekriegt, aber eben nicht so ohne weiteres. Er bekam 3000 Dukaten, von denen er circa 2000 für Gehilfen und Material ausgegeben hat. Und er bekam sie in ewig kleinen Raten und musste ziemlich hinter seinem Geld herrennen. Zwischendurch hat Julius' Kriege geführt, weswegen er seine Künstler nicht bezahlen konnte, und Michelangelo saß in Rom und musste die Arbeit ruhen lassen, einmal ein ganzes Jahr lang. Weil alle bei der Enthüllung der Sixtina dann aber doch maßgeblich begeistert waren, kriegte er sogar noch mal eine Prämie von 2000 Dukaten, die sich dann aber als Vorschuss für Julius' Grabmal entpuppten, zu dem Michelangelo ja den Marmor bezahlen musste. Und immer so weiter.

So hatte Michelangelo immer reichlich guten Grund sich zu beklagen, aber: Seine Fresken sind richtig schön geworden, und man kann immer noch nach Rom fahren und sie angucken.

Vielleicht ist das mehr, als er je ahnte.

Quelle: Ross King, *Michelangelo und die Fresken des Papstes*, München 2002

Jutta Profijt im dtv

»Jutta Profijt ist *die* Krimientdeckung! Zum Brüllen komisch! Schräger, mit viel Fantasie geschriebener Krimispaß.«

Gong

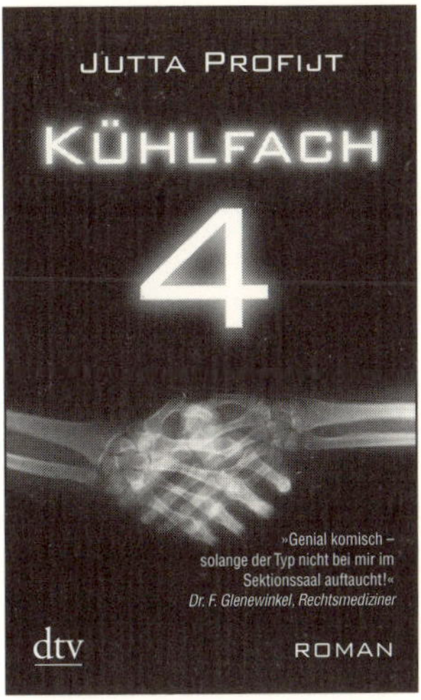

Kühlfach 4
Roman

ISBN 978-3-423-**21129**-1
ISBN eBook 978-3-423-**40122**-7

Das Leben des Rechtsmediziners Dr. Martin Gänsewein gerät völlig aus den Fugen, als ihm eines Tages die Seele von Autoschieber Pascha sein Leid klagt. Pascha behauptet nämlich, ermordet worden zu sein, und Martin soll ihm helfen, die Wahrheit ans Licht zu bringen. Eine verrückte Mörderjagd beginnt. »Nur zwei Worte: Zum Totlachen!« (Für Sie)

Im Kühlfach nebenan
Roman

ISBN 978-3-423-**21185**-7

Zu seiner Freude hat Pascha geistliche Gesellschaft von Ordensschwester Marlene erhalten, die bei einem mysteriösen Klosterbrand ums Leben kam. Er weiß sofort: Da ist was faul! Dr. Gänsewein ist noch angeschlagen vom letzten Abenteuer, doch Pascha stürzt sich schon Hals über Kopf in die Ermittlungen und in Gefahr …

Bitte besuchen Sie uns im Internet: www.dtv.de

Dora Heldt im dtv

»Freuen Sie sich auf ein Lesevergnügen, das Sie zum Lachen, zum Weinen und zum Nachdenken bringen wird.«
Bild der Frau

Ausgeliebt
Roman
ISBN 978-3-423-21006-5

Wenn man nach 10 Jahren Ehe mit fast 40 per Telefon verlassen wird, dann ist das ein Schock. Genau das passiert Christine eines schönen Abends auf dem schwesterlichen Sofa in Hamburg. Zum Glück ist Frau nicht alleine – Freundinnen und Schwester sind gleich zur Stelle.

Unzertrennlich
Roman
ISBN 978-3-423-21133-8

Geht's auch ohne beste Freundin? Für Christine ist die Antwort auf diese Frage ein klares Ja. Und das nicht ohne Grund. Dabei verpasst sie eine Menge, findet ihre Kollegin Ruth und plant für Christines 44. Geburtstag eine grandiose Überraschung.

Urlaub mit Papa
Roman
ISBN 978-3-423-21143-7

»Es sind doch nur zwei Wochen. Andere Kinder würden sich freuen.« – »Mama, was heißt hier andere Kinder? Ich bin 45!« Eigentlich wollte Christine einer Freundin helfen, ihre Kneipe auf Norderney zu renovieren. Doch dann wird sie von ihrer Mutter dazu verdonnert, ihren Vater Heinz (73) mitzunehmen. Schon die Anreise gerät zur Nervenprobe …

Tante Inge haut ab
Roman · dtv premium
ISBN 978-3-423-24723-8

Urlaub auf Sylt! Freudig begrüßt Christine am Bahnhof ihren Johann, da tippt ihr das Unheil auf die Schulter: Hinter ihr steht Tante Inge (64), Papas jüngere Schwester. Was macht sie allein auf Sylt? Noch dazu mit so vielen Koffern?

Matt Ruff im dtv

»Ruffs Romane sind wie dick gepolsterte Kinosessel, in die man versinkt, um erst wieder aufzutauchen, wenn das Licht angeht.«
Wieland Freund in ›Die Welt‹

Fool on the Hill
Roman

ISBN 978-3-423-20749-2

Nicht zu fassen, was an Universitäten alles passiert, wenn man diesem Roman glauben darf, in dem George sich in die schönste Frau der Welt verliebt, der Kobold Puck der Elfe Zephyr nachjagt und Blackjack und Luther in den Katzen- bzw. Hundehimmel aufbrechen. Ein Sommernachtstraum? Eine Love-Story? All das und noch viel mehr!

G.A.S.
Die Trilogie der Stadtwerke
Roman

ISBN 978-3-423-20758-4

New York, 2023. Hoch über Manhatten wird an einem neuen Turm zu Babel gebaut, der nach dem Willen seines Schöpfers Harry Gant die menschliche Fähigkeit zum Träumen bezeugen soll. Inzwischen gehen tief unten in der Kanalisation merkwürdige Dinge vor …

Ich und die anderen
Roman

ISBN 978-3-423-20890-1

Für Jake Honigpops, für Tante Sam Kräutertee und für Seferis Radieschen: Gar nicht leicht, jeden Tag alle Bedürfnisse zu befriedigen. Aber eigentlich hat der an einer multiplen Persönlichkeitsstörung leidende Andrew Gage sich und seine »anderen« gut im Griff. Bis Andrews Chefin die junge Penny einstellt …

Bad Monkeys
Roman

ISBN 978-3-423-21179-6

Las Vegas. Hochsicherheitsgefängnis. Eine Mörderin legt ein Geständnis ab. Sie gehöre einer das Böse bekämpfenden Geheimorganisation an. Mit geheimnisvollen NT-Knarren, die Herz- oder Schlaganfälle verursachen können, habe sie die Welt von Entführern, Pädophilen und Kofferbombern befreit. Ist sie völlig verrückt, lügt sie – oder geht da etwas ganz anderes vor sich?

Alle Titel wurden übersetzt von Ditte und Giovanni Bandini.